SILVERS REBELLIN

BODYGUARD-ROMANZE

DIE SAGA DER SILVER-BRÜDER
BUCH ZWEI

LACEY SILKS

Silvers Rebellin © 2024 by Lacey Silks

Copyright der Originalausgabe © 2014 Lacey Silks

Deutsche Erstausgabe © 2024

Verlag: MyLit Publishing, Cambridge, ON, Kanada

Dies ist ein Roman. Alle Namen, Charaktere, Orte und Gegebenheiten sind der Vorstellungskraft der Autorin entsprungen oder wurden fiktiv benutzt. Jede Ähnlichkeit mit realen Personen, lebend oder tot, Ereignissen oder Orten ist rein zufällig. Alle sexuell aktiven Figuren in diesem Buch sind über 18.

Dieses Buch ist ausschließlich FÜR VOLLJÄHRIGE LESER gedacht. Es enthält sexuell explizite Szenen, die von einigen Lesern als anstößig empfunden werden könnten. Bitte bewahren Sie Ihre Bücher an einem Ort auf, der für Minderjährige nicht zugänglich ist.

ISBN: 978-1-998306-30-5

An die nach außen Introvertierten, die sich innen wie
Extrovertierte fühlen. Sei der REBELL in dir!

"Okay, Sam. Du schaffst das. Er ist nur ein mysteriöser
Barkeeper, der Frauen zum Frühstück, Mittag- und
Abendessen verspeist, und du kannst sein Nachtisch sein."
~ Samantha Connor, Silvers Rebellin

ls ich heute Morgen aufwachte, hatte ich nicht erwartet, auf meine Vergangenheit zu stoßen.

Ich parkte auf der gegenüberliegenden Straßenseite des Clubs und stellte den Motor ab. Die dunkle Gasse schien ein guter Ort zu sein, um die Menge im Auge zu behalten. Nur wenige Meter von mir entfernt. Die heutige Überwachung würde einfacher sein als die meisten.

Sitzen. Beobachten. Und warten.

Ich hob meine Hände hinter meinen Kopf und senkte den Fahrersitz ein Stück nach unten. Einen einundzwanzigjährigen Klienten zu hüten würde ich jederzeit dem Graben nach Särgen mit leblosen Körpern vorziehen. Kendra hatte der Firma mehr Ärger eingebracht, als irgendjemand von uns erwartet hatte, aber wenn es ihre Familie nicht gäbe, hätten mehr gelitten. Außerdem war sie nach zehn Jahren mehr als nur eine Klientin. Sie war Familie.

Hinter der Mülltonne raschelte es mit Papieren und zog meine Aufmerksamkeit auf sich. Ein Schuss frisches Adrenalin floss durch meine Adern und erinnerte mich an meine Ermittlertage. Ich kurbelte mein Fenster herunter. Der Klang von rasenden Taxis, aufheulenden Motoren, quietschenden Bremsen,

Hupen und Sirenen verschmolz zur Melodie der Nacht. Viel näher hallte Gelächter von der Straße, wo sich eine Schlange von Gästen um die Ecke für die Eröffnung des neuen Nachtclubs meines Freundes, Kissed, wand.

Ich stöhnte innerlich. Menschenmengen bedeuteten Ärger, und Ärger für jemanden wie mich war vergleichbar damit, auf einen Elektrozaundraht zu pinkeln. Es war nichts Angenehmes daran, wenn ein elektrischer Strom durch deine Eier zuckte. Das wusste ich aus Erfahrung auf der Ranch.

Ich drehte meinen Kopf zur Seite. Wie auf Kommando trat eine Frau aus dem leerstehenden Gebäude in die Gasse. Sie blickte hinter sich und schlich auf Zehenspitzen, um zu vermeiden, dass ihre klickenden Absätze den Boden berührten. In eine enge Lederhose gehüllt, schwang ihr Hintern hin und her, als sie hinter einen Müllcontainer eilte.

„Was machst du da?", flüsterte ich.

Sie griff hinter sich, öffnete ihre Hose und ging in die Hocke. Der Müllcontainer verbarg sie so gut, dass niemand sie sehen würde, es sei denn, jemand käme durch die Seitentür des Club Forever. Das Geräusch eines kräftigen Strahls zischte in der Ferne. Ich unterdrückte ein Kichern, als sie erleichtert seufzte. Sie war schnell fertig, wackelte mit dem Hintern und zog sich wieder an. Die Rebellin überprüfte noch einmal ihre Umgebung hinter dem Container, strich mit den Händen über ihre Oberschenkel, straffte die Schultern und stieg über die Pfütze, um aus der Gasse zu eilen.

Ihr selbstsicherer Gang geriet ins Stocken, als sie endlich mein Auto bemerkte. Die junge Frau blickte hinter sich und dann zurück zum einzigen Ausweg aus der Gasse, der an meinem Fahrzeug vorbeiführte. Sie griff in ihre Handtasche und beschleunigte ihre Schritte.

Diese Nacht würde garantiert im Chaos enden. Ich hatte ein Gespür für sowas.

„Du bist der feuchte Traum eines jeden Entführers", rief ich ihr zu, als sie vorbeihastete. Es war wahrscheinlich nicht meine beste Anmache, aber es war eine Weile her, seit ich unter ... Menschen gewesen war.

Sie drehte sich zu mir um, stützte sich auf ihren hohen Fick-mich-sofort-Absätzen ab und nahm ihre Hand aus der Clutch, um eine Düse auf mein Gesicht zu richten.

„Du kranker Mistkerl!"

Ich muss ihr zugestehen – mit dem Pfefferspray hatte ich nicht gerechnet. Hätte ich aber sollen.

Ich streckte meine Hand aus, um den Strahl zu blockieren, bevor sie den Knopf drückte. „Warte! Nicht! Ich meine es nicht böse."

Sie hielt ihren Finger fest auf dem Knopf. Ihr Arm streckte sich nach vorne, und meine Aufmerksamkeit wanderte von der Düse zu ihren bezaubernden Augen. Unsere Blicke trafen sich wie in irgendeinem verdammten Happy-End-Film, und alles, was ich tun konnte, war scharf die Luft einzuziehen, denn ich dachte, ich würde einen Geist sehen. Ihre aufgeworfene Nase, die runden Wangen, ein blonder Seitenzopf und Lippen, die nach Küssen bettelten, waren eine herzlose Erinnerung an alles, was ich verloren hatte. Die unheimliche Ähnlichkeit ließ mein Herz still-stehen. Ich blinzelte mehrmals, bis mein Körper zitterte und die überflutenden Erinnerungen wegschob.

„Was ist los mit dir?" Sie senkte ihre Hand, trat vom Seiten-eingang des Clubs weg und kam näher an mein Auto heran.

Ich hatte schon früher gelernt, diese Anfälle zu kontrollieren. Dieser hier war nichts Neues, aber es war eine Weile her, seit ich einen gehabt hatte. Ich erinnerte mich an die angeleiteten Thera-pieworte in meinem Kopf, und mein Puls verlangsamte sich endlich.

Verdammt peinlich.

„Nichts. Mir geht's gut", bellte ich zurück.

Die sekundenlange Pause fühlte sich wie eine Stunde an. Die frischen Erinnerungen verfolgten mich und waren der genaue

Grund, warum ich mich von Menschen fernhielt. Ich war einfach keine gute Gesellschaft. Aber ich würde sie auch nicht in den Club Forever gehen lassen.

„Du willst da nicht reingehen." Ich zeigte auf die Seitentür.

„Das hatte ich nicht vor, aber jetzt machst du mich neugierig. Warum sollte ich da nicht reingehen wollen?"

Das frische Grunzen vibrierte tief in meinen Lungen. Ihre Stimme, ihr Auftreten und ihre Scheißegal-Haltung waren eine ernste Erinnerung daran, wie ich darin versagt hatte, ein rebellisches Mädchen wie sie zu beschützen.

Weil Club Forever seine Frauen gerne für immer behält. Oder so hatte ich gehört. Ich sagte ihr das nicht, weil wir in einer Gasse waren und es dunkel war. Ich wollte sie nicht noch mehr erschrecken, als ich es schon getan hatte, und Bärenspray ins Gesicht bekommen.

„Club Forever ist nichts für Mädchen wie dich."

„Woher weißt du, was für ein Mädchen ich bin?"

„Erstens die Art, die ihre Blase nicht halten kann."

„Das ist nicht meine Schuld. Ich musste mich für heute Abend hydrieren. Ich feiere. Und was machst du in einer dunklen Gasse?", fragte sie, als ob ich die schöne Frau wäre – was ich nicht war –, die durch gefährliche Straßen schlenderte.

„Ich bin nicht derjenige, der keinen Ausweg findet."

Ihre Wangen erröteten durch die Dunkelheit hindurch.

„Du bist ein Rebell. Und Ärger. Das bist du." Ich drückte den Knopf an meinem Lenkrad. Die Autotür öffnete sich in einem trägen Halbkreis. Ich lehnte mich wie Magnum P.I., der berühmte TV-Detektiv, gegen die Motorhaube. Na ja, ich war ja irgendwie einer. Nur etwas jünger und mit besseren Gadgets. Sie verlagerte unruhig ihr Gewicht von einem Fuß auf den anderen. Ich billigte diese zusätzliche Vorsicht gegenüber Fremden, aber sie hätte von vornherein nicht in einer dunklen Gasse sein sollen.

„Macht es dich an, Leuten beim Pinkeln zuzusehen?", fragte sie.

„Nein. Mich macht es an, dafür zu sorgen, dass verletzliche

Frauen sicher bleiben. Diese Gasse ist nicht sicher. Du solltest hier nicht pinkeln."

Dieser Teil war absolut wahr.

Sie kicherte. „War das etwa ein Wortspiel?"

„Vielleicht."

Sie steckte die Dose mit Bärenspray oder was auch immer für ein Gift ich vermieden hatte, in ihre funkelnde Clutch und klemmte das quadratische Accessoire unter ihre Achsel. Die Geste lenkte meinen Blick direkt auf das wunderschön geschnürte Korsett-Top, das ihren Körper umhüllte. Es ergänzte perfekt den kurvigen Hintern in ihrer engen Lederhose.

„Wie du siehst, bin ich sicher. Und ich brauche keinen Mann, der mir sagt, was ich zu tun habe. Außerdem, ist es nicht schon nach deiner Schlafenszeit?"

Ich lachte und schüttelte den Kopf. „Ja, klar. Aber wenn du einen Mann wie mich hättest, würde er dich niemals in einer Gasse pinkeln lassen."

Sie erschauderte.

„Dann ist es ja gut, dass ich keinen Mann wie dich habe, denn ich würde mir in die Hose machen. Die Schlange ist zu lang." Sie zeigte auf die andere Straßenseite.

„Das ist ein widersprüchlicher Satz. Du gehst ins Kissed?"

War sie überhaupt alt genug, um dort hinzugehen? Ihr schüchternes Nicken, nur eine subtile Geste, erinnerte mich an jemanden. Jemanden, der unschuldig und gutherzig war, aber auch stur und definitiv geboren, um Ärger zu machen. Es waren immer die Stillen, die mich in Schwierigkeiten brachten. Ich stieß einen flachen Seufzer aus.

„Es ist die Eröffnungsnacht meiner Freundin", sagte sie und strich sich eine verirrte Haarsträhne hinters Ohr, und mir wurde klar, dass ich wohl Samantha Connor, Kendras Freundin, anstarrte. Ich hätte sie schon vor einer Weile treffen sollen, aber meine Wunden waren zu frisch und mein Kopf zu abwesend gewesen, um mich um die Arbeit zu kümmern - und jeder, der sich um Kendra aufhielt, war Arbeit. Nachdem ich als Privatdetektiv versagt hatte, war ich die Karriereleiter hinabgestiegen. Jetzt arbeitete ich mit meinen Brüdern James und Hunter in der Überwachungsabteilung von Silver Securities.

„Würde deine Freundin dich nicht auf eine Gästeliste setzen?" Ich zeigte mit dem Daumen über meine Schulter zurück zur Straße. „Weißt du ... um die Schlange und das Pinkeln in der Gasse zu vermeiden."

„Möglicherweise."

„Ich würd' das checken, bevor ich mich mit den Ratten zum Pinkeln verabrede."

Sie neigte ihre Hüfte und verlagerte mehr Gewicht auf ihren rechten Fuß. Ihr Hintern streckte sich provokativ zur Seite. Sie blinzelte dreimal mit ihren mascaraschweren Wimpern, lächelte durch diese unschuldigen Lippen und errötete. Dieses Mädchen würde heute Abend garantiert Ärger machen, und sie hatte keine Ahnung davon.

„Aber wenn ich diese Gasse vermieden hätte, hätte ich dich nicht getroffen", zwitscherte sie. Diese Stimme sang durch meine Ohren mit vertrauten Tönen. Sie floss direkt durch meine Venen und erweckte die schlummernden Erinnerungen in meinem Herzen.

Plötzlich war eine Gasse der letzte Ort, an dem ich sein wollte.

Verdammt.

Als ich sie jetzt sah, konnte ich nicht anders, als mich zu fragen, ob wir uns schon einmal begegnet waren. In einem anderen Leben vielleicht. Sie neigte ihren Kopf zur Seite und ihr Zopf fiel auf ihr Dekolleté. Ich stellte mir dasselbe Haar verstreut über meiner Brust vor. Ihr Blick senkte sich langsam zu meinem Schritt, und mir wurde klar, dass ich hart war.

Sie räusperte sich und ließ mich wie einen totalen Perversen fühlen.

„Ähm, ich sollte besser gehen." Ihre Stimme brach vor Nervosität. Sie drehte sich noch einmal um, bevor sie auf den Bürgersteig trat und rief: „Ich werde die Gästeliste checken, und danke für den Tipp!"

Samantha lief in Richtung des Nachtclubs davon und ließ mich allein in der Gasse zurück. Ich bin mir nicht sicher, wie lange ich dort stand und über sie und meinen neuen Auftrag nachdachte, aber es wäre viel länger gewesen, wenn mein Cousin und Partner bei Silver Securities nicht in seinem Bentley vorgefahren wäre.

Julian Silver ließ das Fenster herunter. „Hey, Gabe! Du wirst zu spät kommen!"

Ich warf mit einem Grunzen einen Blick auf meine Uhr. „Ich bin nie zu spät, Punkt."

Er schaltete die Zündung aus und die Scheinwerfer erloschen. „War das Kendras Freundin?"

„Allerdings."

„Hat sie dich erwischt? Kendra bringt ihr Selbstverteidigung bei."

Sie hatte mich definitiv erwischt, aber nicht auf die Art, die Julian dachte.

„Danke, dass du das machst." Er reichte mir durch das Fenster eine Akte.

„Ich würde sagen, du schuldest mir was, aber du schuldest mir bereits." Die Worte kratzten in meiner Kehle wie grober Kies. Der bittere Geschmack des Lebens war seit der Beerdigung in meinem Mund geblieben.

Meine Uhr piepte mit einer Drei-Minuten-Warnung. „Ich habe noch eine Minute. Gib mir die Kurzfassung."

„Kendra hat vor zwei Nächten einen Deal gemacht und ist heute Abend bei einem anderen durchgefallen. Diesmal hat sie die falschen Leute verprellt. Hartley ist einer von ihnen. Es gibt Gerüchte über Vergeltung. Sie kommen. Ich weiß nicht, wie lange wir sie noch unter dem Radar halten können, besonders jetzt, wo sie Kissed eröffnet hat. Die Leute werden Fragen stellen.

Ihr Profil ist in Gefahr, was auch Silver Securities in Gefahr bringt."

„Typisch für dich, dich in ein Problemkind zu verlieben", schnaubte ich.

„Sie ist es nicht. Es sind die Drogen." Julian verteidigte Kendra immer, aber der Mann liebte sie auch wie ein Narr. Und Silver Securities schuldete ihr etwas.

Ich legte meine Hand auf die Schulter meines Cousins. „Ich weiß. Wir werden sie da rausholen und darüber hinwegbringen. Ich werde sie nicht aus den Augen lassen. Sie ist Familie."

Julian hätte diesen Job genauso gut machen können. Tristan, sein jüngerer Bruder, auch. Aber wenn man sich mit einem Klienten einlässt, wird das Leben kompliziert. Kendra stellte die Geduld meiner Tante und meines Onkels täglich auf die Probe, aber sie liebten sie wie eine Tochter. Mein älterer Bruder hatte eine kranke Tochter zu versorgen, und Hunter war kaum aus den Windeln, konzentriert auf Abenteuer unter einem anderen Rock jedes Wochenende. Seine Energie eines Dreiundzwanzigjährigen brachte die Wände zum Wackeln.

„Kendra hat ihre Methoden", erinnerte mich Julian.

„Ich werde die komplette Akte morgen früh als Erstes lesen. Heute Abend bin ich im Dienst." Ich nickte in Richtung des Nachtclubs auf der anderen Straßenseite, wo Ärger lauerte.

„In Ordnung. Ruf mich an, wenn du mich brauchst. Ich bin nicht weit weg."

Ich sah ihm direkt in die Augen und zeigte überschwänglich den Daumen nach oben.

Er verdrehte die Augen. „Bring dein Leben in Ordnung, Gabe. Anständige Arbeit wird dir guttun."

Scheiß drauf.

Er drehte den Zündschlüssel, und der Wagen schnurrte. Julian blickte noch einmal über die Straße, schüttelte den Kopf, winkte und fuhr davon. Ich verschloss mein Auto und ging über die Straße zum Hintereingang des Clubs. Das kaputte Schloss erinnerte mich daran, es zu wechseln.

Ich ging durch den hinteren Bereich zum privaten Bereich, wo Ace und Axel Wagner in einer Ecke warteten. Die Brüder hielten jeweils ein Glas mit Bourbon on the rocks. Der orangefarbene Likör glitzerte im gedämpften Licht. Wir schüttelten uns die Hände, und ich setzte mich ihnen gegenüber an den Tisch.

„Was ist los?"

Die Kellnerin musste mich gesehen haben, als ich hereinkam, denn sie brachte mir mein Lieblingsgetränk.

„Danke." Sie ließ uns in der privaten Ecke allein.

„Rate mal, wer das Gebäude auf der anderen Straßenseite gekauft hat?", fragte Ace.

„Dein Vater hat es gekauft. Das weiß doch jeder."

„Nicht Club Forever. Das Grundstück daneben."

„Hartley? Er hat doch schon das Hotel auf der einen Seite."

Ich hob mein Glas an die Lippen, hielt aber inne.

„Wozu braucht Scar schon wieder einen Stripclub?"

„Es ist ein Backup-Plan ... wir haben etwas Neues herausgefunden. Die Organisation wächst." Die Brüder sahen sich auf eine Weise an, die mir die Haare zu Berge stehen ließ.

„Scar glaubt, dass Infinity im Gebäude nebenan operieren wird. Rebels wird zwischen den Hartleys eingeklemmt sein. Das könnte unser Einstieg sein."

„Rebels?"

„Der neue Stripclub."

Axel rückte näher. „Das ist eine Gelegenheit, die Silver Securities nicht verpassen darf. Hartley kennt keine Grenzen. Je länger der Staatsanwalt wartet, desto dreister wird er."

Ich stellte das Getränk ab und beugte mich vor. „Holt Julian mit ins Boot. Ich bin nicht mehr in dem Geschäft. Der Fall gehört den Flintstones."

„Bis jemand, den du liebst, involviert wird."

Deshalb habe ich niemanden zum Lieben.

„Du bist verbunden. Wir sind alle verbunden. Und wenn Infinity auf der anderen Straßenseite operiert, ist das Geschäft deines Mädchens in Gefahr."

„Kendra ist nicht mein Mädchen. Sie ist eine Klientin. Ich werde mit dem Team sprechen, und wir sollten ein Treffen vereinbaren. Natürlich stehen euch alle Ressourcen von Silver zur Verfügung."

Ressourcen waren nicht das Problem, und mein leeres Angebot fühlte sich ein wenig fies an, aber ich war nicht in verdammt guter Stimmung. Das war ich schon lange nicht mehr.

Mein Fokus verlagerte sich auf die kleine Menge um die Bar. „Genießt euren Abend. Die Drinks gehen aufs Haus."

Die Brüder stießen mit ihren Gläsern an und entspannten sich in den gepolsterten Sitzen.

Ich sprang über die Bar und zog meine Lederjacke aus.

Morgan, die andere Barkeeperin im Dienst, runzelte die Stirn. „Du bist spät dran, und die Menge ist durstig."

Ich stopfte die Jacke unter den Tresen und wusch mir die Hände. „Ich komme nie zu spät. Basta."

„Na ja, es wäre besser, wenn du ein paar Minuten früher hier wärst, um vorzubereiten."

„Es wäre besser, wenn ich für diesen Job bezahlt würde."

Das war eine Lüge. Ich brauchte keine Bezahlung, um der Familie zu helfen. Außerdem würden ein paar hundert Euro extra mein Vermögensportfolio nicht gerade verändern.

„Mit so einer Einstellung bekommst du Ärger mit der Chefin."

„Sie ist deine Chefin, nicht meine. Wo ist Kendra überhaupt?", fragte ich.

Morgan zuckte mit den Schultern, als ein Blick auf einen blonden Zopf auf der anderen Seite der Bar meine Aufmerksamkeit erregte. „Und die da? Was trinkt sie?", ich zeigte auf Kendras Freundin aus der Gasse.

„Eine jungfräuliche Mary."

„Vielleicht doch nicht so rebellisch." Das teuflische Grinsen, das sich in meinem Mundwinkel hob, war neu. Ich hatte es nicht erwartet, aber es war eine Weile her, seit eine Frau meine Stimmung gehoben hatte.

„Was, Silver?", fragte Morgan.

„Nichts. Lass uns anfangen."

„Schürze." Sie reichte mir den schwarzen Stoff mit einem extragroßen pinkfarbenen Lippenabdruck, der im Dunkeln leuchtete.

„Nein, danke."

Ihr Lachen hallte über dem Summen der Menge. „Komm schon. Hier wird's gleich verrückt. Jemand wird bestimmt was über dich schütten."

„Ich. Verschütte. Nichts." Ich hob meine Hand, um ihre Antwort zu stoppen, und zeigte auf die Seite der Bar, wo die blonde ‚Rebellin' auf einem Hocker saß. „Ich übernehme diese Seite. Sag mir Bescheid, wenn du Kendra siehst."

Ich stopfte die grässliche Schürze unter den Tresen und schlenderte um die Ecke der dekorativ gestapelten Bierhumpen.

Sie saß mit übergeschlagenen Beinen an der Bar und nippte an ihrem Tomatensaft.

Widerlich.

So sehr ich Tomaten auch hasste, ich würde es ihr nicht übel nehmen, denn ich kannte jemand anderen, der diese Frucht liebte. Und ich liebte sie innig.

Reiß dich zusammen.

Sie senkte ihren Blick auf ihre Brüste, und ich plapperte das Erste, was mir in den Sinn kam.

„Na, entdeckst du da drin was Interessantes?"

Die Musik dröhnte tief in meiner Brust, während ein Gesprächsrauschen durch den Club hallte. Die Tanzfläche füllte sich, als Frauen in kurzen Röcken und engen Crop-Tops um Aufmerksamkeit wetteiferten. Keine Ahnung, wessen Aufmerksamkeit sie suchten, aber es funktionierte – die Männer sabberten wie auf Kommando.

Kissed musste der perfekte Ort für einen One-Night-Stand sein. Ich saß an der Bar in der Mitte des Nachtclubs meiner besten Freundin und beobachtete, wie eine vollbusige Barkeeperin hinter dem Marmortresen ihre Magie wirken ließ. Ihre üppigen Brüste wackelten in ihrem eng anliegenden Tanktop. Der schwarze Baumwollstoff schmiegte sich an ihre aufgerichteten, aber vollen Brüste und gab den sabbernden Männern an der Bar viel Stoff zum Fantasieren. Sie wusste, wie man es anstellt, und das zeigte sich an ihrem überfüllten Trinkgeldglas.

Implantate?

Ich beobachtete, wie sie nach dem obersten Regal griff. Ihre Brüste hüpften wie in Zeitlupe, als sie von der Barleiter stieg. Sie ging zur anderen Seite der Bar, und ich schielte auf die Sitze neben mir, bevor ich in mein Korsett-Top spähte, um zu vergleichen.

„Findest du da drin etwas, das dir gefällt?" Ich zuckte bei der männlichen Stimme hinter dem Tresen zusammen, und mein Mund klappte auf.

„Ich... ich... ich habe eine Erdnuss fallen lassen", stammelte ich.

Der heiße Blick des Barmanns wanderte von meinen Brüsten zu meinen verwirrten Augen. Langsam setzte die Erkenntnis ein, zusammen mit einer Hitzewelle, die an meinen Wangen begann. „Das... das bist du."

Sein Mundwinkel hob sich.

„Genau. Gabriel Silver. Meine Freunde nennen mich Gabe." Er streckte seine Hand über den Tresen nach meiner aus.

Ich erwiderte seinen geschäftsmäßigen Händedruck. Seine himmelblauen Augen funkelten vor Reife und Verheißung. Ich war zwar weder Kendra noch die vollbusige Barkeeperin, aber ich hoffte trotzdem, einen besseren Eindruck zu machen als jemand, der eine Erdnuss in seinem Ausschnitt verloren hatte.

Oder ein Mädchen, das in einer Gasse pinkelte.

Gabes Aufmerksamkeit blieb auf meinem Gesicht, als könnte er nicht genug davon bekommen, was mich nur noch mehr erröten ließ. Er legte seine Arme auf den Tresen und beugte sich vor. Ich schluckte schwer, mein Hals war staubtrocken. Wie durch ein Wunder erinnerte ich mich an seinen Namen.

„Samantha Connor. Arbeitest du hier?"

Eine Spur von Scham erhitzte meine Wangen, als ich mir plötzlich wünschte, wir hätten uns unter anderen Umständen kennengelernt. Alles wäre besser gewesen, als dass er mich beim Pinkeln in irgendeiner Gasse erwischt hatte, und ich hoffte, dass Vergebung eine seiner besseren Eigenschaften war.

„Man könnte es so nennen. Bist du Kendras Freundin?"

Ich war Kendras einzige Freundin, aber das zuzugeben würde bedeuten, dass auch ich nur sie als Freundin hatte. Zumindest meine engste Freundin. Die letzten Jahre auf der Suche nach meiner leiblichen Mutter waren nicht einfach gewesen. Nachdem ich meine Mutter durch Krebs und meinen Vater bei einem verrückten Haiunfall verloren hatte, fand ich mich allein in der Welt wieder, und die Suche nach meiner biologischen Familie war zur Priorität geworden. Der Punkt war, alles, was ich jetzt hatte, war Kendra und ein paar Arbeitskollegen.

„Ja, und du? Ich meine, du arbeitest hier, also musst du sie kennen." Ich hätte ihn nie für einen Barmann gehalten, aber die rohe Kraft und das Selbstvertrauen würden ihn zu einem perfekten Bodyguard machen.

„Ja, ich kenne sie. Ich bin überrascht, dass wir uns nicht schon früher über den Weg gelaufen sind."

Ich auch.

Sein Blick verschlang mich und schickte eine Hitzewelle von Kopf bis Fuß durch meinen Körper.

Ich biss mir auf die Lippe. Kendra hatte Recht gehabt, als sie mich zur Eröffnungsnacht von Kissed einlud: Das würde wirklich ein guter Abend werden.

„Mr. Silver?" Jemand rief nach dem muskulösen Barmann von der anderen Seite.

Silver, Silver, Silver... Ich ließ den Nachnamen durch meinen Kopf gehen, aber es klickte nicht.

Er beugte sich vor, sein Hemd, das eine Nummer zu eng, aber oh-so-perfekt war, kräuselte sich an allen richtigen Stellen. „Entschuldige mich einen Moment. Geh nicht weg."

Seine wunderschönen blauen Augen funkelten wie Edelsteine. Ihr brillanter Kontrast zu seiner gebräunten Haut und dem schokoladenbraunen Haar, das ein wenig zu lang – aber wieder perfekt war – ließ mich den Atem anhalten, als er sich umdrehte. Der Pony verschob sich und enthüllte eine silberne Strähne von Reife und Erfahrung. Er ging, und mein Magen vollendete seinen zweieinhalbfachen Salto. Ich atmete tief durch, sammelte mich kurz und drehte mich auf meinem Hocker um. Die Musik wurde lauter.

Ich wippte zum tanzbaren Rhythmus, meine Beine schwangen hin und her.

Okay, Sam. Reiß dich zusammen. Er ist nur ein mysteriöser Barmann, der Frauen reihenweise verschlingt, und du kannst sein Dessert sein.

Ich griff hinter mich nach dem beschlagenen Glas und nahm noch einen Schluck von meiner alkoholfreien Bloody Mary. Kondensiertes Wasser tropfte auf meinen Schoß und hinterließ Flecken auf meiner Kunstlederhose. Als die zweite Strophe begann und Gabe auf der anderen Seite der Bar beschäftigt war, wirbelte ein süßer, stechender Rosenduft um meine Nase. Ich horchte bei dem vertrauten Duft auf.

„Kendra! Du bist da!"

Meine beste Freundin musterte mich und nickte zustimmend, dann schlang sie ihre Arme um mich zu einer Umarmung. Ihr geglättetes Haar kitzelte meine Wange, als sie flüsterte: „Du bist früh dran."

Ich nahm noch einen Atemzug ihres klassischen Dufts von Rosen und frischer kastanienbrauner Haarfarbe.

„Ich konnte doch deine Eröffnungsnacht nicht verpassen", grinste ich und zappelte dann herum, wie es alle Freundinnen tun, wenn ihre besten Freundinnen ihre Lebensziele erreichen. Wer hätte das gedacht? Vor sechs Monaten lernten wir uns in einer Ahnenforschungsgruppe kennen und brachen beide zusammen. Und jetzt lagen wir uns in den Armen. „Ich kann's kaum glauben - deine eigene Eröffnungsnacht!"

Tolle Brüste, herrliche Haare, einfach alles toll. Ich war mir sicher, dass heute Kendras beste Nacht sein würde. Ich wusste es einfach. Als ich all die Eigenschaften aufzählte, die meine beste Freundin verkörperte, wuchs das Nervenbündel in meiner Brust. Was, wenn ich heute Abend völlig unbeachtet bliebe? Aber andererseits verbrachte ich den Abend mit Kendra, die seit dem Tag unseres Kennenlernens immer für versprochene Nächte voller Spaß gesorgt hatte.

Sie musterte mich noch einmal, und ich konnte nicht anders, als zu fragen: „Gefällt's dir?"

„Viel besser als dein Bleistiftrock-Kostüm."

„Ich würde doch keine Bürokleidung in einen Club anziehen!"

Ihr Lachen hallte durch die Bar und ließ die Köpfe sich drehen. Die Aufmerksamkeit störte mich nicht mehr, und ich konzentrierte mich auf das blendende Licht, das über uns funkelte, und den sich drehenden Raum. Ich griff nach der Theke, um mich zu stabilisieren. Entweder war es die jungfräuliche Bloody Mary oder der plötzlich überfüllte Raum, der mir zusetzte. Schweiß tropfte unter meinen Armen hervor.

„Hab ich dir nicht gesagt, dass ich einen tollen Modegeschmack habe?", tippte Kendra mir mit dem Finger auf die Nase. Ich blinzelte zweimal, und der Raum normalisierte sich wieder.

Früher in der Woche hatte sie mir einen Link geschickt, um das Korsett-Top und die hautenge Kunstlederhose zu kaufen. Keine Ahnung, wie ich die später wieder ausziehen sollte – aber das war ein Problem für die Zukunfts-Sam. Hoffentlich würde das Problem des Hosenausziehens in die Hände eines gutaussehenden Fremden fallen. Die Hose klebte an meinem Körper wie eine zweite Haut.

Die Hitze im Club war unglaublich. Oder war ich das nur? Ich fächelte mir Luft zu.

„Und? Schon jemand?", scannte Kendra die Bar ab, als wäre sie auf der Jagd. Armes Mädchen. Sie war in einen Mann verliebt, der diese Liebe nicht erwidern konnte, und mein Herz schmerzte für sie. Unsere Suche nach unseren Familien hatte uns zusammengebracht, und obwohl wir uns erst kürzlich kennengelernt hatten, fühlte sich Kendra vom ersten Tag an wie Familie an.

„Jemand was?", fragte ich.

„Jemand, der dir gefällt? Ich sorge dafür, dass du flachgelegt wirst, bevor die Sonne aufgeht."

Ich schüttelte den Kopf. „Psst. Sprich leiser. Jeder kann dich hören."

Sie lachte wieder. „Na und? Das ist doch der Sinn. Wenn du

Werbung für das machst, was du willst, bekommst du auch das, was du willst."

Ich war zwar dafür, ‚etwas abzubekommen', aber nicht auf Kosten meines Rufs und einer Blamage mitten in einem Nachtclub. „Hast du heute Abend nicht Wichtigeres, um das du dich sorgen musst? Es ist deine Eröffnungsnacht."

Sie hatte monatelang hart gearbeitet, um dieses Unternehmen auf die Beine zu stellen. Ich dachte, sie würde es inzwischen ernster nehmen.

„Dieser Club war von Anfang an ein Erfolg. Außerdem habe ich Leute dafür."

Ich stellte die jungfräuliche Bloody Mary auf die Theke. Der halb leere Club hatte sich wie ein überlaufender Staudamm gefüllt. Die Security ließ nur eine Handvoll Leute auf einmal herein, und nur diejenigen auf Kendras exklusiver VIP-Liste schafften es hinein. Zum Glück hatte Gabe vorgeschlagen, dass ich die VIP-Liste überprüfe.

„Du siehst toll aus!", rief ich über die laute Musik hinweg, aber die Lautstärke sank gerade, als ich mein Kompliment beendete, und einige Köpfe drehten sich in meine Richtung.

„Danke!"

Kendra schenkte niemandem sonst Beachtung. Ihre seidene Neckholder-Bluse fiel in Falten und Wellen über ihre Brüste und ließ wenig der Fantasie übrig. Sie musste den Kragen festgeklebt haben, denn als sie sich über die Bar lehnte und die Hand hob, um Aufmerksamkeit zu erregen, hielt der Stoff fest an ihrer Haut.

Ich warf noch einmal einen Blick auf meine Brüste, um sicherzugehen, dass sie an Ort und Stelle blieben.

Keine Angst deswegen!

Diese Dinger würden Glück haben, wenn sie herausfallen würden. Ich brauchte kein Klebeband. Meine Zwillinge hatten mit sechzehn ihren Höhepunkt erreicht, also bestand bei mir keine Gefahr einer unsittlichen Entblößung.

„Was trinken wir?", warf Kendra in meine Richtung. Ihre

haselnussbraunen Augen hatten einen rötlichen Schimmer, und ich fragte mich, ob die Vorbereitungen für heute Abend sie schließlich ermüdet hatten. Kendra hatte jahrelang davon geträumt, einen Nachtclub an der Fifth Avenue zu eröffnen. Und jetzt war der dreistöckige Kissed-Club mit einer schicken Lounge und einem Dachgarten mit Blick über Manhattan das Stadtgespräch.

„Eine jungfräuliche Bloody Mary."

„Jungfrauen sind ja schön und gut, aber nicht in einem Drink."

Ich presste meine Knie bei dem Kommentar zusammen. Leider war es schon eine Weile her. Eine lange Weile. Casey war nicht gerade der gebende Typ gewesen, und Masturbation konnte ein Mädchen auch nur so weit bringen. Kendra war seit dem Tag, an dem ich geschworen hatte, Single zu bleiben, und Krokodilstränen in ihrem Schoß geweint hatte, auf einer Mission, mich mit jemandem zu verkuppeln. Sie war gescheitert. Kläglich. Nicht ihre Schuld, sondern meine eigene. Die Arbeit hatte in meinem Leben die Oberhand gewonnen und mir keine Zeit zum Spielen gelassen, während ich die Karriereleiter für eine Beförderung erklomm. Mein Sexleben war tot.

„Dieser Ort ist unglaublich. Ich verstehe immer noch nicht, wie du die Investition geschafft hast." Ich lenkte ihre Aufmerksamkeit auf das eine Thema, von dem ich wusste, dass Kendra gerne darüber sprach, und das war sie selbst. Sie hatte monatelang nach einem Partner gesucht, der ihr bei der Gründung helfen würde.

„Ich habe einen stillen Teilhaber gefunden." Sie zwinkerte mir zu und wandte sich ebenso schnell dem muskulösen Barkeeper zu, dem sie zuwinkte. „Gabe, zwei Orgasmen!"

Ich setzte mich kerzengerade auf.

Sie lehnte sich zu mir und flüsterte: „Du musst dich entspannen, Sam. Hier, nimm das. Für heute Abend ist Spaß angesagt. Sonst nichts." Ihre Lippen berührten meine kurz in einem zarten

Kuss, der eine kleine Pille auf meiner Zunge hinterließ. Sie zog sich zurück und zwinkerte. „Jetzt schluck."

Eine Welle von Nervosität kribbelte über meine Arme, aber Kendra war meine beste Freundin, und ich war mehr als bereit für etwas Spaß.

Ich hab das verdient, erinnerte ich mich selbst. Ein One-Night-Stand war genau das, was ich brauchte, um wieder in den Sattel zu steigen.

Eine Nacht. Nicht mehr und nicht weniger.

Ich nippte an der Virgin Mary und wartete darauf, dass die Pille in meinem Magen landete. Das Geräusch eines abstürzenden Fehlers hallte zurück. Ich wollte Kendra fragen, wie lange es dauern würde, bis die Pille wirkte, aber ich vergaß meine Worte, sobald ich Gabe von der anderen Seite der Bar herüberschlendern sah. Sein sexy Grinsen breitete sich über sein Gesicht aus. Er strahlte Selbstvertrauen aus, als er zwei Schnapsgläser vor Kendra auf den Tresen stellte. Der betörende Geruch seines Parfüms ließ mich taumeln. Er umkreiste meine Lungen wie ein Aphrodisiakum.

Gabe griff nach einer Flasche auf einem höheren Regal. Sein Hemd rutschte über seinen Gürtel und entblößte seinen durchtrainierten Rücken. Köstliche Schauer kribbelten an allen richtigen und falschen Stellen meines Körpers und überreizten meine Sinne. Er packte den Flaschenhals, und von diesem Moment an konnte ich nicht mehr wegschauen. Als er die Shots vorbereitete und die Flaschen in die Luft warf, schwollen die Muskeln in seinen Armen an und verdrehten sich. Ein Tattoo eines Dorns lugte unter dem Rand seines kurzen Ärmels hervor. Es umschlang seinen Bizeps und schien seine Haut an zufälligen Stellen mit Tintentropfen aus Blut zu durchbohren.

Ich hatte keine Tattoos, weil ich es vorzog, schmerzfrei zu leben. Außerdem war die Angst vor Nadeln real.

Gabe warf die Flasche wie ein Profi in die Luft. Seine starken

Finger fingen den Flacon auf dem Rückweg auf, wo er ihn ergriff und die Flasche neigte, bereit, den Alkohol einzuschenken.

Verdammt sexy.

Ich rutschte auf meinem Sitz hin und her. Der Angriff seiner männlichen Bewegungen ließ mich an Caseys Mangel an jeglichen Bewegungen denken und wie sehr ich etwas Festes und Stabiles brauchte ... jemanden, jemanden mit Erfahrung wie Gabriel Silver. Wo hatte Kendra ihn gefunden? Die Musik verblasste und wurde wieder lauter, und ich fragte mich, warum die Soundanlage so wackelig war. Schweiß tropfte meinen Rücken hinunter. Der Raum drehte sich. Ich blickte zurück auf die dichte Menge von Körpern, die sich wie ein Ameisenschwarm über die Tanzfläche bewegten. Klaustrophobie war noch nie ein guter Freund von mir gewesen.

„Er ist gut mit seinen Händen, nicht wahr?", spielte Kendra mit dem Ende meines Zopfes und lenkte meine Aufmerksamkeit zurück zu ihr. Sie schien für eine Eröffnungsnacht ziemlich ruhig und verspielt zu sein.

„Ja, das ist er", antwortete ich mit verträumter Stimme. Wenn Gabe mich gehört hatte, ließ er es sich nicht anmerken. Hätte ich es lauter sagen sollen?

Argh!

Gabe entschuldigte sich in Richtung eines anderen Kunden. „Einen Moment."

„Wo hast du ihn gefunden?", fragte ich, sobald er weg war.

„Er ist ein Freund eines Freundes. Sie sind Cousins. Wir sind eine große glückliche Familie."

Ich war mir nicht sicher, ob das Sarkasmus war, weil sich der Raum drehte.

„Aber man könnte fast sagen, ich habe ihn im Himmel gefunden." Sie kicherte und schwankte auf ihrem Hocker hin und her. „Ich verkupple dich heute Abend mit ihm."

„Was? Warte, du meinst das nicht ernst, oder?" Mein Herz pochte in meiner Brust, als ich meinen Blick in Zeitlupe zu einem unwiderstehlich sexy Grinsen hob. Gabe schob die Schnapsgläser nach vorne und lenkte meine Aufmerksamkeit auf seine talentierten Finger und Hände.

„Auf großartige Orgasmen! Ich hoffe, sie gefallen dir genauso sehr, wie ich gerne gefalle." Er zwinkerte, setzte seinen Charme ein, und ich wurde wieder ganz heiß. Die silberne Strähne nahe dem Pony passte zu dem geheimnisvollen Funkeln in seinen Augen. Die Narbe über seiner Augenbraue hob sich jedes Mal, wenn er mich ansah. Es muss eine Anstrengung gewesen sein, jemandem seiner Größe das zuzufügen.

Noch mehr Schweiß tropfte überall, und ich machte mir eine geistige Notiz, so bald wie möglich die Damentoilette aufzusuchen. Dennoch wollte ich nicht gehen.

Wusste er überhaupt, dass wir verkuppelt wurden?

Ich warf einen weiteren verstohlenen Blick auf mein hoffentlich-bald-stattfindendes Abenteuer. Im Schatten seiner längeren Haare funkelten seine durchdringenden blauen Augen wie Edelsteine. Ein Funke Geheimnis glitzerte in ihrer Mitte. Sie stachen gegen seine gebräunte Karamellhaut hervor, und schon feierten meine Hormone eine Party in meiner Hose. Beweise für Erfahrung und charismatische Persönlichkeit vibrierten gegen den Tresen, als er die Gäste bediente. Er war älter, aber ich würde diesen Körper und diese Erfahrung sicher nicht aufgrund des Alters diskriminieren.

Sein Blick ermutigte eine neue Hitzewelle unterhalb meines Nabels. Meine Muskeln verloren ihre Spannung, und meine Aufmerksamkeit verlagerte sich auf die halbe Virgin Mary, die ich austrank. Vielleicht war sie doch nicht jungfräulich? Ein eisiger Schauer rieselte über meinen Körper, und ich kam zu dem Schluss, dass meine Hormone heute Abend Überstunden machten.

Mein Korsett wurde enger, und ich atmete in den oberen Teil meiner Lungen, was meine zitronengroßen Brüste in Kendras

Gesicht hob. Sie genoss natürlich die nähere Ansicht und überschritt dabei meine Komfortgrenze.

„Nein, nein", schüttelte ich den Kopf, und sie lachte auf. Ihr warmer Atem kitzelte mein Dekolleté. Ich schloss für einen Moment die Augen und tat so, als wäre es Gabe.

„Kendra?", ich schwankte auf meinem Sitz. „Ich glaube nicht, dass deine Virgin Marys jungfräulich sind."

Gabe kicherte hinter der Bar, als er einen weiteren Satz Shots nach vorne schob. Die Geste zwang meinen Blick, sich zu heben und seinem zu begegnen, und wir hatten wieder unseren Moment. Den, wo er mich anstarrte und ich ihn anstarrte und keiner von uns blinzelte. Und dann blinzelte ich.

Scheiße!

Seine Augen hielten meine mit durchdringender Intensität fest, bis ich wegschaute. Sofort überkam mich Reue, aber Schweiß tropfte in meine Augen, und es brannte so stark, dass ich mich nicht konzentrieren konnte. Ich muss viel geblinzelt haben, denn Gabe fragte: „Alles okay bei dir?"

Ich zwang mich zu einem Grinsen und nickte in seine Richtung. Kendra griff nach den frischen Shots und schob mir ein Glas zu. „Prost! Auf Kissed!"

Ich stieß mein Glas gegen ihres. „Auf Kissed."

Sie führte das Glas an ihre Lippen und kippte es. Ich folgte der Linie ihres nackten Halses hinunter zu ihrem üppigen Dekolleté, was mich kurz innehalten ließ. Ich schüttelte das ungewohnte Gefühl ab und ahmte ihre Bewegung nach. Die süße Sahne traf mit ihrem Kaffee-Aroma meine Zunge und glitt in meinen Rachen. Der Alkohol breitete sich in meinen Adern aus, und mein knurrender Magen erinnerte mich daran, mitzuzählen, wie viele ich hatte. Oder war es dafür schon zu spät? Man sagt ja, dass man nicht auf leeren Magen trinken soll, weshalb ich den Tomatensaft hinuntergewürgt hatte.

Ich atmete die Mischung aus überparfümierter Luft ein. Je mehr Leute sich auf der Tanzfläche versammelten, desto heißer wurde es. Eine Wolke aus Düften und Schweiß umgab mich. Es war nichts weniger als erregend, aber es wurde auch schwieriger zu atmen. Als Nächstes nahmen wir jeweils einen Sambuca-Shot. Der süße Anisgeschmack würde definitiv härter für den Kopf sein. Ich hüpfte vom Barhocker und versuchte, das Schwindelgefühl wegzutanzen, indem ich an Ort und Stelle mit den Füßen scharrte, aber es half nicht, also setzte ich mich wieder hin.

„Das war ein verdammt guter Shot", sagte ich zu Gabe und stieß dann Kendra mit dem Ellbogen an. „Kendra, gib ihm ein Trinkgeld."

„Ich gebe ihm ein Trinkgeld, wenn er meinen Orgasmus länger als einen Schluck dauern lassen kann."

Ich brach in unkontrollierbares Gelächter aus und hob meine Hand, um meinen Mund zu bedecken.

„Du musst nur fragen, K.", grinste Gabe.

War es das, was es brauchte? Ihn zu fragen? Kendra musste ihn gut kennen, da er in ihrem Nachtclub arbeitete, aber warum hatte sie uns dann nie vorher vorgestellt? Ich hatte es im letzten Jahr nicht gerade zur Priorität gemacht, neue Leute kennenzulernen, aber zumindest hatte mir meine Neun-bis-Neun-Arbeitsroutine eine Beförderung eingebracht.

„Hey, bist du sicher, dass es dir gut geht?", fragte Gabe und holte mich in die Gegenwart zurück. Gerührt von seiner Sorge lächelte ich zurück, und genauso schnell kamen all die unanständigen Dinge, die ich mir vorstellte, die er mit mir machen würde, wieder in den Sinn und ließen meine Wangen erröten. Aber er musste sich keine Sorgen machen. Ich war ein großes Mädchen und konnte zwei Shots verkraften. Oder drei. Und eine kleine weiße Pille. Als ich seinen reifen Körper betrachtete, entschied ich, dass ich auch ihn und seine Erfahrung verkraften konnte.

Ich setzte mich etwas höher auf den Hocker, um mich über den Tresen zu lehnen. Gabe kam auf meine winkende Aufforderung hin näher. Als er nah genug war, dass ich ihm ins Ohr flüstern konnte, ergriff ich meine Chance. „Ich bevorzuge einen

Screaming Orgasm. Der hat mehr Kick und hinterlässt einen bleibenden Eindruck."

Gabe lehnte sich mit einem Grinsen zurück. „Definitiv eine Rebellin."

Der süße Stich seiner Zustimmung machte sich tief in meinem Bauch bemerkbar. Sein Mund verzog sich halb, was die Schmetterlinge in meinem Magen wild werden ließ. Diesmal lehnte er sich zuerst vor. Ich biss mir auf die Lippe und bewegte mich vorwärts, bis wir Wange an Wange und Haut an Haut gepresst waren. Der Geruch seines Moschus, vermischt mit Alkohol, berauschte mich, als er flüsterte: „Ich werde mich daran erinnern, wenn ich Feierabend habe."

Heilige Scheiße!

Oh, er war wirklich perfekt. Gabriel Silver erfüllte alle meine One-Night-Stand-Kriterien und noch so viele mehr. Er streckte die Hand aus und führte seinen Zeigefinger zu meinem Kinn, drückte es nach oben. „Dein Mundwerk macht mir Sorgen, Sam. Was kann ich tun, um diese Sorgen zu vertreiben?"

Ich nahm meinen ganzen Mut zusammen und schlug vor: „Ein One-Night-Stand, ohne Schnickschnack, du weißt schon."

Er lachte. „So in der Art?" Seine Augenbrauen hoben sich. „Eine Nacht mit mir, Samantha Connor, und du wirst um eine weitere betteln."

Angeheitert hielt ich seinem Blick selbstbewusst stand und ignorierte seinen überheblichen Ton. „Und ich nehme zwei von diesen Screaming Orgasms als Sicherheit. Sobald ich weiß, dass du liefern kannst, darfst du mich küssen. Sobald ich weiß, dass du küssen kannst, werden wir Weiteres besprechen."

WTF, ernsthaft?

Was zum Teufel hatte mich geritten, so eine bescheuerte Regel aufzustellen? Diese verdammte Hose anzubehalten, bis er mich geküsst hatte – und das zweimal!

„Ich dachte, du hättest einen One-Night-Stand gesagt?", fragte er halb lachend.

Ich beobachtete, wie seine Brust vibrierte, aber ich war nicht sicher, ob es von seinem Knurren kam oder weil die Musik lauter geworden war. Der Club hatte sich in den letzten Minuten gefüllt. Kendra drehte sich auf ihrem Hocker, nahm mich am Ellbogen, und ich hüpfte von der Bar. Sie zog mich weg und unterbrach meine Zeit mit Gabe. Er griff nach ihrem Handgelenk, bevor wir gingen, und warnte: „Halt dich zurück, Kendra."

Sie entwand sich seinem Griff und schwang ihren Oberkörper über die Bar. Sie flüsterte ihm etwas ins Ohr, das ich nicht hören konnte, glitt herunter und nahm wieder meine Hand.

„Komm schon, Sam. Es ist Zeit für etwas Spaß."

Ich mochte diese Kendra. Monatelang war sie verschlossen gewesen, hatte am Nachtclub gearbeitet. Und ich mochte, dass sie mein Fels in der Brandung gewesen war, in guten wie in schlechten Zeiten.

Der Raum drehte sich noch mehr, und wir schlossen uns der Menge auf der Tanzfläche an. Ich stellte mich auf die Zehenspitzen, um nach Gabe zu suchen, konnte ihn aber über dem Meer von Köpfen und Körpern nicht sehen. Irgendwann war ich mir sicher, dass ich ihn meinen Namen rufen hörte, aber als ich mich in Richtung des Geräusches drehte, wirbelte der Raum zu schnell. Ich senkte den Kopf und verstärkte meinen Griff um Kendras Hand.

Die Menge drängte sich enger um uns. Der Geruch von Schweiß, Parfüm und Alkohol schwebte über uns. Körper rieben sich aneinander, und meine Klaustrophobie nahm zu. Ich drehte mich im Kreis, heiß und aufgeregt. Die Musik dämpfte sich zu einem eintönigen Summen. Ich versuchte, mich aufs Atmen zu konzentrieren, aber es fühlte sich an, als hätte jemand den Sauerstoff aus dem Raum gepumpt. Desorientiert suchte ich nach dem Haupteingang.

Ich kann nicht atmen.

Ich wollte Gabe finden, aber Kendra zog mich woanders hin. Oder war es irgendwohin?

„Schau nach oben." Sie zeigte auf die Glasdecke. In ihrer Reflexion überwältigte ein Bündel sich bewegender Körper, Nebel und Lichter meine Sinne. Jemand schaukelte auf einer Schaukel. Eine Akrobatin ließ ihre Seidentücher fallen, und die Menge keuchte auf.

„Wow!" Ich hob meine Arme in die Luft und drehte mich, als wäre ich Teil der Show.

Als ich meinen Kopf senkte, bemerkte ich Käfige aus Stahlstangen, die überall im Club aufgestellt waren. Darin wanden sich Tänzerinnen, die etwas trugen, das ich eher als Zahnseide denn als Bikini bezeichnet hätte, an den Stangen. Ich hätte schwören können, dass sie vorher nicht da gewesen waren, aber inzwischen konnte ich weder sagen, wo ich war, noch was real war und was nicht.

„Besser als Club Forever?", klang Kendras hoffnungsvolle Stimme in meinem Ohr.

„Scheiß auf Club Forever!" Gott sei Dank ließ sie meine Hand nie los. Ich folgte ihr durch die tanzende Menge. „Dieser Ort ist unglaublich!"

Sie drückte meine Hand. „Es gibt noch etwas, das wir haben und die nicht."

„Was denn?"

„Eine private Dachterrasse."

„Was? Wow!"

„Bist du bereit für etwas Spaß?"

Das war ich auf jeden Fall. Meine Sinne arbeiteten auf Hochtouren. Ich wollte tanzen, aber die Menge war noch größer geworden. Ein weiteres tiefes Einatmen klärte meinen Kopf genug, um mich auf Kendras führende Hand zu konzentrieren.

„Komm schon. Es ist Zeit, dass du dein Leben zurückbekommst. Du wirst nie wieder Caseys schwächlichem Schwanz zum Opfer fallen."

Ich kicherte. Aber Wahrheit war Wahrheit. Der Schwanz meines Ex war schwächlich, und meine beste Freundin kannte mich besser als jeder andere. Casey war ein Junge, während Gabe ein Mann war. Wo war Gabe?

Benommen und überwältigt folgte ich ihr zwischen den tanzenden Körpern hindurch. Die Hitze, das Reiben, der Geruch von Schweiß und der ständige Lärm summten in meinen Ohren wie ein Mixer.

„Kendra, mir geht's nicht so gut."

„Komm hier lang. Du bist klaustrophobisch, erinnerst du dich?"

Ich nickte. Wir überquerten die Tanzfläche und erreichten eine Wand am Ende des Clubs. Ein Paar in Tomatenkostümen ging vorbei, und ich schüttelte den Kopf. Es war nicht einmal Halloween. Und ich hasste Tomaten.

„Hast du das gesehen?", keuchte ich. „Ich brauche Luft."

Ich konnte nicht atmen. Kendra führte mich zu der Treppe hinter der Wand, wo die Menge dünner war. Wir gingen an ein paar Bodyguards vorbei und eine Treppe hinauf. Das Klicken eines Schlosses registrierte sich in meinen Ohren ganz oben. Sie öffnete die Tür, und es fühlte sich an, als würde ich ein privates rosa Boudoir betreten.

Ich sah, wie Sam wie in Zeitlupe nach hinten fiel, und stürzte vor, um ihren schlaffen Körper aufzufangen. Sie fiel in meine Arme, und unser gemeinsames Gewicht ließ uns auf den Holzboden stürzen. Sam landete auf mir. Ich rollte sie zur Seite und schirmte sie von der sich um uns versammelnden Menge ab.

„Sie ist bewusstlos. Gebt ihr etwas Raum!"

„Sam? Was ist mit ihr los?" Kendra bahnte sich einen Weg durch die Menge. Ihre geröteten Augen und die verschmierte Wimperntusche ließen meine Freundin eher wie eine Prostituierte als eine Geschäftsinhaberin aussehen. Ich schickte Julian eine Nachricht, der sich nun durch die Menge zu uns durchdrängte. Er nahm Kendra unter den Arm und hielt sie aufrecht, während ich mich wieder auf die Beine kämpfte und Sam in meine Arme hob. Sie murmelte etwas vor sich hin.

„Was ist mit ihr los?", fragte ich. „Was hast du ihr gegeben?"

„Nichts." Kendras Augen wurden doppelt so groß. Unsere Klientin erwies sich wieder einmal als Ärgernis.

„Ich habe gesehen, wie du ihr eine Pille gegeben hast, K. Was war das?"

Eine kleine Menge hatte sich um uns versammelt. Jemand machte ein Foto, und Kendra bedeckte ihr Gesicht.

„Komm schon, Silver. Wir können das nicht hier machen." Julian griff nach Kendras Hand. „Bring sie hier raus. Wir treffen uns im Büro." Mein Cousin leitete den Sicherheitsdienst an, die Menge zu zerstreuen.

Sam ruhte wie ein Baby an meiner Brust und sabberte auf mein Hemd.

„Warte! Wo bringst du sie hin?", geriet Kendra in Panik, als ich mich mit Sam in meinen Armen zum Ausgang wandte.

„Nach Hause."

„Ich komme mit."

„Nein, tust du nicht", warnte Julian. „Du kommst mit mir."

Sie entwand ihr Handgelenk seinem Griff und zog sich zurück. „Von wegen."

Ich sah zu, wie Kendra sich zurück in die Menge schlich. Julian schüttelte den Kopf und fluchte leise.

„Sie ist heute Abend dein Problem, Bruder. Ich hab alle Hände voll zu tun."

Mein Cousin stürzte ihr nach, und das war das letzte Mal, dass ich Kendra oder Julian sah. Als ich mit Sam in meinen Armen dastand, blitzte auf dem oberen Balkon ein Licht auf, als jemand ein weiteres Foto schoss. Die Discolichter drehten sich, blendeten mich, und als ich wieder zu dem Bereich schaute, war er leer.

Ich drehte mich um und trug Samantha durch den Hauptausgang des Clubs. Draußen weckte sie der Stich der kalten Mitternachtsluft.

„Wo bin ich?", bewegte sie sich in meinem Griff, während ich in meiner Tasche nach den Autoschlüsseln suchte.

„Wow! Immer mit der Ruhe!" Die Schlüssel klimperten in meiner Hand, und dann sah ich wie in Zeitlupe, wie sie in den Gully fielen. Aber es waren entweder die Schlüssel oder Sam.

„Beweg dich nicht", flüsterte ich in ihr Ohr. „Ich bringe dich nach Hause."

Das Klirren von Metall auf Metall hallte wider.

„Waren das deine Schlüssel?", fragte sie, blinzelnd durch ihre langen Wimpern. Ich eilte um die Ecke zu meinem geparkten Auto. Ich drückte meinen Daumen auf die Tür, und sie glitt auf. Diese neueste Notfallfunktion stammte von meinem gutmütigen älteren Bruder. Er war ein Genie und eigentlich zu gut für jeden. Mit neununddreißig hatte das unerwartete Baby meines Bruders ihm einen Kopf voller silberner Haare beschert, die seinen grau melierten Bart ergänzten.

Ich setzte Samantha auf den Beifahrersitz und schnallte sie an.

„Orgasmen ...", stöhnte sie, „schreiende Orgasmen."

Ich kicherte, schloss die Beifahrertür, ging um das Auto herum zu meiner Seite und startete den Motor.

„Wo ist dein Zuhause, Sam?", fragte ich, aber nach keiner Antwort schrieb ich Julian eine Nachricht, der die Adresse von einer halbbenommenen Kendra bekam.

Abgesehen von Sams Seufzern und einigen geilen Stöhnen, die ich nicht verstehen konnte, blieb der Rest der Fahrt ruhig. Na gut, vielleicht waren die Stöhner nicht so leise, denn mein Schwanz antwortete mit harter Absicht. Ich parkte vor ihrem Haus, holte sie aus dem Auto und trug sie die zwölf Stufen zur Haustür hinauf.

„Sam, ich brauche deine Schlüssel", flüsterte ich. Sie bewegte sich in meinem Griff, und ihr Hintern rieb an meiner Erektion.

„Unter der Matte." Sie kuschelte sich tiefer in meine Brust.

„Du versteckst deine Schlüssel unter der Matte?" Ich rollte genervt mit den Augen.

„Ich hatte keine Taschen."

„Wie wäre es mit deiner glitzernden Clutch?", erinnerte ich mich aus der Bar.

„Ich weiß nicht, wo die ist." Sie stützte ihre Stirn auf meine

Schulter, als sie versuchte, nach der Handtasche zu suchen, als ob das helfen würde.

„Keine Panik. Sie ist bestimmt im Club. Ich finde sie schon." Ich hielt sie fest und ging vorsichtig in die Hocke, wobei ich meine Beine breit aufstellte. Ich hob die Fußmatte an, fand aber keinen Schlüssel, und Sam war wieder in meinen Armen eingeschlafen.

Scheiße!

Nur einmal wünschte ich mir, dass ein Abend einigermaßen glatt laufen könnte. Aber dann erinnerte ich mich daran, wer ich war, und dass die Tatsache, dass mein Leben nie normal gewesen war, normal war. Ich lachte laut auf, bis das Echo mich daran erinnerte, dass es weit nach Mitternacht war. Jemand schaltete das Licht im Fenster gegenüber an und spähte durch die Jalousien.

Ich trug Sam die Stufen hinunter. Ich setzte sie zurück auf den Beifahrersitz und nahm eine kleine Schachtel aus dem Handschuhfach.

„Bleib da", flüsterte ich, aber da schnarchte sie schon so laut, dass nicht einmal der bellende Hund von gegenüber sie weckte. Ich eilte zur Haustür, knackte das Schloss, holte Sam und trug sie hinein. Die neugierige Dame von gegenüber schaltete ihr Licht aus.

Ich zog meine Schuhe aus und wappnete mich für ein weiteres Dutzend Stufen, als ich sie nach oben ins Schlafzimmer trug. Ihr Flieder- und Vanilleduft überwältigte mich. Ich schluckte hart und legte sie langsam auf ihr Bett.

Ich nieste. Eine Katze miaute und strich mir um die Beine. Die sekundenlange Panik, als ich mich an meine Katzenhaarallergie erinnerte, gab Sam genug Zeit, wieder in eine stehende Position zu springen. Sie hob die Arme hoch in die Luft. „Hilf mir mit dem Korsett."

Sie drehte sich um. Ihr süßer Duft überfiel meine Sinne und spielte mit meinen Erinnerungen, sodass mein ganzes Blut in den einzigen Teil meines Körpers floss, der nach Erleichterung lechzte. Ich fummelte an ihren Korsettbändern herum, löste die langen Bänder aus ihrem Zickzackmuster und lockerte sie eines nach dem anderen, bis das Oberteil weit genug war, um an ihrem Körper herabzugleiten. Ich trat zurück, als hätte ich mich verbrannt. Ihre Haut, ihre Kurven und ihr einzigartiger Duft trieben mich in den Wahnsinn. Das war zu viel und nicht genug. Es war zu früh. Sie erinnerte mich an alles, was ich verloren hatte. Der unverantwortliche Weg, den sie anbot, könnte uns beide ruinieren.

Sie bedeckte ihre Brüste mit den Händen und drehte sich, nur noch in der sexy-sten Kunstlederhose, die ich je an einem Körper gesehen hatte, wieder zu mir um. Sam schwankte auf ihren Füßen.

„Hilf mir, die Hose auszuziehen." Sie kicherte und ich stöhnte.

Wie konnte ich so tun, als stünde nicht eine halbnackte, wunderschöne, appetitliche Frau vor mir? Wie konnte ich so tun, als sähe sie nicht aus wie meine jüngere Frau?

Ich trat näher und griff um sie herum an ihren Hintern. Ihre Brust – mit ihren Händen zwischen uns – drückte sich gegen meine. Ihr warmer Atem hinterließ eine Spur des Verlangens auf meinem Arm. Ich zog den glatten Reißverschluss herunter, packte das Leder an ihren Hüften und half ihr, sich aus der engen Hose zu winden. Sie ließ ihre Brüste los und kletterte kichernd unter die Decke. Sie sank zwischen die Kissen. Ich zog die Steppdecke und die Decke über sie und atmete mit etwas Erleichterung aus.

„Komm ins Bett, Gabe", flüsterte sie und klopfte auf die Stelle neben sich.

Mein Inneres gefror zu Eis. Ihr Murmeln traf mich tief in der Brust, und ich wusste nicht, ob ich sie dafür verachten sollte, dass sie eine Pille von Kendra genommen hatte, oder ob ich nachgeben und zu ihr ins Bett kommen sollte. Ich würde tief zwischen ihre Beine sinken, die Vergangenheit vergessen und mich darauf konzentrieren, ihr in der Gegenwart Freude zu bereiten. Sobald ich alles vor heute Nacht vergessen hätte, wären wir wunderschön. Irgendwo in meinem verdrehten Verstand wollte ich, dass sie die Frau wäre, die ich gefunden hatte, nicht die, die ich verloren hatte.

Ich fand einen Make-up-Entferner auf der Badezimmerablage und tupfte etwas davon auf ein Wattepad. Sam stolperte ins Bad, zog ihren schwarzen Spitzenschlüpfer bis zu den Knien herunter und setzte sich auf die Toilette.

Ich drehte mich um, um ihr die Privatsphäre zu geben, die sie anscheinend nicht brauchte.

Verdammte Kendra. Was zum Teufel hat sie ihr untergeschoben?

Kendras Erzfeinde kannten keine Grenzen. Ich arbeitete mit einer Ahnung, aber ich mochte nicht, was sie mir sagte. Kendra hatte nicht viele Freunde. Sie hatte Glück gehabt, Sam gefunden zu haben, aber wie? Ich hatte so viele Fragen, die ich beantwortet haben wollte, ich wusste nicht, wo ich anfangen sollte. Wie hatte Kendra diese Freundschaft aufrechterhalten, und mit wem hatte sie sich angelegt?

Sam wischte sich ab und stellte die Dusche an. Ich setzte mich auf den geschlossenen Toilettensitz und wartete, während sie sich wusch. Jenseits der Badezimmertür flackerte eine Lichterkette mit Zeitschaltuhr. Sie funkelte überall in ihrem Schlafzimmer, und die Szene zauberte ein Lächeln auf mein Gesicht. Irgendwann sang Sam den Text „I touch myself". Sie hatte eine tolle Stimme, aber all die süßen Angebote, die sie sang, heizten mir nur noch mehr ein. Sie wickelte sich ein Handtuch um und ging mit sicheren Schritten zurück ins Schlafzimmer, wo sie wieder unter die Decke schlüpfte. Die Katze blieb auf dem anderen Kissen neben ihrem Kopf.

Eine Nachricht von Julian kam herein: Kendra sagt, Martinez geht jetzt ihre Freunde an.

Scheiße.

Kendra könnte Sams Sicherheit gefährdet haben.

„Was ist los?", fragte Sam.

„Nichts. Schließ deine Augen."

„Wie kann ich meine Augen schließen, wenn deine so schön sind, Mr. Silver?" Ihre betrunkene Stimme war voller Verlangen. Sie wälzte sich sehnsüchtig in ihren Laken. Ich bewahrte das letzte Quäntchen Kontrolle, das ich noch hatte, für diesen Moment auf, obwohl eine Wichssession vor Ende der Nacht unvermeidlich war.

Julian musste sich irren, aber ich vermutete, dass er es nicht tat. Und wenn das der Fall war, war Sam in Gefahr.

Ich lächelte. „Schließ deine Augen, Ms. Connor."

Sie erwiderte mein Lächeln, aber gehorchte. Die Lichterkette über ihr funkelte auf ihrem Gesicht.

„Du hattest heute Abend einen aufregenden Abend, und die Hälfte deines Make-ups ist noch auf deinem Gesicht."

„Männer wie du wissen, was zu tun ist", murmelte sie. „Ihr habt schon einiges durchgemacht. Ihr wisst, wie man mit schwierigen Situationen umgeht, verstehst du?"

Nannte sie mich etwa alt?

Behutsam wischte ich die Schmierereien ab und offenbarte Sommersprossen auf ihrer Nase und ein Muttermal unter ihrer Augenbraue. Je mehr Make-up ich entfernte, desto schneller reiste ich in die Vergangenheit, als es weitaus weniger schmerzte als jetzt. Sams sanftes Schnarchen holte mich in die Gegenwart zurück. Ich starrte eine gefühlte Ewigkeit auf ihre rosigen Wangen. Sie waren vom Lächeln prall und verliehen ihrem rebellischen Gesicht einen engelsgleichen Ausdruck.

Die Katze sprang von Sams Bett, miaute und strich an meinem Bein entlang. Sie folgte mir in die Küche, wo sie sich neben eine Schüssel mit der Aufschrift STAR stellte.

„Hast du Hunger?" Ich füllte Stars Napf mit frischem Wasser und Dosenfutter und stieß dabei versehentlich gegen ein paar herumliegende Briefe. Ich hob die Briefe vom Boden auf und wählte Morgans Nummer im Kissed. „Hey, wie lief die Nacht?"

„Du meinst, nachdem du mich im Stich gelassen hast?"

„Du lebst noch, also gehe ich davon aus, dass die Menge dich nicht umgebracht hat."

„Ich mache gerade zu. Was kann ich für dich tun?"

„Ist heute Abend etwas im Fundbüro gelandet? Ich suche nach einer silbernen Clutch."

„Tut mir leid, kein einziger Gegenstand, aber es war ein Creep da, der nach Kendra gefragt hat."

„Wie sah er aus?"

„Starker spanischer Akzent, ungepflegt, buschige Augenbrauen und stank nach Zigaretten."

Mir drehte sich der Magen um.

Scheiße.

„Ich habe nichts gesagt. Er ist kurz nach Ladenschluss gegangen."

„Gut so. Danke, Morgan."

Ich legte auf und platzierte die Briefe, die ich durcheinander gebracht hatte, auf der Küchentheke. Eine Notiz von Sams Arbeitgeber, die ihr zu einer Beförderung gratulierte, sprang mir ins Auge. Als Nächstes wählte ich die Nummer meines älteren Bruders.

„Kannst du einen Babysitter organisieren? Ich brauche dich in der Northcliffe Avenue 323. Ich habe Grund zur Annahme, dass Martinez Kendra gefunden hat. Zieh etwas Bequemes an. Wir brechen ein."

„Ja, klar. Laila ist beim Babysitter. Ich dachte schon, du würdest Hilfe bei Kendras Eröffnungsabend brauchen. Gib mir fünfzehn Minuten." James legte auf, kurz bevor ich es tat.

Das Beste daran, mit Brüdern zu arbeiten, die einen verstanden, war, dass sie einen wirklich verstanden. Sie stellten keine sinnlosen Fragen und kamen vorbereitet zum Job.

James war der beste Vater der Welt, aber angesichts seines unerbittlichen Jobs hatte ihn ein überraschendes Baby in einen Lebensstil katapultiert, den er nicht erwartet hatte. Und zu diesem Lebensstil gehörten schlaflose Nächte. Er sah furchtbar aus.

Ich schaute noch einmal nach Sam und hinterließ eine Notiz auf dem Esstisch. Ich schloss sie mit dem Ersatzschlüssel aus der Küchenschublade ein und nahm ihn mit. Ich eilte zum Auto und fuhr zu Sams Arbeitsplatz.

Eine halbe Stunde später beobachtete ich, wie er auf den Parkplatz fuhr und neben mir einparkte. Er kurbelte das Fenster herunter und deutete auf das geschwungene Logo.

„Wir brechen bei McDonald's ein?"

„Nein. Da drüben." Ich korrigierte seinen Arm in Richtung des Gebäudes auf der anderen Straßenseite. Die moderne Struktur aus gestapelten rechteckigen Kästen hatte Sicherheitsprobleme, sowohl in der IT als auch physisch. Ich hatte ihre Firewall innerhalb von Sekunden geknackt, und die Dachterrasse, die mit Sams Büro im dritten Stock verbunden war, bot leichten Zugang. James studierte den Grundriss auf meinem Handy.

„Sam hat ihre Handtasche verloren. Wir könnten Gesellschaft bekommen, also halten wir uns bedeckt."

„Verstanden."

Wir zogen unsere schwarzen Kapuzenpullover an und verschmolzen mit der Nacht. Wir überquerten die Straße so leise wie Katzen, ohne dass eine Menschenseele in der Nähe war. An der Seite des Gebäudes beim Serviceeingang, bevor ich auf die Leiter stieg, fiel mir eine rechteckige, silbern paillettenverzierte Box ins Auge. Nur dass es keine Box war. Ich hob die Clutch auf und erkannte sie sofort als Sams.

„Sam hat ihre Clutch heute Abend im Kissed verloren."

Ich öffnete die Klappe, aber das Innere war leer. In der Nähe lagen verstreut ein Lipgloss, Visitenkarten, eine Mini-Flasche Ibuprofen und drei Kondome in ihren Folienverpackungen auf dem Boden.

„Was macht sie hier?", fragte mein Bruder.

„Sie hat denjenigen, der nach Kendra gesucht hat, zu Sams

Arbeitsplatz geführt. Er muss gewusst haben, dass sie Freundinnen sind."

„Scheiße. Er hat sie gefunden."

„Wir wissen es noch nicht sicher, aber wenn Kendra dealt, ist sie zu finden nicht das Problem."

„Kendra weiß, wie man ein niedriges Profil wahrt."

„Nicht diese neue Kendra. Und selbst wenn das stimmen würde, wäre der einfachste Weg, an Kendra heranzukommen, über ihre engste Freundin Sam. Ihr Büro könnte verwanzt sein. Lass uns gehen."

Wir kletterten die Metalltreppe hinauf, die an der Seite des Gebäudes zum Dach führte, wo James das Schloss an Sams Terrassentür knackte.

„Das Schloss ist unversehrt. Niemand ist auf diesem Weg hereingekommen."

Wir traten ein und überprüften ihr Büro. Ein Bild von ihrem lächelnden Gesicht und ihrer Katze stand auf ihrem Schreibtisch. Ihre Augen versetzten mich zurück in einen Moment, den ich selten erlebt und nur mit Joanne geteilt hatte. Ihre vertrauten Augen hielten mich in der Vergangenheit gefangen, bis mein Bruder mich mit seinem Finger anstupste.

„Aha, jetzt verstehe ich, warum du so von diesem Mädchen eingenommen bist."

„Was siehst du?", fragte ich.

„Du weißt genau, was ich sehe. Gabe, was ist, wenn du nach Zeichen suchst, die gar nicht da sind?"

„Ich weiß, was ich weiß, und irgendetwas stimmt nicht. Du kannst nicht leugnen, dass sie sich ähnlich sehen. Gib mir eine Lupe. Sam ist ..."

„Nicht Joanne."

Obwohl mich sein Kommentar ärgerte, konnte ich nicht leugnen, dass er recht hatte. Ich nahm die runde Lupe von ihm und hielt sie über das Foto.

„Scheiße ..."

Meine Hände zitterten, als ich James den Rahmen reichte. Er nahm mir die Lupe aus der anderen Hand und untersuchte seinerseits das Foto.

„Na so was?"

„Du siehst es auch, oder?"

„Den verdammten Maori-Anhänger aus Neuseeland? Ja, ich sehe ihn."

„Wie zum Teufel kommt sie daran?"

„Wie zum Teufel kann jemand genauso aussehen wie sie?"

„Man sagt, jeder hat einen Doppelgänger, aber die meisten Leute finden ihren nie."

„Ein Doppelgänger mit einem identischen Muttermal?"

„Du glaubst also nicht, dass sie Joannes Doppelgängerin ist?"

„Gib mir noch ein paar Minuten, um das zu verarbeiten. Ich habe gerade erst erfahren, dass diese Sam existiert." Der trockene Sarkasmus meines Bruders wurde mit dem Alter immer besser.

„Glaubst du, sie könnte ... du weißt schon ... Joannes Seele haben?", versuchte ich es.

Er drehte seinen Kopf und sah mir direkt in die Augen. „Lass dich davon nicht wieder fertig machen, Bruderherz. Fakten über Emotionen. Erinnerst du dich? Komm jetzt. Lass uns das machen, wofür wir hergekommen sind."

Ich durchsuchte Sams Büro nach Wanzen und allem anderen, was verdächtig war. Ich befestigte einen Sender an einem Bücherregal und verband das Gerät über die Firmen-App.

„Sieht sauber aus." James überprüfte noch einmal unter dem Schreibtisch, hinter der Zimmerpflanze in der Ecke und in den Schränken. „Keine Anzeichen für einen Einbruch."

„Nichts. Das ist gut. Fürs Erste."

Mein Bruder ließ seine Hände auf seine Hüften sinken und zog die Augenbrauen zusammen. „Sie warten vielleicht, bis die Nachtalarme ausgeschaltet sind."

„Wer sind ‚sie' eigentlich?"

„Wer auch immer Sams Schlüsselkarte gestohlen hat."

Wir verließen Sams Büro und kletterten die Leiter an der Seite des Gebäudes hinunter. Ein Mann bog um die Ecke in die Gasse und blieb mitten im Schritt stehen. Während wir uns in der Dunkelheit der Nacht versteckten, tat er es auch, und ich konnte sein Gesicht nicht sehen. Dann drehte er sich um und rannte weg.

„Definitiv kein Zufall", sagte James.

Ich postierte ein Überwachungsteam vor Sams Wohnung, während wir uns abwechselten, das Gebäude von einem Café auf der gegenüberliegenden Straßenseite aus zu beobachten. Das Wochenende zog sich hin, bis am Montagmorgen Samantha Connor das Café betrat. Sie trug ihren engen Bleistiftrock und schritt über die Fliesen, als wäre sie meine Vergangenheit, Gegenwart und Zukunft. Und ich wusste, dass mein Leben ohne sie nie mehr dasselbe sein würde.

Kapitel 4

Sam

Der Raum war heiß und sehr pink. Ein schwaches Licht schimmerte unter einem seidigen Stoff hervor, der über eine Lampe drapiert war. Die Brandgefahr hielt meine Aufmerksamkeit nicht lange, denn Kendras sexy Hintern wiegte sich bei jedem Schritt näher zum Bett. Sie zog ihre Pumps aus und schritt wie ein Panther über den plüschigen Teppich auf mich zu. Der goldene Stoff ihres Oberteils raschelte über ihr Brustbein, und ich schluckte hart. Meine beste Freundin schrie förmlich nach Abenteuer, und in diesem Moment schien sie ein geeignetes Mittel zu sein, um diesen Juckreiz zu stillen. Ich hätte Gabe vorgezogen, aber mein Herz schlug so heftig, dass ich befürchtete, mein pochendes Verlangen könnte nicht warten, um Erleichterung zu finden.

Ihr raubtierhafter Blick zwang mich, mich auf dem Himmelbett aufzusetzen. Sie näherte sich selbstbewusst, und ich rutschte auf der Matratze zurück, bis ich nicht weiter zurückkonnte, weil das Kopfteil mich blockierte.

„Findest du nicht, es wird Zeit, dass du deine Jungfräulichkeit verlierst?", fragte Kendra. Ihre Hände glitten meine nackten Beine hinauf, und um alles in der Welt konnte ich mich nicht erinnern, wann ich meine Hose ausgezogen hatte. Wie waren wir nach Hause gekommen? Ich dachte, ich wäre im Club. Ihre Finger hinterließen eine Spur aufregender Wärme und Verwirrung auf meiner Haut. Ich gab mich ihrer Berührung hin und als sie sich meinem Geschlecht näherte, lösten sich meine Hemmungen auf.

„Ich bin schon lange keine Jungfrau mehr." Meine Stimme zitterte, meine Muskeln zuckten, und mein Körper bebte. Technisch gesehen war ich es nicht, aber es war so lange her seit meinem einzigen und miserablen Mal, dass ich mich total wie eine fühlte. Ich bemerkte, dass mein Korsett-Top irgendwo auf dem Boden lag, als meine Brustwarzen auf die kältere Temperatur ansprachen.

„Casey zählt nicht. Du hast gesagt, es dauerte weniger als eine Minute", flüsterte Kendra. Sie war inzwischen nah an meinem Ohr. Ihr warmer Atem strich über meine Haut. Die Wahrheit war, Casey kam in unter dreißig Sekunden, während ich es nicht tat, und Kendras geflüsterte Einladungen und Versprechungen erregten mich mehr, als mein Ex es je getan hatte.

„K, wir sind Freunde."

„Und wofür sind gute Freunde da?"

Sie schob ihre Hand in mein Höschen und ich schloss die Augen. Eine wilde Hitze sammelte sich zwischen meinen Beinen, entfacht durch ihre Berührung. Ihre sanften Streichelbewegungen wurden zu schnellen Kreisen. Ihre Finger rieben über meine Klitoris. Das empfindliche Fleisch schwoll an, und sie beschleunigte ihre Handbewegung. Mein Körper gab seinen Bedürfnissen nach, und ich konnte die kommende Erlösung nicht aufhalten. Es war zu lange her. Viel zu lange.

„Ja!"

Ich schreckte beim Klang meiner Stimme auf, keuchte und kam heftig unter meinen streichelnden Fingern, als ein Streifen Morgenlicht durch den Spalt in meinen Gardinen schien. Sonnenlicht blendete meine Augen. Ich hob meine rechte Hand, um sie zu bedecken, und stöhnte über die Feuchtigkeit, die meine Finger bedeckte.

Verdammte feuchte Träume!

Ich zog mir die Decke über den Kopf und drehte mich in meinem Bett, wo sich die kalten Laken an meinen erhitzten Körper schmiegten. Kühl und trocken. Sobald ich die optimale Stelle gefunden hatte, wurde mir klar, dass die Laken zu kühl waren.

Ich hob die Decke. „Heilige Scheiße!"

Ich war nackt – ich schlief nie nackt. Ich überprüfte es nochmal unter der Decke.

„Was zum Teufel?"

Meine Füße berührten das zusammengeknüllte Höschen am Fußende des Bettes. Dasselbe Höschen, das ich letzte Nacht getragen hatte. Benommen setzte ich mich auf. Ich versuchte verzweifelt, mich zu erinnern, was passiert war und wie ich Kissed verlassen hatte, aber es gelang mir nicht. Mein Korsett-Top und meine Lederhose lagen gefaltet auf einem Stuhl.

„Was zum..."

Dass ich nackt in meinem Bett schlief, wäre noch verständlich gewesen. Aber die gefalteten Klamotten neben dem Haufen auf meinem Stuhl? Das war es nicht. Ich konnte mich nicht erinnern, aufgeräumt zu haben.

Wie in aller Welt bin ich überhaupt nach Hause gekommen?

Meine Erinnerung war verschwommen, was die Details anging, aber sie war die letzte Person, an die ich mich von gestern Nacht erinnerte. Mein Kopf tat weh. Ich griff nach einem Bademantel und wickelte ihn um meinen Körper, gerade als mein Morgenwecker klingelte.

Verwirrt nahm ich mein Handy und ließ es fast fallen. Es taumelte in meinen Händen, bevor ich es sicher fassen konnte, um die Zeit zu überprüfen. Die Lichterketten schalteten sich mit ihrem Timer aus und verdunkelten den Raum.

„Es ist Montag?! Wie zum Teufel kann es Montag sein? Und was zur Hölle ist mit Samstag und Sonntag passiert?"

Von da an stürzte ich mich in eine wahnsinnig eilige Dusche, die eine Erinnerung an eine frühere Dusche weckte, putzte mir die Zähne, rasierte meine Achseln und Beine, weil meine Haare in den ersten achtundvierzig Stunden gerne wie Gras wuchsen, und zog mich dann so schnell wie noch nie für die Arbeit an. Als ich nach meinen Hausschlüsseln griff, fand ich eine Notiz, die am Tisch klebte.

Sam,

Ich hoffe, du fühlst dich besser, wenn du aufwachst. Ich habe mir den Schlüssel aus der Küchenschublade geliehen, um deine Tür abzuschließen, und ein Ersatzschloss bestellt. Deins ist leicht zu knacken.

Bleib sicher.

Gabriel Silver

Mein Gesicht wurde blutleer, als ich den Brief mit seiner privaten Telefonnummer unter seinem Namen noch einmal las.

„Gabe war hier?" Ein lautes Miauen erregte meine Aufmerksamkeit.

„Star!" Ich eilte in die Küche, während all die verschiedenen Möglichkeiten dessen, was in den letzten achtundvierzig Stunden passiert sein könnte, meinen Körper mit einer erregenden Hitze durchfluteten. Ein Gefühl der Unruhe kehrte in meinen Magen zurück, als ich wünschte, ich könnte mich an die Nacht erinnern, die ich anscheinend mit Gabriel Silver verbracht hatte.

Warum kann ich mich an nichts erinnern?

Ich füllte Stars Futter- und Wassernäpfe nach, reinigte die Katzentoilette und schaute auf meine Uhr, um die Zeit zu prüfen. Ich öffnete meinen Laptop, um Silvers vollen Namen zu googeln, aber es kam nichts Vernünftiges dabei heraus. Wer hat heutzutage kein Internetprofil? Ich faltete den Zettel und steckte ihn in meine Tasche, schnappte mir meine Aktentasche und eilte zur

Tür hinaus, gerade noch rechtzeitig, um mir vor der Arbeit einen Kaffee zu holen.

Zwölf Zugstationen später lief ich in einen Strom von Geschäftsleuten und versteckte mich im Starbucks im Erdgeschoss, gegenüber meiner Arbeitsstelle. In Gedanken versunken stand ich in der Schlange und wartete auf meinen morgendlichen Kaffee und Muffin. Mein Kopf pochte mit der unangenehmen Erinnerung an den Gedächtnisverlust. Ich versuchte herauszufinden, was nach dem Nachtclub passiert war, aber nichts half. Kendra hatte nicht angerufen - oder falls doch, erinnerte ich mich nicht daran, abgehoben zu haben. Aber ich überprüfte mein Handy. Und sie hatte nicht angerufen, was für Kendra untypisch war. Sie war letzte Nacht nicht sie selbst gewesen. Oder vor zwei Nächten. Ich konnte immer noch nicht glauben, dass ich achtundvierzig Stunden verloren hatte. Eine erregende Erinnerung daran, wie meine Freundin unvergessliche Dinge mit meinem Körper anstellte, blitzte in meinem Kopf auf. War das wirklich passiert?

Ich schüttelte es ab. Frisch gebrühter Kaffee tröpfelte in eine Kanne. Die Tür des Cafés schwang auf, und ihre Glocke klingelte in meinen Ohren. Das laute Echo weckte Erinnerungen an sich reibende Körper und grelle Lichter.

„Kommst du heute Abend?"

Ich zuckte bei dem vertrauten Flüstern in meinem Ohr zusammen und drehte mich um, um in strahlend blaue Augen zu blicken.

„Wie bitte?", fragte ich, als die Erkenntnis dämmerte. Gabe stand in der Schlange hinter mir. Er war frisch rasiert, und ich schämte mich nicht, einen langen Atemzug zu nehmen. Ich bewunderte sein Travolta-Ensemble - ein knackig weißes Hemd mit zwei offenen Knöpfen plus eine abgetragene Lederjacke. Er trug den Look viel besser als Danny. Sehr passend für einen Barkeeper, besonders für einen mit breiten Schultern und muskulösen Armen. Gabes moschusartiges Aftershave übertönte den Kaffeegeruch, und meine Knie wurden weich.

„Gabe. Hi! Wie geht's dir?"

Bei Arbeitspräsentationen war ich oft nervös, aber das war nichts im Vergleich zu dem, was ich empfand, als Gabriel Silver durch die Tür kam. Die Hitzewallungen kamen in Wellen, als der Horror und das Trauma, an das ich mich von Freitagnacht kaum erinnerte, zurückkehrten. Ich starrte den wunderschönen Mann, mit dem ich mich nicht erinnern konnte, geschlafen zu haben, mit offenem Mund und sabbernd an.

Er grinste mich zur Antwort an. „Großartig. Und dir?"

„Gut. Danke. Hast du einen Moment Zeit zum Plaudern?" Ich zeigte auf eine Nische und sah auf meine Uhr.

Er bedeutete mir, voranzugehen.

Die Barista musste uns überhört haben, denn sie meldete sich mit einem breiten Lächeln zu Wort. „Ich kann Ihre Bestellungen an Ihren Tisch bringen, Mr. Silver."

„Danke."

Ich rutschte auf meinen Platz, und Gabe tat dasselbe auf der anderen Seite.

Die Barista brachte unsere Kaffees genau in dem Moment, als wir uns setzten. Ich zögerte mit einem freundlichen Lächeln zurück, weil es mir die Chance gab, meine Gedanken zu sammeln, während ich den Zucker hinzufügte, den ich nie hinzufüge. Ich meine, wie konnte ich ihn fragen, ob wir miteinander geschlafen hatten? War es nicht unhöflich, dass ich mich nicht erinnerte? War es nicht schlimm, dass ich mich nicht erinnern konnte? Wie konnte ich mich nicht erinnern? Er könnte das falsch verstehen und mich nie wieder sehen wollen.

„Hör mal ...", begann ich, aber als sich seine Augenbraue hob, verlor ich meine Worte. „Danke, dass du mich nach Hause gebracht hast." Ich sammelte mich und versuchte, mich an die Fakten zu halten. Er hatte mich definitiv nach Hause gebracht, weil er eine Notiz hinterlassen hatte.

Er lehnte sich amüsiert in seinem Sitz zurück.

„Ich ... ich nehme an, du warst derjenige, der mich nach Hause gebracht hat?"

„Du erinnerst dich nicht?"

Ich schloss meine Augen. Mein Gesicht war wahrscheinlich bordeauxrot geworden und meine Sommersprossen wild.

„Es tut mir leid. Ich weiß, das ist schlimm. Ich weiß nicht, wie, aber ich erinnere mich nicht. Ich bin heute Morgen aufgewacht und habe deine Notiz gesehen-"

„-Du bist heute Morgen aufgewacht und hast meine Notiz gesehen?", wiederholte er, als ob er mich nicht verstehen würde.

„Ja, anscheinend habe ich das ganze Wochenende durchge-schlafen." Ich verdrehte die Augen.

Seine Augenbrauen zogen sich zu einem Stirnrunzeln zusammen.

„Und ich kann nicht aufhören, mich zu fragen, ob wir... du weißt schon..." Ich lehnte mich vor und senkte meine Stimme. „Ob wir Sex hatten."

Seine Stirn entspannte sich etwas und die wenigen Furchen verschwanden. Danach übernahm vollkommene Belustigung seine Augen.

„Ich hatte gehofft, der Orgasmus würde dir zumindest für eine Nacht in Erinnerung bleiben."

„Du hast mir einen Orgasmus geschenkt?", fragte ich, ein biss-chen zu laut für die Morgenmenge.

„In Kissed. Du hast den Drink bestellt?"

Richtig. Diese Art von Orgasmus. Daran erinnerte ich mich. Und er erwähnte keine andere Art, also nahm ich an, dass wir doch nicht miteinander geschlafen hatten. Es sei denn, ich konnte keinen Orgasmus bekommen? Ich war sicher, dass ich mich daran erinnern würde. Mein Blick hob sich gerade, als er sich nach vorne lehnte und näher zu mir kam.

„Zwischen uns ist nichts passiert, Sam."

Ich atmete erleichtert aus.

„Und ich verspreche dir, du würdest mich nie zwischen deinen Beinen vergessen."

Spannung schoss zurück in meinen Kern, und mit ihr die Sehnsucht nach Erlösung. Mein Körper konnte sich in Gabes Nähe nicht entspannen, aber wer wollte schon eine Pause von hundertfünfundachtzig Pfund wunderschönem Muskel, der mich ins Bett gebracht hatte? Und trotzdem konnte ich mich an nichts davon erinnern.

„Danke, dass du mich nach Hause gebracht hast."

Er griff in seinen Aktenkoffer und holte meine Handtasche heraus. Mein Mund klappte auf.

„Du hast meine Clutch behalten?"

„Ich habe deine Clutch gefunden."

Ich hob mein Kinn und richtete meine Aufmerksamkeit näher auf ihn.

„In der Seitengasse neben deiner Arbeit." Er zeigte auf die andere Straßenseite.

„Danke. Was hatte sie dort zu suchen?" Ich nahm die Clutch mit dem letzten bisschen Anmut, das ich noch hatte, aus seiner Hand.

„Das versuche ich gerade herauszufinden. Überprüfe, ob etwas fehlt." Seine Augenbrauen hoben sich.

Ich durchsuchte den spärlichen Inhalt. Meine Wangen erhitzten sich, als meine Fingerspitzen die runde Kante eines einzelnen Kondoms in seiner Folie berührten. Ich wusste, dass ich zwei weitere in der Packung gehabt hatte, aber ich konnte sie nicht finden.

„Und?", fragte er.

„Meine Zugangskarte. Das ist alles." Auf keinen Fall würde ich die Kondome erwähnen.

Er nickte und sagte für zehn wundervolle Sekunden nichts weiter.

„Kendra hat nicht viele Freunde, weil die Leute, mit denen sie sich umgibt, nichts Gutes im Schilde führen. Ich habe Grund zu der Annahme, dass einer dieser Freunde versucht, über dich an sie heranzukommen. Woran erinnerst du dich vom Freitagabend?"

„Ich glaube, es wäre einfacher, wenn ich dir sage, woran ich mich nicht erinnere. Was so ziemlich alles ist."

„Kendra hat dir eine Pille untergejubelt, stimmt's?"

Ich nickte.

„Hat sie dir gesagt, was es war?"

Falls sie es getan hatte, konnte ich mich auch daran nicht erinnern, also schüttelte ich den Kopf und zuckte zusammen.

„Das langweilige Ich wollte ein Abenteuer." Es war so viel einfacher, in der dritten Person von mir zu sprechen.

„Ein Abenteuer?" Seine Augenbrauen hoben sich. „Na, du hast dir mit Kendra auf jeden Fall das richtige Abenteuer ausgesucht. Wie lange kennt ihr euch schon?"

Warum fühlte sich das wie ein Geständnis an? „Ungefähr sechs Monate", antwortete ich. Es waren genau einhundertsiebenundachtzig Tage. Die Sechs-Monats-Marke war letzte Woche überschritten worden.

„Sie ist eine gute Freundin für mich und sie ist lustig. Sie passt auf mich auf und ich passe auf sie auf." Ich erklärte es auf die einfachste Art und Weise. „Wir achten aufeinander. Aber sie wird jeden Tag wilder."

„Hmm." Er schnaubte misstrauisch und entspannte sich in seinem Sitz. „Interessant. Und wie kommt es, dass ich dich noch nie getroffen habe?"

Ich neigte meinen Kopf zur Seite und ahmte ihn nach.

„Wie kommt es, dass ich dich noch nie getroffen habe?", fragte ich zurück.

„Rebellin." Er grinste belustigt und platzte heraus: „Meine Antwort ist einfach. Ich meide Menschen."

„Du bist Barkeeper."

Er grunzte.

„Du bist kein Barkeeper?"

„Die Barkeeper-Position ist vorübergehend. Ich helfe nur einem Freund aus. Unter der Woche beschäftige ich mich mit Überwachung."

„Überwachung? Muss eine Abwechslung zum Drinks mixen sein."

Er musterte mich von oben bis unten, was mich überall erröten ließ. „Es hat seine besseren Momente. Hast du Kendra gesehen?"

„Man sollte meinen, als ihre Freundin wüsste ich, wo sie ist, aber ich war in letzter Zeit keine gute Freundin. Ich war mit der Arbeit beschäftigt und versuchte, das wieder gutzumachen. Ich möchte wieder für sie da sein. Nenn es einen Neujahrsvorsatz, aber vor Neujahr. Im September."

Er lachte.

„Was ist so lustig?"

„Du. Dein Mund. Es ist alles so ..."

Ich wartete auf das Wort fesselnd oder rebellisch, aber dann sagte er: „Vertraut." Was mich völlig aus der Bahn warf.

„Vertraut?"

Er blinzelte und sah mich an, als hätten wir uns vor langer Zeit getroffen. „Tut mir leid. Es ist nur, dass deine Ähnlichkeit mit-"

Sein Handy klingelte. Natürlich würde sein Handy während eines der intimsten Gespräche klingeln, die ich seit Jahren mit einem Mann geführt hatte.

„Gabriel Silver." Er hob seinen Finger, damit ich warte, und machte zwischen jedem seiner nächsten vier Worte eine Pause. „Aha. Ja. Okay. Danke."

Ich meine, wer redete schon so?

„Arbeitskram?", fragte ich, als er auflegte. „Und warum meidest du Menschen?"

Er grinste träge. Seine blauen Augen funkelten und hielten

mich gefangen, doch ich verstand nicht warum. Er wich meiner Frage aus, genauso wie er Menschen auswicht.

„Hast du deinen Hausschlüssel wieder unter der Fußmatte versteckt?"

„Nein. Ich habe deinen Zettel gelesen. Was genau ist am Freitagabend passiert? Ich meine ... ich habe zwei Tage verloren."

Er winkte der Barista, um mehr Kaffee zu bringen. „Ruf bei der Arbeit an und sag, du kommst später."

„Ich bin noch nie zu spät gekommen."

Sein entzückendes, charmantes Lächeln besaß Kräfte, die ich nicht verstehen konnte. Zu spät zur Arbeit zu kommen, war ein großer Fehler in einer neu beförderten Position. Aber wie konnte ich der Person, die Antworten über das wilde Wochenende hatte, an das ich mich nicht erinnern konnte, nein sagen?

„Denk dir eine Geschichte aus. Sag ihnen, du kommst eine Stunde später. Komm schon. Ich dachte, du wärst eine Rebellin", neckte er.

„Du denkst, ich bin eine Rebellin?", lachte ich.

Der chaotische Morgen heute hatte mich aus der Bahn geworfen. Ich war einer der verantwortungsvollsten Menschen in meiner Familie, und doch hatte ich zwei Tage verloren. Verantwortung war wohl nicht mehr, vermutete ich. Auf der positiven Seite, da ich eine Waise von zwei Waisen ohne Geschwister war, war es nur ich. Das machte mich immer noch zur Verantwortungsvollsten in meiner kleinen Familie aus einer Person, plus Katze. Abgesehen vom letzten Wochenende. Das zählte nicht.

Plus Kendra.

„Du pinkelst in Gassen, schluckst Pillen von Freunden und entblößst dich vor fremden Männern. Ziemlich wild, muss ich sagen."

Scheiße!

Seine Worte sanken ein wie der erste Bissen meines Muffins,

der in meinen leeren Magen plumpste. Der Gedanke, dass er mich beim Ausziehen beobachtet hatte, erweckte das Kribbeln auf meinem Körper wieder zum Leben. Und es machte mich verdammt verrückt bedauerlich, dass ich mich an nichts davon erinnern konnte.

„Du hast mich ausgezogen?"

„Ich habe dir geholfen, das Korsett aufzumachen."

Ich ließ einen nervösen Atemzug entweichen.

„Und dann hast du deine Hose ausgezogen." Er rutschte unbehaglich hin und her, und ich horchte auf. „Direkt nachdem du das Korsett selbst ausgezogen hast." Er machte eine Pause, beobachtete mich und fügte hinzu: „Direkt vor mir. Du hast geduscht. Ich habe dir geholfen, dein Make-up zu entfernen. Und dann bist du schlafen gegangen."

Vielleicht hätte ich lieber nicht fragen sollen. Mir waren all die peinlichen Möglichkeiten, die dazu geführt hatten, dass ich nackt im Bett schlief, durchaus bewusst. Als ich ihn erzählen hörte, wie er sich um mich gekümmert hatte, wurde mir etwas klar, das ich nicht erwartet hatte – er sorgte sich tatsächlich um mich.

Er hielt meinen Blick fest, lehnte sich vor und flüsterte.

„Es wurde noch besser, als du dich selbst befriedigt hast."

Eine flüchtige Erinnerung an meinen schlüpfrigen Traum mit Kendra schoss durch meinen Kopf. Der feuchte Traum konnte nicht mein einziger gewesen sein, denn ich erinnerte mich an mehr.

Oh mein Gott! Verlegenheit überzog mein Gesicht. *Die Tatsache, dass er immer noch hier saß und sich nach meiner sorglosen Nacht um mich sorgte, war mehr, als Casey mir in all unseren gemeinsamen Nächten je gegeben hatte. Ein Teil von mir wollte unter diesem Tisch versinken und sterben. Der andere Teil zog es vor, mit Gabe unter die Decke zu schlüpfen.*

Was zum Teufel passiert hier mit mir?

„Ich weiß, ich habe es schon gesagt, aber danke. Ich meine es wirklich ernst." Ich versuchte, den kleinen Rest Scham in mir zu retten.

„Gern geschehen. Jetzt ruf an."

Ich nahm mein Handy und runzelte die Stirn. Casey pflegte mir zu sagen, was ich tun sollte. Aber das hier war anders. Gabe hatte mich sicher nach Hause gebracht. Dieser besorgte Blick in seinen Augen konnte nicht grundlos sein. Ich nahm mein Handy aus der Tasche, rief an und hinterließ eine Nachricht, dass ich später kommen würde.

Er grinste zustimmend.

„Und jetzt?", fragte ich.

„Jetzt warten wir. Wer auch immer deine Zugangskarte gestohlen hat, wird versuchen, hineinzukommen. Was machst du beruflich?"

Ich drehte meinen Kopf zum Eingang auf der anderen Straßenseite. „Versicherungssachbearbeiterin. Was, wenn sie schon drinnen sind?"

„Wir beobachten die Tür seit Samstagmorgen. Die Karten funktionieren erst ab Montag um sieben Uhr. Sie überprüfen jeden, der das Gebäude betritt. Ist in letzter Zeit etwas Seltsames passiert?"

„Du meinst, abgesehen davon, dass ich zwei Tage verloren habe? Mir fällt nichts ein."

„Ich schätze deinen Sarkasmus. Aber ich brauche trotzdem eine Antwort."

Ich ging die letzten Tage in Gedanken durch. „Nein. Nichts Außergewöhnliches. Du klingst wie ein Privatdetektiv."

Möglicherweise ehemaliges Militär.

Er blickte über die Straße. „Ich versuche nur herauszufinden, warum jemand in dein Gebäude eindringen wollte. War es wegen jemand anderem? Oder war es wegen dir?"

„Sollten wir nicht die Polizei rufen, wenn du dir solche Sorgen machst?"

Sein aufrichtiges Lächeln war heißer als die Hölle und passte zu seinem selbstgefälligen Gesicht.

„Das ist mein Job, aber heute passe ich auf eine Freundin auf. Frauen im Stich zu lassen war in letzter Zeit mein Talent, also sei vorsichtig, meine Freundin."

War das, was wir waren? Freunde? Vielleicht Freunde mit gewissen Vorzügen, wenn ich meine Karten richtig ausspielte? Warum dann die düstere Warnung, mich von ihm fernzuhalten?

Seine Augen hatten heute Morgen etwas anderes an sich als bei unserem Treffen im Kissed. Sie zeigten eine Art von Verwirrung und Fürsorge.

„Willst du damit sagen, dass Orgasmen nicht dein einziges Talent sind?"

Eine Dame in der Kabine hinter Gabe drehte ihren Kopf zur Seite.

Er lehnte sich vor und senkte seine Stimme. „Nach dem, was ich vor ein paar Nächten in deinem Schlafzimmer gesehen habe, hast du keine Probleme, alleine zum Höhepunkt zu kommen."

Richtig. Diese kleine Nummer, die ich vor ihm abgezogen hatte, könnte mich noch eine Weile verfolgen.

„Wenn's dich beruhigt, du bist nicht der einzige Mensch, der masturbiert."

„Es war ein feuchter Traum", schoss ich zurück. „Es ist ja nicht so, als hätte ich irgendeine Kontrolle über..." Ich hörte auf, weil ich merkte, dass meine Stimme zu weit trug. Eine Mutter in der Schlange warf mir einen bösen Blick zu, während sie die Ohren ihres Kindes zuhielt. Ich sank in meinen Sitz zurück.

„Es war heiß", formte er lautlos mit den Lippen.

Und schon wurde mir wieder ganz heiß. Ich sah mich um, und diesmal war ich es, die näher rückte.

„Also, du wirst scharf davon, Frauen beim Sich-Erleichtern zuzusehen? In jeder Bedeutung des Wortes?"

„Nicht bevor ich dich getroffen habe", grinste er.

Ich versuchte, seinen zweideutigen Kommentar zu überhören.

„Was wirst du tun, wenn du den Dieb findest?", versuchte ich einen neuen Ansatz.

„Das hängt davon ab, wer es ist."

„Wer könnte es sein? Die Zugangskarte könnte einfach herausgerutscht sein. Vielleicht geben sie sie am Empfang ab."

Ich wartete und beobachtete seinen gleichmäßigen Blick auf die Eingangstür meiner Arbeitsstelle auf der anderen Straßenseite.

„Ich habe heute Morgen bei der Sicherheit nachgefragt. Niemand hat eine Karte zurückgegeben."

„Also sitzen wir jetzt einfach hier?"

„Ja."

Ich hatte mich noch nie unwohl dabei gefühlt, zur Arbeit zu gehen, aber dieser Morgen und das gesamte Wochenende machten mich nervös, und die Art, wie Gabe diese Tür anstarrte, ließ mir eine Gänsehaut über die Arme laufen.

„Warum sollte jemand eine Versicherungsgesellschaft ausrauben wollen?", fragte ich.

„Das ist eine ausgezeichnete Frage, Sam."

Ich runzelte die Stirn. Er beruhigte meine Sorgen nicht so, wie ich es gehofft hatte.

„Hast du von Kendra gehört?"

„Nein. Du?"

Ich schüttelte den Kopf. Er tippte etwas in sein Handy und bekam sofort eine Antwort.

„Julian auch nicht."

Ich erinnerte mich, dass Kendra Julian Silver zuvor erwähnt hatte. „Er ist Kendras Ex, oder?"

„Nicht wirklich. Es ist kompliziert. Kendra ist kompliziert."

„Weißt du, das sagen die Leute ständig, aber alles, was ich sehe, ist ein Mädchen, das frei leben und Spaß haben will. Seit wann ist das eine Sünde?"

„Du kennst Kendra nicht so wie ich. Sie zieht den Ärger magisch an. Er folgt ihr wie ein neugeborener Welpe seiner Mutter."

Das Bild, das ich mir von seiner Beschreibung machte, entlockte mir ein Kichern. Er bemerkte es und lächelte, was meine Stimmung hob.

„Als ihre Freunde sollten wir ihr helfen."

„Genau das versuche ich zu tun. Wo habt ihr euch nochmal kennengelernt?"

„In einem Stripclub", log ich. Ihm zu erklären, dass wir uns bei der Suche nach unseren biologischen Eltern kennengelernt hatten, fiel vorerst unter die Kategorie ‚zu persönlich'. Nicht, dass wir in den wenigen Stunden, die ich ihn kannte, nicht schon ziemlich persönlich geworden wären.

„Das hätte ich mir denken können." Er schüttelte den Kopf. „Stripclubs ziehen Rebellen und Ärger an. Das ist Ärger mit großem Ä."

Ich lachte. „Du redest, als wärst du fünfzig."

„Das, meine kleine Rebellin, nennt man Erfahrung." Er grinste.

„Ich bin keine Rebellin."

„Sagte die Rebellin." Er muss mein Stirnrunzeln bemerkt haben. „Es tut mir leid. Ich necke dich, und das ist nicht nett. Offensichtlich bist du eine gute Freundin für Kendra. Viel besser als viele ihrer früheren Freunde es waren. Ich würde dich gerne heute Abend zum Essen ausführen. Wenn du frei bist, versteht sich."

Endlich kamen wir irgendwo hin. Ein Date.

„Danke. Bin ich. Also, du und Kendra kennt euch gut."

„Jap. Seit Jahren."

„Sehr gut?" Ich hob eine Augenbraue.

Dumm, dumm, dumm.

Gabe lachte. „Wir sind nur Freunde. Kendra ist nicht mein Typ und sie ist wie Familie."

„Was ist dein Typ?"

Ich hätte das nicht fragen sollen. Ich hätte mich nicht der Möglichkeit einer weiteren Ablehnung aussetzen sollen, aber sobald sich seine Lippen bewegten, öffnete er die Tür zu einer Möglichkeit, die ich vor ein paar Tagen noch nicht in Betracht gezogen hätte.

„Du."

In dem Moment, als Sam aus der Sitzecke aufstand und zur Arbeit ging, wollte ich sie zurück auf diesem Platz haben. Nah bei mir. In Sicherheit. Mein Instinkt schlug Alarm. Das letzte Mal, als ich eine Frau in ein Gebäude gehen ließ, kam sie nie wieder heraus. Sie trugen sie in einer Kiste hinaus und begruben sie irgendwo in der Wüste. Ich trank meinen Espresso aus und trommelte mit den Fingern auf der Tischplatte. Frauen mochten keine Männer, die herumschnüffelten, aber wenn ich bei Joanne herumgeschnüffelt hätte –

„Noch einen Kaffee, Mr. Silver?", fragte die Barista.

Ich nickte mit einem mürrischen „Ja, bitte."

James saß in seinem geparkten Auto, und ich verlor langsam die Geduld. Er war der Älteste in der Silver-Familie und der Klügste, aber er spielte das gerne herunter. Manchmal fragte ich mich, was sich unsere Eltern dabei gedacht hatten, als sie seinen Namen als Fox wählten, aber die wenigen grauen Haare hatten sich bei meinem Bruder früh eingestellt, und Fox Silver wurde seinem Namen in vollem Umfang gerecht. Als wäre er dem neuesten Bond-Film entsprungen. Er rieb seinen marmorfarbenen Bart, während er sich auf sein Handy konzentrierte.

Ich schaltete die Abhör-App ein. Sam erkannte gerade das

kleine Band aus schwarzem Stoff um die Vase mit Rosen, die ich ihr geschickt hatte, als schwarzen Slip.

„Nein! Oh mein Gott, das hat er nicht getan!" Die Freude in ihrer Stimme veranlasste mich, ihr eine Nachricht zu schicken.

G. Silver: Dachte, du könntest einen frischen gebrauchen

Sam: Hast du dich selbst zu meinen Kontakten hinzugefügt?

G. Silver: Direkt nachdem ich dir die Hose ausgezogen habe. Wie läuft's bei der Arbeit?

Eine subtile Erinnerung daran, wie nah sie einen Fremden an ihre Unterwäsche gelassen hatte, sollte meine Neugier ausgleichen.

Sam: Nichts Ungewöhnliches. Ich glaube nicht, dass du dir Sorgen machen musst

G. Silver: Sagt eine Frau, die von einer Freundin unter Drogen gesetzt wurde und 48 Stunden verloren hat

Sam: Danke für die Rosen. Sie sind wunderschön. Aber mal im Ernst, sollten die nicht bis nach dem Sex warten? Ich fühle mich, als müsste ich mich irgendwie revanchieren.

G. Silver: Das können wir beim nächsten Mal, wenn ich dich sehe, in Ordnung bringen, Rebellin

Ich dachte, Rosen wären eine freundliche Geste. Es war lange her, dass ich um eine Frau geworben hatte. Sams jugendliche, lebendige Art faszinierte mich und machte mir Lust, noch mehr um sie zu werben. Sehr sogar. Sie war die erste Frau seit Joanne, die mich wieder atmen, hoffen und leben ließ. Vieles hatte sich geändert, seit ich als Privatdetektiv aufgehört und mich der Überwachung zugewandt hatte, aber zum ersten Mal seit Jahren floss dieses Bedürfnis, Dinge in Ordnung zu bringen, wieder durch meine Adern.

Vorerst war das Beobachten von Menschen mein Ding. Genaue Überwachung verhinderte Fehler. Zum Beispiel, wie der Mann in der Jeansjacke, der Sams Arbeitsplatz auf der anderen Straßenseite betrat, alle möglichen Alarmglocken in meinem

Kopf läuten ließ. Aber keine davon klang so laut wie die Tatsache, dass er mir bekannt vorkam.

Verdammter Martinez!

Ich ließ einen knackigen Zwanziger für die Barista liegen, als sie meine nächste dampfende Tasse Kaffee hinstellte, und sprintete wie ein Verrückter aus der Sitzecke, während ich James eine Nachricht schickte. Als ich an der Sicherheitskontrolle vorbei war, war der Mann in der Jeansjacke bereits auf dem Weg nach oben. Ich erklomm die Treppe zum sechsten Stock und nahm dabei jede zweite Stufe. Ich stieß die Tür auf und eilte den Flur entlang, auf der Suche nach Sams Namen.

Als ich ihn fand, klopfte ich.

„Herein."

Ich öffnete die Tür vorsichtig.

„Gabe? Was machst du denn hier?"

Sam stopfte etwas in ihre Schublade und setzte sich kerzengerade hinter ihren Schreibtisch, die Beine übereinander geschlagen. Ich erhaschte einen Blick auf ihren freigelegten, durchtrainierten Oberschenkel von der Seite. Mein Blick wanderte nach oben zu dem Tal zwischen ihren Brüsten. Ein schwarzer BH-Träger lugte unter ihrer weißen Bluse hervor. Verführerisch wirkten die zwei geöffneten Knöpfe, die hochgekrempelten Ärmel und ein Schlitz in ihrem engen Rock - ein wahres Sekretärinnen-Ensemble. Wie in einer dieser Porno-Büro-Szenen. Das pikante Bild in meinem Kopf wurde durch einen Bleistift in ihrem Dutt noch verstärkt: ich sah sie über diesem Schreibtisch, die Haare zu den Seiten fallend. Sie rutschte auf ihrem Stuhl hin und her, und ich bemerkte, dass der Slip nicht mehr um die Rosen gebunden war.

Atemberaubend sexy.

Trug sie ihn? Der rosa Schimmer auf ihren Wangen gab mir die Antwort. Heiß kam nicht einmal annähernd an das heran, was diese Frau ausstrahlte. Eine schwarze Lesebrille saß auf der Mitte ihrer Nase. Die komplette Geschäftskleidung ließ sie wie eine einsame Bibliothekarin aussehen und machte mich spitz wie einen Teenager.

Ich schüttelte den Kopf, um die Porno-Version des Moments, die ich in meinem Kopf erschaffen hatte, loszuwerden. Das war ein schlechter Zeitpunkt für Fantasien.

„Ein Mann hat sich ins Gebäude geschlichen", flüsterte ich mit meiner professionellsten Stimme. „Ich habe den Sicherheitsdienst informiert. Schließ deine Tür ab und geh nicht raus."

Sie nickte. Ich wartete, bis ich das Klicken ihrer Tür hörte, und eilte den Flur hinunter. Ich überprüfte jeden Konferenzraum und jedes Treppenhaus, bis eine forsche Sekretärin meine Suche unterbrach.

„Entschuldigung, Sir? Kann ich Ihnen helfen?" Sie trug einen Stapel Papiere aus dem Kopierraum.

„Ich suche jemanden."

„Haben Sie einen Termin?"

„Nein. Ja. Ich meine, nein."

„Wen suchen Sie?"

„Einen Mann. Jeansjacke. Struppiges schwarzes Haar."

Von seinen gelben Zähnen bis zu seinen nikotinverfärbten Fingern - Joannes Mörder hatte mich jede Nacht seit ihrem Tod verfolgt. Jetzt, da er in der Nähe war, kochte mein Blut vor Rachelust. Seine Anwesenheit spürte ich bis in die Knochen.

„Warum zeige ich Ihnen nicht den Warteraum, und wir stellen sicher, dass Sie die richtige Person erreichen." Sie deutete in eine Richtung.

„Es ist dringend." Ich blickte über ihre Schulter und den Flur hinunter, dann wieder zu ihr, in der Hoffnung, sie würde mir glauben. „Er ist gefährlich. Er hat sich ins Gebäude geschlichen."

Sie legte die Papiere beiseite. „Sir, Sie können entweder mit mir kommen, oder ich rufe den Sicherheitsdienst."

Gerade als sie fertig war, sah ich Martinez aus einer Tür den Flur hinunter und nach links huschen. Ich ging auf ein Knie und zog die Waffe aus dem Holster an meinem Knöchel.

Ich schubste die Frau mit zu viel Kraft zur Seite, sodass sie „Sicherheit!" schrie.

Sie lief hinter mir her, als hätte sie eine Chance, mich einzuholen. Ich konzentrierte mich auf die Jeansjacke, die um die Ecke bog. Als ich die Stelle erreichte, teilte sich der Weg, und ich war mir nicht sicher, in welche Richtung er als Nächstes gelaufen war. Ich hatte mich zu weit von Samantha entfernt, als mir klar wurde, dass er mich auf eine wilde Verfolgungsjagd geführt hatte. Ich fand den leeren Korridor, der zurück zum Hauptflur mit Sams Büro führte, und ging in ihre Richtung.

Ein Schrei hallte durch den Flur.

„Gib mir die Akte!", befahl eine tiefe spanische Stimme aus Sams Büro.

Eine Waffe wurde abgefeuert, und mir wurde das Blut aus dem Gesicht gezogen. Drei weitere Schüsse fielen, und ich rammte die Bürotür auf. In Sams Büro kauerte eine Sekretärin in einer Ecke des Raumes, während Sam zitternd hinter ihrem Schreibtisch stand. Tränen liefen über ihr Gesicht und hinterließen schwarze Mascaraspuren auf ihren Wangen.

Wind blies durch das zersplitterte Fenster, und Papierkram wirbelte wie ein Tornado auf. Die Tür schloss sich, und das Klicken einer Waffe ertönte nah an meinem Ohr. Ich erstarrte und drehte mich dann wie in Zeitlupe um. Martinez sah mir direkt in die Augen, und mir wurde klar, dass er genauso überrascht war, mich hier zu sehen, wie ich ihn. Vieles ging mir in diesem Moment durch den Kopf. Aber nichts war wichtiger als die Wahrscheinlichkeit, dass er verdammt nochmal in Kendras Drogenproblem verwickelt war. Offensichtlich ins Schwarze getroffen. Und was zum Teufel wollte er von Sam? Wut ballte sich in meinem Körper zusammen und erreichte ihre Obergrenze.

Ich drehte mich um und entwaffnete Martinez. Die Waffe rutschte aus meinem Griff, krachte zu Boden und löste sich in eine zufällige Richtung. Wir beide stürzten uns auf die Waffe. Ich rollte mich über Martinez, bevor er sich über mich rollte, und wir kämpften miteinander.

„Ihre Augen waren offen, als wir die Kiste schlossen." Er spuckte mir ins Gesicht.

Ich drückte instinktiv ab, und die Waffe ging zwischen uns los. Sam und die andere Frau schrien, und ich hoffte, dass die Tatsache, dass ich keinen Schmerz spürte, bedeutete, dass ich unversehrt geblieben war, denn überall war Blut.

„Du Wichser!"

Martinez stieß sich von mir weg und sprang auf sein gesundes Bein. Das andere hatte eine Kugel im Oberschenkel stecken. Ich lag auf dem Rücken und richtete die Waffe auf ihn. „Nicht bewegen!"

Die Polizei hämmerte an die Tür.

„Polizei! Aufmachen!"

Tja, ich hatte ewig auf diesen Moment gewartet, und die Rache war nur einen Klick entfernt. Martinez grinste. Sein Blick huschte zur Dachterrassentür zu seiner Rechten, als würde ich bluffen.

„Das wird nicht das letzte Mal sein, dass du mich siehst, Silver." Sein Fokus kehrte zu Sam zurück. „Denn die Geschichte wiederholt sich."

Ich drückte ab, aber die Waffe ging nicht los. Mir wurde klar, dass die eine Kugel, die Martinez hatte, in seinem Oberschenkel steckte. Die Polizei hämmerte an die Tür und gab eine letzte Warnung, sich hinzulegen. Martinez schnappte sich eine Akte von Sams Schreibtisch. Ich sprang nach vorn, aber Sam war schneller. Sie stürzte sich mit voller Wucht auf ihn, entriss ihm die Akte und landete auf der anderen Seite des Raumes. Ihre Halskette riss und fiel zu Boden. Sie war so schnell, dass ich nicht aufhören konnte zu starren, während Martinez durch die Hintertür flüchtete.

Scheiße!

Er rannte über das Dach und die Feuertreppe hinunter. Ich

sprang auf und stürzte zur Terrasse, als die Polizisten die Tür aufbrachen. Ich hielt mitten im Schritt inne und hob die Arme. Die leere Waffe baumelte in meiner Hand.

„Waffe fallen lassen! Waffe fallen lassen!"

Ich ging langsam in die Hocke. Die Polizistin richtete ihre Waffe auf mich, während Martinez flüchtete. Ich legte die leere Waffe auf den Boden. Sam blinzelte mehrmals, und das Bild ihres angsterfüllten Gesichts grub sich in mein Herz. Die Sekretärin kauerte mit ihr in der Ecke. Sie klammerte sich an Sam, die wie Wackelpudding zitterte. Ich schnappte mir die Halskette, die Martinez Sam vom Hals gerissen hatte, und steckte sie in meine Tasche, bevor es jemand bemerkte.

Verdammt. Was habe ich getan?

Ihr Mund war weit geöffnet, und als ihre Augen die Tränen in schwarzen Mascaraflüssen freigaben, wollte ich nur noch alles wieder gut machen.

Aber ich konnte nicht. Ich hatte es versaut, bevor ich überhaupt eine Chance hatte.

„Auf den Boden! Gesicht nach unten, Hände auf den Rücken!" Die kleinere der beiden Polizistinnen drückte ihr Knie zwischen meine Schulterblätter und legte mir mit einer Bewegung Handschellen an. Ich glaubte, sie irgendwoher zu kennen, konnte aber nicht sagen, woher.

„Der Eindringling entkommt", riss ich meinen Kopf zur Seite und bemerkte den Namen auf ihrer Uniform.

„Bleib still, Arschloch." Der Lauf der Waffe bohrte sich in meinen Rücken.

„Das ist seine Waffe", murmelte ich gegen den Boden.

„Spar dir das für den Richter. Ich verhafte dich wegen Hausfriedensbruchs, Waffenbesitzes und Körperverletzung."

„Körperverletzung? Ich habe niemanden verletzt."

„Lass mich ausreden, Arschloch. Sie haben das Recht zu schweigen. Es kann jedoch Ihrer Verteidigung schaden, wenn Sie bei der Vernehmung etwas verschweigen, auf das Sie sich später vor Gericht berufen. Alles, was Sie tun oder sagen, kann als Beweis verwendet werden."

„Sie haben den Falschen." Ich zerrte an den Handschellen, aber die Polizistin hörte nicht zu. Sie machte ihren Job – auch wenn es der falsche Job war.

„Laura, nimm hier die Aussagen auf, und ich bringe ihn zum Wagen." Sie drehte sich um und klickte dann ihr Funkgerät an. „Laura? Wo bist du?"

„Ich hab hier unten noch so ein Prachtexemplar. Bewaffnet."

James.

„Verstärkung sollte gleich da sein. Nimm unseren Streifenwagen."

In Handschellen verließ ich Sams Büro. Officer Green brachte mich hinunter zum Streifenwagen. James war nirgends zu sehen, was bedeutete, dass er ebenfalls auf dem Weg zur Wache war. Diese Polizisten wussten nicht, mit wem sie es zu tun hatten.

Verdammter Martinez.

Der Mann, der mir mein Leben gestohlen hatte, war zurück. Und er war hinter Samantha her? Warum ausgerechnet sie? Mir fehlte eine Verbindung zwischen ihr und Kendra, und ich konnte nicht ganz einordnen, was es war. Fünfzehn Minuten nachdem sie mich festgenommen hatten, kam unser Familienanwalt auf die Wache und stellte Kaution für uns.

„Danke, Ace." Wir schüttelten uns die Hände. Der Cousin meines Cousins war wie Familie.

„Jederzeit. Mein Bruder eröffnet den Club am Freitag wieder. Die Situation ist komplizierter geworden."

„Glaubst du, Martinez sucht nach frischem Fleisch?"

„Wenn es aussieht wie eine Ente und quakt wie Schwarzgeld, das durch die Kanäle fließt, bedeutet das, dass der Menschenhandel an Fahrt aufnimmt. Ich würde die Sicherheit in Kissed verstärken."

„Das ist ja wohl Schwachsinn."

„Was auch immer es ist, es stinkt zum Himmel. Neuseeland wäre eine sicherere Option."

Neuseeland. Mein zweites Zuhause barg schöne, aber schmerzhafte Erinnerungen. Es enthielt die Vergangenheit, die ich verzweifelt zu reparieren und gleichzeitig zu vergessen versuchte.

„Danke, Ace. Wir bleiben in Kontakt."

Der Anwaltsmogul winkte zum Abschied und verließ die Wache.

„Was ist mit dir passiert?", fragte ich.

„Ich bin in einen Cop gerannt." James richtete seine Hose. „Erinnerst du dich an die Frau, die ich in Colorado getroffen habe?"

„Ja? Du warst in sie verknallt. Was ist passiert?"

„Ich war in sie verknallt, bevor ich Laila hatte, und diese Tussi steht nicht auf Kinder. Sie ist verdammt rücksichtslos."

„Völlig dein Typ, oder? Nein?"

Mein Bruder verdrehte die Augen.

„Ich schätze, diese ging mir unter die Haut. Ich muss los. Ma ist bei Laila, und ich muss ein Geburtstagsgeschenk kaufen. Weißt du, was man für eine Zweijährige besorgt?"

„Ich habe keine Ahnung, aber du solltest es wissen. Du hast ja eine."

„Laila ist achtzehn Monate alt. Dies ist ihre erste Zweijahresfeier. Ich habe deinen Pass aktualisiert und deine Tasche gepackt. Du weißt schon, falls du nach Neuseeland musst."

„Denkst du, ich sollte gehen?" Ich hatte ein Versprechen zu halten, und Kendras Leben hing von meiner Fähigkeit ab, sie zu beschützen. Neuseeland könnte zwei Fliegen mit einer Klappe schlagen.

„Ich weiß echt nicht, was du noch hier machst."

Als ich nach Sam sah, war es bereits dunkel geworden. Schwere Regentropfen prasselten auf den Boden. Ich rannte vom Auto zur Haustür, eine dampfende Papiertüte mit Essen in der

Hand. Mein Fuß blieb an der Fußmatte hängen. Ich hob die geflochtene Schnur an und lächelte, als ich keinen Schlüssel fand. Sam hatte nicht nur die von mir bestellten Schlösser installiert, sondern auch eine Türklingel mit Kamera.

„Hey!", sagte sie durch den Zwei-Wege-Lautsprecher. „Moment noch. Bin gerade im Bad, komme aber gleich."

Sie öffnete die Tür mit einem breiten Lächeln und warf sich mir um den Hals. „Gott sei Dank, dir geht's gut. Ich war auf der Wache, nachdem sie dich mitgenommen hatten, aber du warst schon draußen."

„Unser Anwalt hat die Kaution gestellt."

„Keine Anklage?" Sie trat zurück ins Haus und schloss die Haustür ab, dann schob sie den Riegel vor, gefolgt von einer Kette.

Ich war beeindruckt.

„Unser Anwalt hat sich darum gekümmert." Ich reichte ihr die weiße Papiertüte mit dem Essen.

„Muss schön sein, Anwälte zu haben."

„Familienfreunde."

„Noch besser."

„Tut mir leid, dass wir heute Abend kein schickeres Essen haben konnten."

„Wovon redest du? Komm rein. Wein?"

Sie holte Pappteller und Plastikbecher aus dem Schrank. Es war eine Weile her, dass ich in etwas gelebt hatte, das wie die Hälfte eines umgebauten Studentenwohnheims aussah.

„Ich halte es unkompliziert. Viel Arbeit bedeutet keine Zeit für Geschirr oder Leben."

„Also passt das Essen zum Mitnehmen?"

Sie grinste von einem Ohr zum anderen, als sie mir das Essen aus der Hand nahm und es auszupacken begann. „Es ist das perfekte Abendessen, um einen Tag zu beenden, der mit vorge-haltener Waffe begann. Ich habe einen Bärenhunger."

Ich hatte erwartet, dass Sam traumatisierter sein würde, aber sie schien unbeeindruckt. Ich zog die Flasche heraus, die ich in meiner Jacke versteckt hatte. „Große Geister denken gleich. Ich hoffe, du magst Rotwein."

Ich reichte ihr die Flasche.

„Rot ist meine Lieblingsfarbe."

Die leichte Nervosität in ihrer Stimme sang für mich. Es war lange her, dass ich das Verlangen einer Frau so deutlich in ihrer Stimme gehört hatte, dass es direkt in meinen Schwanz fuhr.

„Du bist ja völlig durchnässt."

Ich zog meine Schuhe aus, nur um festzustellen, dass meine Socken nicht in besserem Zustand waren. „Macht es dir etwas aus, wenn ich schnell dusche?"

Ihre Wangen färbten sich leuchtend rosa.

„Überhaupt nicht. Es ist den Flur runter, die zweite Tür rechts ..." Sie hielt mitten im Satz inne und senkte ihre Hand. „Ach ja, stimmt. Frische Handtücher findest du im obersten Regal."

„Danke." Ich zog mir die Socken von den Füßen und ging den Flur entlang, wobei ich einen Flyer für die Eröffnungsnacht der Rebels bemerkte. Ich vermutete, dass Club Forever nicht mehr existierte. Wenn es jemanden gab, der alle Hartleys rausbekommen konnte, dann waren es die Wagner-Anwälte mit einer Kette von Stripclubs.

Im Bad zog ich meine Jeans und mein Hemd aus und stieg in die Dusche.

Ich zog den weißen Vorhang zurück. Sams Fliederseife hinterließ eine Note Frühling in der Herbstluft.

Als ich fertig war, trocknete ich mich ab und wickelte das Handtuch um meine Hüften, aber ich konnte meine Kleidung nicht finden. Ich ging über den Parkettboden zurück ins Wohnzimmer. Die Beleuchtung war gedimmt. Das Essen stand auf dem niedrigen Tisch bereit, und Sam saß mit einem Glas Wein auf dem Sofa. Sie klopfte auf die Couch und lächelte.

Ihr Anblick löste einen Flashback aus, und ich erinnerte mich an einen Moment in meinem Leben, als das alles real war. Als das Leben zu Hause normal war.

„Was ist mit meinen Klamotten passiert?"

„Ich habe sie in die Wäsche gesteckt. Keine Sorge. Du siehst im Handtuch eh besser aus als in der Hose." Sie zwinkerte.

Es war gut, dass ich Sams Halskette bei James gelassen hatte, der gerade einen Tracker am Anhänger anbrachte. Wenn Martinez hinter Sam her war, würde ich diesmal einen Schritt voraus sein.

„Du auch."

„Hau rein."

Sie nahm mir den Teller aus der Hand. „Lass mich dich bedienen. Du hattest einen harten Tag. Setz dich und entspann dich."

Ich bemerkte ihren umherschweifenden Blick.

„Hast du mein Büro verwanzt?"

Ach ja, das. „Ich würde meinen Job, dich zu beschützen, nicht gut machen, wenn ich es nicht getan hätte."

„Du beschützt mich? Wovor? Wer war dieser Mann?"

Ich seufzte und senkte meinen Kopf, während sie ihren Blick über meine Oberschenkel und bis zu der Stelle gleiten ließ, wo das Handtuch kaum meinen Schritt bedeckte.

„Starrst du auf meinen Schwanz?", fragte ich.

Ihr Kopf schoss nach oben. „Nein! Ich ... ich hab mich nur gefragt, worauf du starrst."

„Nicht auf meinen Schwanz."

Ihre Wangen erröteten in diesem wunderschönen Rosa, das meinen Schwanz hart werden ließ.

Ich rutschte unbehaglich hin und her. „Erzähl mir von deiner Familie."

„Die unerwartete Krankheit meiner Mutter hat mich mit Arztrechnungen zurückgelassen, die ich immer noch abzahle. Mein Vater starb zwei Jahre zuvor bei einem Bootsunfall." Sie zitterte.

„Was ist los?"

„Ich erinnere mich immer noch an das blutverschmierte Wasser und die wildgewordenen Haie. Es hat mich jahrelang vom Meer ferngehalten."

„Dein Vater wurde von Haien gefressen?"

Sie nickte.

„Geschwister?"

„Nein. Meine Eltern konnten keine Kinder bekommen. Aus diesem Grund haben sie mich adoptiert. Aber sag mal, hat meine Familie irgendetwas mit dem Mann im Büro zu tun?"

Ich erstarrte. Ein Nerv in meinem Rücken versteifte sich, als mir klar wurde, dass Sam erst dreiundzwanzig war; sechzehn Jahre jünger als ich und acht Jahre jünger als Joanne.

„Was ist los?", fragte sie. „Du siehst aus, als hättest du gerade einen Geist gesehen."

„Nein. Alles gut." Ich machte mich über das Lammbraten in Balsamico-Reduktion mit karamellisierten Birnen her. Ein guter Freund der Familie besaß ein Restaurant, und unser Lieblingsplatz enttäuschte nie. Olivier aus der Marina hatte sich zu Recht drei Michelin-Sterne verdient. Sein Essen erfüllte mich mit sofortigem Wohlbehagen.

„Was ist auf der Arbeit passiert, nachdem ich gegangen bin?", fragte ich und kehrte zum Gespräch zurück.

„Sie geben mir eine Woche frei, um mit dem Trauma fertig zu werden. Dann gibt's neue Sicherheitseinweisungen."

„Klingt ..."

„Langweilig?"

Wir lachten gleichzeitig.

„Ich hatte keinen Schimmer, was ich wollte, als ich ins Underwriting einstieg. Ich hab's einfach durchgezogen. Und diese neue Beförderung steht auf dem Spiel, weil ich Kissed versichert habe."

„Du hast was?"

„Ich habe die Versicherungspolice für den Club übernommen. Ich glaube, Kendra ist mir gegenüber ein bisschen weich geworden."

Obwohl Kendra nie zu jemandem weich war, überraschte mich die Tatsache, dass sie Sam anstelle eines der bekannten Versicherer gewählt hatte.

„Ehrlich gesagt hat sie mir den Arsch gerettet. Sie hat mir die Chance für einen Neuanfang gegeben, und ich habe sie ergriffen."

Sam grinste, und ich beschloss, dass ihr Mund ebenfalls eine entzückende Überraschung war. Irgendwie hatte ich es aber auch erwartet.

„Was würdest du tun, wenn du alles noch einmal machen könntest?", fragte ich.

„Ich weiß nicht. Vielleicht Ski fahren."

Ihre überraschende Antwort jagte mir einen Schauer über den Rücken. „Warum Ski fahren?"

„Tja, als Skilehrer. Weißt du, das einfache Leben in den Bergen. Na ja, ich bin neu in New York. Wir haben auf dem Land in Colorado gelebt. Meine Eltern haben mich ziemlich behütet aufgezogen, aber sie haben mich ständig zum Skifahren mitgenommen."

Joanne war mit mir nach Colorado gezogen. Ihre Mutter hat mir nie verziehen, dass ich ihr ihre Tochter weggenommen hatte, aber Joanne hatte auch gerne Ski gefahren.

„Alles klar. Skifahren und Land. Ich werd's mir merken."

„Ein Häuschen in den Bergen mit einem Bach in der Nähe klingt perfekt."

„Gut zu wissen. Ich muss dich mal nach Österreich mitnehmen."

„Moment, du hast ein Häuschen in Österreich?"

Ich nickte. „Ich will nicht angeben, aber der Ort ist verdammt geil. Liegt direkt an einer privaten Skipiste."

Ihre Hand blieb auf halbem Weg zum Mund stehen, und ihre Augen wurden groß und füllten sich mit einer jugendlichen Begeisterung, an die ich mich selbst noch erinnern konnte. „Das musst du mir zeigen. Wir müssen da hin."

„Was ist aus dem One-Night-Stand-Mädchen geworden, das ich in Kissed kennengelernt habe?", lachte ich.

„Das Abenteuer pulsiert durch ihre Adern." Sie wackelte mit den Zehen und lächelte so breit, dass ihr gedehntes Grinsen mich an die Grinsekatze erinnerte.

„Ich bin froh, dass du dich okay fühlst. Dieser Typ in deinem Büro, Martinez, ist gefährlich."

„Warum hat er nach Kendra gesucht?"

„Er hat sie speziell erwähnt?"

„Kurz bevor er mich anstarrte, als hätte er einen Geist gesehen."

„Ich habe einen Verdacht, aber ich werde es genau herausfinden. Und ich werde sicherstellen, dass er dir nicht wieder zu nahe kommt. Hier, leg deine Füße hoch." Ich setzte mich auf einen Hocker und hob ihre geschwollenen Sohlen auf meinen Schoß. Ich drückte in der Nähe der Ferse und massierte mich nach oben.

Sie lehnte sich zurück gegen die Couch und schloss die Augen. Ein leises Stöhnen entglitt ihren zusammengepressten Lippen.

„Besser als ein Orgasmus?", fragte ich.

„Das kommt darauf an, mit welchem Orgasmus ich es vergleiche."

Die Vorstellung, ihr ein zuckendes Fest zu bereiten, das ich mir zwischen ihren Beinen vorstellte, gefiel meinem Mund und meinem Schwanz.

Ich drückte meinen Daumen in die Nähe ihres Fußballens und forderte sie auf zu schreien: „Ja!"

Sie schoss hoch. „Was war das?"

„Was meinst du denn?", grinste ich.

„Diese Sache, die du mit meinem Fuß gemacht hast." Sie zeigte darauf.

„War es orgasmisch?"

„Ja! Mach es nochmal."

Sie hob schnell ihren Fuß über meinen Oberschenkel. Ich drückte in einer kreisenden Bewegung, und sie sank zurück in die Couch, sich windend.

„Das ist so gut", murmelte sie.

Sie sah herrlich aus, wie sie da lag, den Kopf zurückgelehnt und das blonde Haar über ihre Brust fallend.

„Ich würde dich gerne zu einem richtigen Essen ausführen, Sam."

„Nimm den Spaß nicht raus. Das Letzte, was ich jetzt brauche, ist etwas Förmliches."

Meine Brust vibrierte. „Verstanden. Du bevorzugst Abenteuer." Ich zwinkerte und warnte: „Aber Samantha, ich gehe nicht auf Dates. Das ist meine neue Politik. Warum das Leben verkomplizieren?"

„Perfekt. Ich date auch nicht", sagte sie. „Keine Verpflichtungen?"

„Keine", sagte ich ihr. Ich war nicht bereit zuzugeben, dass die Wahrscheinlichkeit, dass wir bereits verbunden waren, hoch war.

„Warte mal ... du bist nicht verheiratet oder so, oder?"

„Nein, bin ich nicht. Ich bin verwitwet."

„Das tut mir leid."

„Danke. Hast du von Kendra gehört?"

Sie blinzelte die Enttäuschung in ihren Augen weg, aber ich war noch nicht bereit zu teilen. „Ihr Handy geht direkt auf die Mailbox, und Kendra checkt keine Mailbox. Ich fürchte, sie steckt in Schwierigkeiten. Dieser Mann – Martinez. Er wollte Kendras Versicherungsakte."

„Was? Warum hast du mir das nicht gesagt?"

Ihr Fuß rutschte von meinem Knie auf den Boden.

„Wann denn? Ich war ein bisschen beschäftigt, als er mich mit vorgehaltener Waffe bedrohte. Dann war ich damit beschäftigt, tausend Fragen zu beantworten und dich zu finden."

„Es tut mir leid. Ich wollte nicht klingen wie ein –"

„– Arschloch?"

Ich konnte nicht widersprechen.

„Wenn du Kissed versichert hast, macht es Sinn, dass sie die Akten wollen. Nicht weniger gefährlich für euch beide im Moment. Sie rechnen wahrscheinlich mit Versicherungsgeld, also werden wir die Sicherheit im Club erhöhen."

Sam sah absolut erschöpft aus und drängte nicht auf weitere Fragen.

Ich schrieb meinem Cousin eine Nachricht mit den neuesten Informationen und legte das Handy beiseite. Meine Augen wurden schwer und die Müdigkeit des Tages drängte mich zu schlafen.

„Julian, mein Cousin, sucht nach Kendra", sagte ich. „Er ist Partner bei Silver Securities."

Ihre Augenbrauen zogen sich zusammen, also erklärte ich. „Also, na ja, wir haben Silver Securities von unseren Vätern, Jack und Fred Silver, übernommen. Julian und sein Bruder Tristan sind für die Ermittlungen zuständig. Die Überwachung liegt in den Händen meines Bruders James und mir. Gemeinsam mit den Wagners leiten wir vier Silver Securities."

Ihr Mund krümmte sich. „Doch kein einfacher Barkeeper. Ich hätte es wissen müssen. Also gibt es dich und James –"

„James ist der Älteste. Er ist ein Profi in seinem Job und hat ein Kleinkind in Windeln, aber er ist der beste Vater, den ich je gesehen habe. Er ist immer da und nimmt sich immer die Zeit. Ich weiß nicht, wie er sie findet, aber er tut es. Mein jüngerer Bruder Hunter ist zweiundzwanzig und der Jüngste der Silver-Brüder. Er wird sicher bald in das Familienunternehmen einsteigen. Braucht nur noch ein bisschen mehr Übung."

„Wow, das ist eine Menge. Ich hatte nie eine große Familie. Wir blieben unter uns, und nach dem Tod meiner Eltern war ich allein. Alles, was ich habe, ist das, was du siehst."

Ich betrachtete sie mit Verwunderung, denn was ich sah, war so viel mehr als sie beschrieb.

„So hast du also herausgefunden, wo ich wohne?"

„Ja. Ich habe einen Riecher für sowas."

Sie lachte.

Ich hob meinen Kopf und stellte sicher, dass sie mich direkt ansah. „Sam, ich möchte, dass du diese Woche zu Hause bleibst. Ich besorge dir Lebensmittel und alles andere, was du brauchst, aber versprich mir, dass du zu Hause bleibst."

Ihr Gesicht wurde ernst.

„In Ordnung. Ich bleibe zu Hause. Aber du bist wirklich Magnum, oder?"

Der Regen prasselte in einem einschläfernden Rhythmus gegen die Fenster.

„Nein, immer noch nur Gabe."

„Aber ich gehe am Freitagabend aus", platzte es aus ihr heraus. „Und ich kann diese Pläne nicht absagen. Es ist ein Junggesellinnenabschied."

„Lass mich raten. Ihr geht ins Rebels?"

„Ach, es ist eine Eröffnungsfeier, und ich habe die wenigen Freunde, die ich habe, in letzter Zeit vernachlässigt. Der Abend klingt vielversprechend. Nicht mein Lieblingsding, aber definitiv ein guter Tipp von dir, Detektiv."

„Nur weil du sagst, dass ich ein Detektiv bin, macht es das noch nicht zur Tatsache."

„Ja, aber es ist sexy. Du bist anders."

Sie rutschte auf dem Sofa herum und griff nach ihrem Weinglas. Der Geruch von Leder und Früchten stieg aus dem aufgewirbelten Alkohol auf.

„Anders?"

„Diese silberne Strähne in deinem Haar verleiht dir eine gewisse Schärfe und Erfahrung."

Sie biss sich auf die Lippe. Bis ich sie getroffen hatte, war ich mir sicher gewesen, dass ich für den Rest meines Lebens Single bleiben würde, aber jetzt war ich mir nicht mehr so sicher.

„Ich werde dieses Weihnachten vierzig, Sam."

Sie grinste. „Weißt du, für mich bedeutet das unglaubliche

Erfahrung. Ich freue mich darauf, deine Fähigkeiten zu überprüfen, denn mir gehen die versprochenen Orgasmen nicht aus dem Kopf. Aber ich bin gerade so erschöpft."

Sie gähnte, und ich bemerkte die dunklen Ringe unter ihren Augen. Mein Widerstand ihr gegenüber schwand. Wir hatten beide Glück, dass sie müde war. Ich hob sie in meine Arme und trug sie ins Schlafzimmer. Ihr Mund öffnete sich, und ihre Augen weiteten sich. Ich legte sie ins Bett und zog das Laken über ihren Körper. Sie kuschelte sich hinein, genauso wie vor drei Nächten. Ich wollte nichts mehr, als unter die Decke zu schlüpfen, aber ich konnte nicht. Der Drang, mich neben ihren warmen Körper zu legen, wuchs, je länger ich ihr friedliches Gesicht betrachtete, aber die Fragen zu ihrer Vergangenheit hielten mich zurück. Ich fürchtete die Wahrheit, die ich finden würde, aber ich konnte die Zufälle nicht ignorieren.

Ich nahm eine Haarbürste aus Sams Badezimmer und steckte sie in einen Plastikbeutel aus dem Küchenschrank.

Ich legte mich im Wohnzimmer hin. Irgendwann in der Nacht muss Sam mich mit einer Decke zugedeckt haben. Ich ging am Morgen, bevor sie aufwachte, damit ich die Bürste bei der Post abgeben konnte. Ich kritzelte ihr eine höfliche Notiz auf den Nachttisch und schloss die Tür hinter mir ab, als ich ging.

Samantha,

Ich wünschte, ich müsste dich nicht wieder verlassen. Das Frühstück steht unten bereit.

Ich hoffe, du fühlst dich besser. Ich habe mir einen Ersatzschlüssel aus deiner Küchenschublade geliehen. Spar deine Kraft für dieses Wochenende, damit du nicht wieder bei mir einschläfst. Ich muss wohl die Qualität meiner Orgasmen überdenken, da ich anscheinend keine nachhaltige Wirkung auf dich habe.

Viel Spaß am Freitag,

Gabe (nicht Magnum)

Kapitel 6

Sam

Ich zog die Fenstervorhänge weit auf.

Verdammt!

Es goss in Strömen und der Donner grollte. Dicke Rinnsale flossen an den Fenstern herab und verdeckten die Aussicht. Schwarze Wolken hingen über der Stadt. Dieser Freitag begann nicht so, wie ich es geplant hatte. Ich zog die Vorhänge wütend zu und ließ meine restliche Frustration am Staubsauger aus. Ich säuberte jeden Raum, wischte jedes Regal ab und schrubbte jede Ecke.

Es waren Tage vergangen, seit ich Gabe zuletzt gesehen hatte. Das Selbstvertrauen des Mannes und sein Engagement für seine Arbeit waren attraktiv. Er hatte am Dienstagmorgen eine Nachricht hinterlassen und seitdem jeden Tag angerufen. Er fragte nach Kendra, die all den Freunden, die ich ihr seit der Eröffnung von Kissed vorgestellt hatte, alle angeschnauzt hatte. Dieselben Freunde würden mich in weniger als einer Stunde abholen, und ich verspürte bereits den Drang, mich aus dem Junggesellinnenabschied herauszuwinden. Der Regen muss meine Stimmung getrübt haben.

Ich duschte und zog mein Kleid an. Eine halbe Stunde später

hupte die Limousine vor dem Gebäude. Eine Nacht mit den wenigen Freunden, die ich hatte, war besser als einem Mann nachzutrauern. Allie hatte das Essen zum Mitnehmen so gut gefallen, dass wir für morgen Abend ein offizielles Date bei Olivier vereinbart hatten. Leider war Geduld nicht meine Stärke.

Ich nahm mein Handy zur Hand und schrieb ihm eine Nachricht.

Sam: Kann es kaum erwarten, dich morgen zu sehen

Es dauerte nicht lange, bis mein Handy vibrierte.

G. Silver: Hab einen schönen Abend heute

Sam: Danke

Mein Herz klopfte, und Gabe lieferte.

G. Silver: schreib mir, was du trägst

Ich machte ein Selfie im Flurspiegel, bekam aber keine Antwort. Er muss den gelben U-Boot-Trenchcoat wohl nicht gutgeheißen haben. Die Limousine hupte erneut. Ich schloss die Tür ab und rannte durch den Regen, während die Mädels die Tür offen hielten.

Wir begrüßten uns mit den üblichen Quietschlauten, Umarmungen und Küsschen. Meine Laune hob sich, bis Reese die fehlende Person in der Gruppe erwähnte. „Was ist los mit Kendra? Sie ghostet mich."

„Mich auch." Leah reichte mir ein Champagnerglas.

„Macht drei von uns", sagte ich ihnen. Ehrlich gesagt beunruhigte mich ihre Abwesenheit mehr, als dass sie mich verärgerte. Gabe hatte den Typen, der in mein Büro eingebrochen war, nicht erwähnt, und die Polizei auch nicht. Sie hatten auch meinen Lieblingsanhänger nicht erwähnt, den ich während des Angriffs verloren hatte, und es fühlte sich kleinlich an, einem Schmuckstück hinterherzulaufen, wenn Leben auf dem Spiel standen. Was, wenn er Kendra erwischt hätte?

„Hallo? Jemand zu Hause?" Reese stieß ihr Glas gegen meins.

„Tut mir leid. Ich mache mir nur Sorgen um Kendra." Die

Stimmung in der Limousine sank, also fügte ich hinzu: „Aber heute Abend feiern wir dich, Reese. Ich verspreche, wir werden eine tolle Zeit haben. Auf Reese und Finn! Prost!"

Ich hob mein Glas, und die sechs Mädels folgten mit einem Jubel. Die billigen Bläschen beruhigten meine Nerven, als sie auf meiner Zunge prickelten.

„Also gut. Wer ist der geheimnisvolle Mann?", wandte sich Leah mir zu.

„Was?"

„Komm schon. Der Typ, der bei dir auf der Arbeit verhaftet wurde. Leah sagt, er sei heiß."

„Leah!" Ich drehte mich zu meiner neugierigen, aber gutmütigen Sekretärin bei Tag und Bücherwurm bei Nacht um. Es hatte Stunden gedauert, sie zu überreden, heute Abend mitzukommen, aber nachdem unsere Woche ein Abenteuer nach dem anderen gebracht hatte, legte sie ihre Liebesromane beiseite und folgte meinem im echten Leben.

„Er hat ihr Rosen und Höschen ins Büro liefern lassen", plauderte Leah aus, und ich seufzte.

„Er ist ein Barkeeper, den ich vor etwa einer Woche gegenüber im Kissed kennengelernt habe. Aber er ist auch in diese Überwachungssache verwickelt, und ich dachte, wir hätten, na ja, so eine Art unverbindliche Sache, aber es ist kompliziert, weil er Kendra kennt."

Ich vermisste ihn. Sehr sogar.

„Ein Dreieck?", fragte Kimmy mit großen Augen.

Ich verdrehte die Augen. „So ist es nicht."

Selbst wenn es so wäre, ging es niemanden etwas an.

„Hört zu, wir sind nicht hier, um über mich zu reden. Heute Abend sind wir für Reese hier. Auf gute Zeiten!" Ich stieß mein Glas noch einmal gegen jedes der anderen und trank den Champagner aus. Die Mädels quietschten als Antwort, und meine kleine Ablenkung funktionierte für den Moment.

Eine halbe Stunde später hielt die Limousine am Bordstein

vor Rebels. Ich folgte der jubelnden Gruppe zu einem reservierten runden Tisch, der an der Seitenbühne und näher am hinteren Teil des Clubs aufgestellt war. Massive Seitenwände umschlossen uns in einer intimen runden Nische nahe einer privaten Tanzfläche. Von hier aus hatten wir einen perfekten Blick auf alle drei silberglänzenden Tanzstangen und die beeindruckend talentierten Tänzerinnen, deren Bewegungen im pulsierenden Licht hypnotisch wirkten. Ich drehte meinen Kopf zur Seite, stieß erleichtert die Luft aus und setzte mich auf den weichen, roten Samtsitz.

Der Tisch glänzte von frischer Holzpolitur. Stoffe flossen in Burlesque-Wellen von der Decke herab, und Aufregung lag in der Luft. Während der Ort dringend Renovierungen brauchte, sah Rebels mit einer Gruppe von Freunden vielversprechend aus.

Ein halbnackter Kellner mit durchtrainierten Muskeln kam an unseren Tisch. Er näherte sich Reese, der offensichtlichen Stimmungsmacherin, die einen weißen Schleier trug. Seine schwarze Fliege und Manschetten zierten seinen gut geölten Körper. Die passende enge Shorts betonte alles, was eine Frau erröten ließ.

„Mein Name ist Mike, und ich stehe Ihnen heute Abend voll und ganz zur Verfügung. Was trinken wir, meine Damen?", fragte er.

„Orgasmen!", rief Reese.

Ich verdrehte die Augen. Vielleicht hätte ich die Orgasmen, die ich letztes Wochenende getrunken hatte, nicht erwähnen sollen, obwohl bei der Erinnerung an meinen talentierten Barkeeper ein warmes Kribbeln in meinem Bauch aufstieg.

Die Mädels jubelten. Es gab einen Grund, warum wir befreundet waren. Meine kleine Gruppe von Frauen von der Arbeit wusste, wie man Stress und Anspannung loswurde. Mein Blick wanderte zur Bar auf der linken Seite, aber Gabe war nicht da.

Mike nahm die Bestellung auf, während Leah und Reese dem

ersten Auftritt des Abends – einem Polizisten mit einem großen Schlagstock an der Seite – Geldscheine entgegenstreckten. Er schwang seine Hüften nach links, und die Mädchen kreischten. Er schwang sie nach rechts, und sie kreischten noch lauter. Die Lichter blitzten auf, und er riss sich die Shorts vom Leib, wobei er alles enthüllte. Ich warf einen Blick auf seinen straffen Hintern.

Mein Handy vibrierte, und mein Herz setzte einen Schlag aus.

G. Silver: Genießt du deinen Abend?

Sam: Es wäre besser, wenn du hier wärst. Kann's kaum erwarten, dich später zu sehen

G. Silver: Ich auch. Hast du was von Kendra gehört?

Sam: Nein. Die Mädels auch nicht

G. Silver: Was hast du an?

Sam: Ein kurzes, enges, rotes Kleid

„Leg das Handy weg und hab Spaß." Reese zog an meiner Hand.

Ich legte das Handy auf den Tisch und stand zusammen mit den Mädchen auf, als der neue Auftritt die Bühne betrat. Der Tänzer trug ein Paar Engelsflügel, die bis zum Boden reichten. Ein weißes Tuch bedeckte seine Vorderseite, und er hielt einen Bogen und einen Pfeil, um das Amor-Ensemble zu vervollständigen. Die Musik wechselte zu einem romantischen Beat, und er schlenderte über die Bühne. Ein Mädchen in der ersten Reihe tat so, als würde sie in Ohnmacht fallen, als sie einen seiner Pfeile mit Schaumstoffherz-Spitze auffing.

Die Benachrichtigungsleuchte meines Handys blinkte gerade, als der Kellner ein Tablett voller Shots brachte. Leah reichte mir ein Schnapsglas, und ich ignorierte das blinkende Licht. Ich kippte den Shot runter. Der süße Likör verbreitete sofort Entspannung in meinem Körper.

Jemand anderes reichte mir einen weiteren Shot, bevor ich das leere Glas abstellte. Zwischen dem Champagner in der Limo und diesen Shots floss der Alkohol direkt in meinen Kopf.

Der Kellner ohne Smoking stellte ein weiteres volles Tablett mit Shots ab. „Genießt ihr die Orgasmen?"

Das hell pulsierende Licht auf meinem Handy lenkte mich ab, und ich ignorierte den Kellner und überprüfte die zwei verpassten Nachrichten.

G. Silver: Kann es kaum erwarten, es persönlich zu sehen

G. Silver: Was Besonderes am Trinken?

Als ich an das Kleid dachte, das jede meiner Kurven betonte, wünschte ich, ich hätte es für morgen aufgehoben. Ich beeilte mich zurückzuschreiben.

Sam: Trinke einen Screaming Orgasm

„Lecker. Ist er eine Spezialbestellung, Reese?", hörte ich Leah von der Seite.

G. Silver: Ist er besser als mein Orgasmus?

Sam: Das weiß ich doch noch nicht, oder?

Ich biss mir auf die Lippe. In meinem Bauch wuchs die Aufregung, während ich darauf wartete, dass das Licht wieder pulsierte. Es war lange her, dass ich mich über eine Nachricht von einem Mann so aufgeregt hatte. Als der kathartische Moment mich durchströmte, wurden die Mädchen still und jemand stieß mich in die Rippen: „Heilige Scheiße, ist der heiß!"

„Wer?", konzentrierte ich mich auf mein Handy.

Ein vertrauter holziger Duft lenkte meine Aufmerksamkeit auf einen verführerischen Mann, der inmitten meiner Freundinnen stand. Drei Takte des Liedes vergingen, bevor ich erkannte, dass es Gabe war.

Die Mädchen starrten mit offenem Mund, wie vom Blitz getroffen. Und sabbernd. Gabes zerrissene Jeans betonten seine muskulösen Oberschenkel. Der hellere Farbton seines typisch gräulichen Hemdes passte zum silbernen Funkeln in seinen Augen. Der perfekt geformte Körper war der Traum jeder Frau. Ich schluckte schwer.

„Vielleicht sollte ich deine Zweifel ein für alle Mal beseitigen." Gabe trat vor den Tisch. Er musterte mich von oben bis unten, begann bei meinen High Heels und ließ seinen Blick über meine Beine zu meinen Brüsten wandern. Er hielt inne, als sich unsere Blicke trafen, und meine Knie wurden zu Pudding.

„W...Was?", stammelte ich. Was zur Hölle hatte Gabe hier verloren?

„Du kennst ihn?", fragte Leah.

Ich räusperte mich. „Das ist ein Freund von mir, Gabriel Silver."

„Werden Sie für uns auftreten, Mr. Silver?", Leah leckte sich die Lippen und schlang ihre gierigen Hände um Gabes Bizeps. Gabe löste ihre klammernden Finger und küsste ihre Hand wie ein Gentleman. Sie setzte sich auf den weichen Sitz und fächelte sich Luft zu.

„Meine Damen, ich entschuldige mich, aber ich werde Samantha euch entführen. Die nächste Runde geht auf mich." Er zeigte auf den Tisch, der mit Schnapsgläsern übersät war.

Reese stupste mich sanft in die Rippen. „Entführ sie ruhig!"

Ich nahm Gabes angebotenen Arm. Die Blicke meiner Freundinnen brannten auf meinem ganzen Körper, während sie wie Närrinnen sabberten. Aber ja, Gabe war definitiv sabbernswerth.

„Tut mir leid, Reese. Ich bin bald zurück."

„Lass dir Zeit." Kimmy winkte.

Ein zufriedenes Grinsen breitete sich auf Gabes Gesicht aus. Ich umklammerte seinen Arm fester. Der Mangel an Luft, oder vielleicht der Alkohol, schwirrte durch mich hindurch, und ich begrüßte die Unterstützung seines Arms.

Reese plapperte, als wir weggingen. „Habt ihr gesehen, wer das war?"

Jemand vom Tisch pfiff, und meine Wangen brannten.

„Bist du mir hierher gefolgt?", fragte ich.

„Zuerst nicht. Später ja."

„Ich verstehe nicht."

„Ich wurde gerufen, um die Überwachung des Clubs zu

verbessern. Der Besitzer ist wie Familie. Der Cousin meines Cousins."

Schauer liefen über meinen Körper.

„Er ist ein guter Kerl. Ich verspreche es."

„Weißt du, es gibt Gerüchte über Dinge, die hier unten passieren. Schlimme Dinge."

„Wir wissen davon. Mein Freund versucht, sie zu beheben."

„Hier entlang, Mr. Silver." Ein halbnackter Oberkellner öffnete eine Tür, und wir betraten einen abgedunkelten Raum. Erneut überkam mich ein leichter Schauer. Die gedämpfte rote Beleuchtung reichte aus, um die Konturen der Möbel zu erkennen. Die Einrichtung hatte denselben Burlesque-Charme wie der Rest des Nachtclubs. Samtartige Tapeten passten zu den gepolsterten Sitzen. Die Tür schloss sich hinter uns, und ich zuckte zusammen. Gabe drehte den Knauf und schloss uns in dem Raum ein.

„Geht es dir gut?", fragte er. „Mache ich dich nervös?"

„Nein, mir geht's gut", antwortete ich.

Er neigte den Kopf zur Seite. „Samantha? Lügst du?"

„Woher wusstest du das?"

„Du hast es mir gerade gesagt."

Darauf war ich reingefallen. „Ich habe dich heute Abend nicht erwartet, aber ich freue mich, dass du hier bist. Ich habe dich vermisst."

„Hast du nicht gesagt, du hättest Kendra hier kennengelernt?"

Das stimmte, aber es war nicht genau unser erstes Treffen gewesen. „Nicht hier, genau genommen. Es gibt einen Club, der mit diesem verbunden ist."

Gabe erschauderte. „Den gibt es, und ich glaube, dieser Club könnte sie in seinen Bann gezogen haben."

„Weißt du, was mit ihr los ist?"

„Julian kümmert sich darum. Er wird sicherstellen, dass es ihr gut geht."

Richtig. Gabes geheimnisvoller Cousin.

„Ich ... ich bin einfach bereit, alles zu vergessen und weiterzumachen, aber ich mache mir Sorgen um Kendra. Ich mache mir Sorgen wegen des Mannes, der mich mit vorgehaltener Waffe bedroht hat."

„Ich versichere dir, dass die Menschen, denen Kendra am meisten am Herzen liegt, gerade nach ihr suchen. Von Martinez gibt es auch keine Spur." Er griff sanft nach meiner Hüfte und zog mich näher an sich heran. „Und das ist die perfekte Gelegenheit für uns."

Sein Duft und das holzige Moschus trafen mich, und mein Höschen wurde feucht.

„Wofür genau?", fragte ich mit einem leichten Zittern in der Stimme, das meinen Hals kitzelte.

Gabe drehte mich in seinen Armen und drückte mich gegen die samtene Tapete. Sein Körper presste sich an meinen. Harte Muskeln, kräftige Arme und der selbstsichere Griff an meinen Hüften ließen mich alles vergessen, woran ich nicht denken sollte.

„Ich hatte eine harte Woche", sagte er mit rauer Stimme, die mich tief zwischen den Beinen traf. „Und der Gedanke an dich war das Einzige, was mich durchhalten ließ."

Sein Griff glitt zu meinen Handgelenken. Ich atmete tief ein, als er meine Arme über meinen Kopf hob und dabei mein Kleid bis zu meinem Po hochschob. Sein Mund schwebte herrlich nah an meinem. Die Geräusche von draußen verblassten, und sein schwerer Atem wärmte meine Lippen, während jeder Nerv in meinem Körper vor Erwartung vibrierte. Meine Beine zitterten, und Gabe drückte seinen Körper fester an meinen. Er ließ seine Hände an meinen nackten Armen hinuntergleiten, über meine Hüften und zum oberen Teil meiner Oberschenkel, wo der Saum meines Kleides endete.

Seine Fingerspitzen berührten meine Haut, und mein Körper schmolz dahin.

„Ich möchte spüren, wie du an meinem Schwanz würgst, Sam, aber wenn ich mich recht erinnere, muss ich dir erst die Qualität meiner Orgasmen beweisen." Seine Lippen vibrierten gegen meinen Mund.

Ja, bitte.

Ich versuchte, trotz meines trockenen Halses zu schlucken. „Also, ich hatte doch gerade erst einen Orgasmus."

Der Raum drehte sich noch mehr. Die Hitze zwischen uns breitete sich wie ein Lauffeuer aus.

„Shots zählen nicht." Seine Brust vibrierte gegen meine. „Ich brauche keinen Alkohol, um einen fantastischen Orgasmus zu geben."

„Du machst ständig diese Versprechungen-"

Seine Lippen nahmen die meinen in Besitz, und ich verlor all meine Sinne. Er hob seine Hände zu meinem Gesicht und hielt es in diesem perfekten Winkel, als wüsste er genau, was mir gefiel. Als seine Hand wieder nach unten glitt und unter mein Kleid fuhr, wurde mir klar, dass er tatsächlich genau wusste, was mir gefiel. Mit dem Rücken gegen die Wand gepresst hatte ich keinen Raum, mich zu bewegen. Und als ich es tat, rieb ich mich an ihm, was ihm definitiv nichts ausmachte. Meine Brüste drückten sich gegen seine Brust und mein Oberschenkel gegen seine Ercktion. Er schob seine begicrige Hand höher an meinem Oberschenkel entlang und hob mein Kleid bis zur Taille. Er strich mit den Fingern über mein Höschen, und ich erschauderte. Ich könnte jetzt sofort durch die schwarze Spitze kommen.

„Du trägst mein Höschen?", flüsterte er über meinem Mund. Unsere Nasenspitzen berührten sich, aber er verwehrte mir einen weiteren Kuss.

Ich runzelte die Stirn. „Dein Höschen?"

Er knurrte und glitt ungeduldig an meinem Körper hinunter. Meine Beine öffneten sich für ihn, und er vergrub sein Gesicht im Stoff und atmete tief ein. Mein Inneres machte einen dreifachen Salto, und mein Blut floss in den einzig wichtigen Bereich zwischen meinen Beinen. Ich rang nach Luft und konzentrierte mich auf sein absichtliches Necken unterhalb meines Gürtels, als er mein Höschen zur Seite schob und über meine Spalte leckte.

Meine Beine zitterten, und ich stöhnte. „Tut mir leid, es ist schon eine Weile her", keuchte ich.

Er zog seinen Mund weg. „Entschuldige dich nicht. Ich mag MzM-Verwöhnung sehr."

„MzM-Verwöhnung?"

Ich schaute nach unten, und er blickte zu mir auf.

„Mund-zu-Muschi-Verwöhnung."

Ich erschauderte vor unerwarteter Lust. Er zog am Rand meines Höschens und riss es ab.

„Ich kaufe dir ein neues." Er steckte das durchnässte Stück Stoff ein, als wäre es eine Trophäe.

Sein Mund kehrte zu meiner Muschi zurück. Ich lehnte meinen Kopf gegen die Wand. Meine Hände griffen nach seinem Kopf, und ich hielt ihn fest über meinem Schamhügel. Ich drückte meine Hüften nach vorne und presste mich in sein Gesicht. Seine Finger spielten mit mir, bevor sie eindrangen. Ich verlor mich in seinen rhythmischen Stößen, der gleichmäßigen Bewegung seiner Zunge über meiner Klitoris und den dicken Fingern in mir.

Ein lauter Jubel hallte von draußen herein, und ich verkrampfte mich. „Was, wenn jemand reinkommt?"

Er blickte auf. Sein Kinn glänzte im roten Licht, und seine hellen Augen funkelten vor Hunger. „Entspann dich, Sam. Jetzt sind nur du und ich hier."

Schweiß tropfte mir von der Stirn und der Brust. Es war so lange her, dass ein Mann sich um meine Bedürfnisse gekümmert hatte.

Er schob einen weiteren Finger in mich und küsste wieder die empfindliche Stelle. Ich zog mich um ihn zusammen, als er mich dehnte, und bog meine Hüften seinem Mund entgegen. Meine

Finger verwoben sich in seinem dichten Haar. Ich drückte seinen Kopf fester gegen mich und schluckte mein Keuchen herunter.

Der Druck stieg, und mir ging die Luft aus. Ich schloss die Augen, bis ich die nahende Erlösung fand.

„Oh Gott!"

„Nein, nur Gabe."

Wellen der Lust durchzuckten meinen Körper. Ich zitterte und bebte bei Gabes gezielten Zungenschlägen, als er mich zum Höhepunkt brachte und die Hitze mit Küssen besänftigte. Er stand auf, und ich fiel in seine Arme. Er zog das Kleid über meine Hüften. Meine Schenkel klebten aneinander, während der Duft meiner Erregung zwischen uns schwebte.

„Lass mich dich nach Hause bringen", flüsterte er, als könnte er meine Gedanken lesen.

Ich biss mir auf die Lippe. „Ich glaube, MzM-Verwöhnung gefällt mir wirklich gut."

„MTP ist erst der Anfang. Bist du bereit zu gehen, Samantha?"

Mein Körper zitterte, und mein Geist war benebelt.

„Was ist mit meinen Freundinnen?"

„Schreib ihnen. Sie werden es verstehen."

„Was soll ich ihnen sagen?"

„Sag ihnen, dass Gabriel Silver dich nach Hause bringt und du es wiedergutmachst, indem du die Getränke für heute Abend übernimmst."

„Mache ich das?"

„Ich habe mich schon darum gekümmert."

Eine unbekannte Freude erwachte in mir. So ungern ich Reese auch verlassen wollte, ich war sicher, dass meine Freundinnen enttäuschter wären, wenn ich nicht mit Mr. Silver ginge. Mein Kopf drehte sich noch immer vom Orgasmus, als Gabe meine Hand nahm, die Seitentür des Nachtclubs öffnete, die in die Gasse führte, wo wir uns getroffen hatten, und mich zu seinem günstig geparkten Bentley führte. Er entschied für mich. Ich würde mit Gabriel Silver nach Hause gehen.

„Ich habe dir zu lange widerstanden", murmelte er, als er den Motor startete.

Unsere Fahrt blieb still, abgesehen vom Pochen meines Herzens, das sicher auch er hören konnte. Meine Knie wippten auf und ab, während ich auf dem Beifahrersitz saß. Ich würde gerne sagen, dass es nur Nervosität und Schmetterlinge im Bauch waren, aber ehrlich gesagt war ich einfach geil. Ich wollte diesen Mann wie keinen anderen zuvor in meinem Leben. Reif, erfahren und so verdammt begehrenswert, ich konnte ihm nicht widerstehen, selbst wenn ich es gewollt hätte, und ich wollte es nicht.

Meine Hand zitterte, als ich die vier Schlösser öffnete. Gabe nahm mir die Schlüssel aus der Hand und erledigte den Rest für mich. Wir überschritten die Schwelle, schlossen die Tür, und ich lag wieder in seinen Armen, küsste ihn wie eine Verrückte. Ich riss sein Hemd auf. Das Echo der auf den Boden prallenden Knöpfe mischte sich mit unseren erhitzten Atemzügen. Seine gebräunte Brust und die Sprenkel schwarzer und grauer Haare erwärmten sich unter meiner Handfläche. Wir gingen Mund an Mund und Körper an Körper, bis wir das Badezimmer erreichten. Mit jedem Stöhnen verschwand ein neues Kleidungsstück, bis ich nackt dastand und ein eisiger Wasserstrahl von oben prasselte.

„Autsch."

„Tut mir leid, aber auch nicht", sagte er zwischen zärtlichen Küssen. Das Wasser wurde wärmer, als er mich mit quälender Geduld wusch. Er begann bei den Haaren, die er in langsamen Kreisen einschäumte, und fuhr dann an meinem Körper hinunter. Ich genoss das sanfte Schrubben mit dem schaumigen Schwamm, jede Berührung und jeden zärtlichen Kuss von Gabe. Er widmete jedem Teil meines Körpers Aufmerksamkeit, während ich dasselbe bei ihm tat. Meine Handflächen erkundeten seine durchtrainierten Bauchmuskeln, Arme und alles andere, was ich erreichen konnte.

Das ist kein One-Night-Stand. Das kann es nicht sein.

Ich sog scharf die Luft ein. Er setzte den Duschkopf, mit dem er mich abgespült hatte, zurück in die Halterung, küsste mich hart und dirigierte mich, mich umzudrehen. Ich stützte meine Hände an der gefliesten Wand ab, spreizte meine Beine und neigte meinen Hintern. Als ich zurückblickte, sah ich, wie er sich bereit hielt. Mein Verlangen, ihn zu berühren, wuchs. Aber er gab mir keine Chance. Stattdessen ließ er sich auf die Knie sinken und begann, meine Pobacken zu küssen, als würde er auch MzM-Verwöhnung praktizieren. Er hielt sie fest in seinen Händen.

Donnerwetter!

Mein Hintern spannte sich an. Ich versuchte, etwas zum Festhalten zu finden, aber da war nichts. Ich erwartete, dass Gabe mit mir spielen würde, wie er es beim ersten Mal getan hatte, aber Gabe war ganz bei der Sache. Eine unerledigte Angelegenheit, die er innerhalb von Minuten erledigt haben wollte. Das Problem war, ich konnte mich nicht zurückhalten. Er hatte mich wie ein Spielzeug aus den Achtzigern für diese Erlösung aufgezogen. Mit seinen Fingern, die um meine Klitoris kreisten, und seinem Mund, der meine Muschi verschlang, ließ ich los und schrie seinen Namen.

„Gabe!"

Ich griff nach dem Nächstbesten und hielt mich fest daran fest, während der Orgasmus durch meinen Körper zuckte. Unglücklicherweise war das Nächstbeste der Duschvorhang, der gegen Ende meines Höhepunkts von den Haken riss.

„Oh nein!"

Gabe lachte. „Keine Sorge. Das kann ich reparieren."

„Du bist auch noch handwerklich begabt?"

„Nein", lachte er wieder. „Es ist nur ein Vorhang."

Richtig.

Für ihn war es ein Vorhang, aber für jemanden wie meinen Ex, Casey, eine unüberwindbare Herausforderung.

Gabe legte den Vorhang beiseite und stellte die Dusche ab. Ich ließ meinen Blick über seinen muskulösen, durchnässten Körper wandern, die sicher Jahre harter Arbeit gekostet hatten. Ich presste meine Handflächen auf seine Brust, ließ sie über seine Bauchmuskeln gleiten und zu seinem stehenden Schwanz.

„Weißt du, ich bin auch ziemlich geschickt mit meinen Händen."

Er nahm meine Hand von seinem Schwanz und führte sie an seine Lippen für einen Kuss. „Alles zu seiner Zeit, Baby. Das waren zwei Orgasmen, Samantha. Jetzt bin ich an der Reihe, dich zu haben."

Seine Brust vibrierte, und die Schmetterlinge in meinem Bauch flatterten wie verrückt.

„Wie lange ist es her?"

„Was?"

„Seit du Sex hattest. Du warst eng."

„Ähm, es ist eine Weile her."

„Wie lange?"

Gabe stieg aus der Dusche, hob mich in seine Arme und trug mich zu meinem Bett. Durchnässt legte ich mich auf die Bettwäsche, während er die Führung übernahm. Mein Herz setzte aus.

„Bei meinem ersten Mal war ich achtzehn, und es war schnell vorbei, und-"

„Du hattest seit fünf Jahren keinen Sex?"

„Ich habe Spielzeuge."

Ich konnte nicht glauben, dass ich das gerade gesagt hatte. Gabe sah mich an, als könnte er es auch nicht glauben. Er beugte sich zu meinem Mund hinunter und gab mir einen zärtlichen Kuss.

„Ich werde dafür sorgen, dass du von nun an deine Spielzeuge nicht mehr brauchst. Das könnte wehtun, Sam."

„Gabe..." Ich schloss meine Augen.

Er positionierte sich über mir, griff unter mein Knie und hob mein Bein an, während er sich langsam in mich hineinführte. Das unmittelbare Gefühl, komplett ausgefüllt zu sein, zwang meinen

Mund, sich zu öffnen. Er unterband das mit einem frischen Kuss und raubte mir den Atem. Er wartete dort, glitt dann langsam heraus und kam wieder nach vorne. Wir verbanden uns, als wären wir schon Jahre zusammen.

Seine linke Hand stützte sich auf der Bettwäsche ab, während seine rechte Hand sich zu meiner Brust hob und das Fleisch umfasste. Meine Brustwarze glitt zwischen seinen Daumen und Zeigefinger und provozierte ein Zwicken. Es schoss wie ein Blitz durch mich hindurch. Er kannte meinen Körper, als hätte er ihn schon einmal gehalten. Ich öffnete meine Augen, verband sie mit seinen und erkannte, dass ich nie wieder in andere Augen schauen wollte, wenn ich zu Bett ging.

Wie konnte das so schnell passieren?

„Oh mein Gott!" Seine Stirn fiel auf meine. „Du bist einfach so... so... perfekt."

Nach einem weiteren Zwicken entspannten sich meine Glieder. Seine Hand glitt zu meiner Hüfte und hielt mich fest. Gabes Stöße wurden stärker und schneller. Ich hob meine Arme über meinen Kopf und stützte sie fest gegen die Wand. Der pumpende Rhythmus bewegte mich auf und ab auf den Laken. Die Lichterkette über dem Kopfbrett funkelte wie Sterne. Ich verlor mich in dem Moment und wünschte mir insgeheim, dass dies für immer so sein könnte. Mit Gabe. Sicher und gewollt. Ich umklammerte seine starken Arme und hielt mich fest, während er tiefer und härter stieß, bis er herauszog, sich selbst ergriff und sich über meinen Bauch ergoss.

Er fiel zur Seite und legte sich neben mich. Wir atmeten im Einklang und beobachteten das Funkeln der Feenlichter über uns. Der Moment war magisch.

Das Prasseln der Regentropfen gegen das Fenster durchbrach die Euphorie. Gabe griff zur Seite, nahm ein Handtuch, das er wohl aus dem Bad mitgebracht hatte, und säuberte mich.

„Das war unglaublich", hauchte ich.

„Das war es."

Seine himmelblauen Augen verdunkelten sich.

„Was ist los?", setzte ich mich auf.

„Nichts ist los, Sam. Ich bin nur... es ist eine Weile her, dass ich mich bei einer Frau so fallen lassen konnte."

Ich legte meine Hand auf seine. „Gabe, du warst unglaublich."

Casey hielt ganze dreißig Sekunden durch und ließ mich benutzt fühlen, während Gabe mich erfüllt und gewollt fühlen ließ.

„Daran habe ich keine Zweifel, Baby." Er gab mir einen tröstenden Kuss auf die Lippen.

„Was ist es dann?"

Gabe bedeckte mich mit der Bettdecke und Schauer überkamen mich, als ich sein besorgtes Gesicht betrachtete. „Wir haben uns gerade erst kennengelernt-"

„Warte, du machst nicht mit mir Schluss. Das kannst du nicht, weil wir nicht zusammen sind."

„Sind wir nicht?"

„Nein?"

Er beugte sich vor und küsste mich. „Du bist witzig, Sam. Ich würde dich niemals gehen lassen. Du gehörst jetzt mir."

Seine Besitzgier hatte eine völlig andere Wirkung auf mich, als ich gedacht hätte. Im Gegensatz zu Casey kümmerte sich Gabe wirklich. Es gefiel mir. Ich genoss es, ihm zu gehören.

„In Ordnung. Was wolltest du dann sagen?"

„Ich möchte, dass du eine Weile bei mir bleibst. Der Typ, der in dein Büro eingebrochen ist, wurde heute in der Nähe von Rebels gesichtet."

„Deshalb bist du heute Abend in den Club gekommen?"

„Teilweise. Du bist der andere Grund."

Meine Brust wurde warm und mein Herz machte einen Salto wie das eines verliebten Teenagers.

„Ich habe die Überwachung bei Rebels aktualisiert und bin gekommen, um dich zu holen, weil ... ich dich wollte."

Gabe strich mir eine Haarsträhne hinters Ohr. Wir krochen

unter die Decke und ich kuschelte mich an seinen Körper. Ich schloss meine Augen und gab der Müdigkeit nach.

„Geh morgen früh nicht weg", bat er. „Ich möchte dich zum Frühstück ausführen."

Wir liebten uns in dieser Nacht noch zweimal, und als ich in seinen Armen einschlief, war ich überzeugt, dass ich Gabriel Silver für mehr als einen One-Night-Stand brauchte.

Ich wurde vom Zwitschern der Vögel und dem Duft von Kaffee und frischen Croissants geweckt. Es roch nach Zuhause. Es roch nach der Vergangenheit und erinnerte mich an Joanne. Ich öffnete meine Augen zum Tageslicht und griff zur leeren Bettseite.

„Sam?"

Ich stützte mich auf meine Ellbogen. Das rote Licht an meinem Handy zeigte mir fünf verpasste Anrufe an und klingelte, sobald ich es in die Hand nahm.

„Gabriel Silver."

„Das Flugzeug ist abflugbereit, sobald ich Kendra gefunden habe", teilte mir Julian mit.

Verdammt!

Wir flogen heute ab, und ich musste Sam immer noch sagen, dass ich eine Reise um die Welt geplant hatte. Ich rieb mir die Nasenwurzel und runzelte die Stirn. „Du hast Kendra verloren? Ich dachte, du hättest sie."

„Wir reden hier von Kendra. Sie geht immer verloren."

Richtig. Kendra war die Rebellenkönigin.

„Wer erledigt Martinez?", fragte ich. „Er war gestern Abend bei Rebels."

„Du weißt, dass das keine einfache Angelegenheit ist."

„Wenn ich ihn zuerst in die Finger bekomme, werde ich den Kerl umbringen, und ich bin kein Mörder."

„Gabe, wir arbeiten daran. Ich kann dir gar nicht sagen, wie sehr ich deine Hilfe mit Kendra schätze. Lass es mich wissen, wenn du von ihr hörst, und sei bereit abzureisen."

„Bis später."

Ich legte auf und rieb mir die Augen. „Sam?" Ich lauschte auf die Dusche, aber sie war nicht im Bad. „Samantha?"

Ich schob die Decke beiseite, stand auf und schlenderte in die Küche, in der Erwartung, Sam mit Kopfhörern in den Ohren tanzen zu sehen, aber sie war auch dort nicht. Stattdessen fand ich eine dampfende Kanne Kaffee, frische Croissants und eine Notiz.

Guten Morgen,

Es ist der erste sonnige Tag seit einer Woche! Bin joggen gegangen. Fühl dich wie zu Hause.

Bin bald zurück.

Sam

„Verdammt nochmal, Samantha!"

Ich fuhr in meine Hose, als ginge es um Leben und Tod, schnappte mir mein Handy und überprüfte die Karte. Der Tracker zeigte sie im Woodland Park, aber die Cops konnten schneller bei ihr sein als ich. Ich wählte die Notfallnummer bei der Arbeit.

„Silver Securities, wie können wir Ihren Tag erhellen?", antwortete Greg, der Sekretär.

„Ich brauche eine Einheit im Woodland Park. Ich schicke die Details an die Hauptleitung."

„Jawohl, Sir."

Wenige Augenblicke später war ich aus der Tür, fuhr wie ein Verrückter und ignorierte Geschwindigkeitsbegrenzungen und meine Sicherheit. Ich hielt am Parkeingang und rief ihren Namen. „Sam!"

Die Tracking-App auf ihrem Handy zeigte ihre Position jenseits einer Brücke, auf der anderen Seite des Parkteiches. Ich sprang aus dem Auto und ließ es am Straßenrand stehen. Meine Adern pumpten vor Adrenalin, Schweiß tropfte meinen Rücken hinunter und meine Lunge brannte von der frostigen Herbstluft, als ich in ihre Richtung rannte.

Ich hetzte über die Brücke und kam bei einer Trauerweide zum Stehen. Eine vertraute Silhouette fiel mir am Parkausgang auf der anderen Seite ins Auge.

„Sam!", rief ich, aber sie antwortete nicht. Ich eilte auf sie zu, doch als ich näher kam, versperrte ihr ein Mann den Weg, gerade als ein Polizist zu ihnen stieß. Der Mann trat einen Schritt zurück, weg von Sam. Ich atmete erleichtert aus, aber nicht lange, als ich erkannte, dass der Mann Martinez war. Er sah mich, bevor sie es taten, drehte sich auf dem Absatz um und floh.

Als ich sie einholte, war er verschwunden; ich war außer Atem, und Sam zitterte wie Espenlaub.

„Gabe?" Sam drehte sich um. „Oh mein Gott. Er war hier."

„Sie kennen diesen Mann?", fragte der Polizist. Ich erkannte sie sofort als dieselbe Beamtin, die mich bei Sams Arbeit festgenommen hatte. Was waren die Chancen?

„Ja ... also, nein ...", Sam wandte sich wieder mir zu.

„Was machst du hier?", fragte ich.

„Martinez." Sie konnte zwischen den Atemzügen kaum ein Wort herausbringen. „Er hat mich überrascht. Er suchte nach Kendra."

„Das tun alle anderen auch. Geht es dir gut?"

Die Polizistin räusperte sich. „Entschuldigung, kennen Sie diesen Mann?"

Meine Augenbrauen zogen sich zusammen, als ich mich umdrehte und in die Richtung zeigte, in die Martinez geflohen war. „Es ist derselbe Typ, den Sie letzte Woche entkommen ließen. Bei ihrer Arbeit. Erinnern Sie sich?"

Sie runzelte die Stirn. „Da war kein anderer Mann bei Ihrer Arbeit."

„Nicht als Sie mit gezückten Waffen ins Büro kamen. Er floh durch die Hintertür, während Sie mich in Handschellen legten." Ich deutete mit dem Daumen auf meine Brust.

„Hören Sie, ich werde mich nicht dafür entschuldigen, meinen Job zu machen. Ich habe bereits eine Einheit hinter ihm hergeschickt. Er stalkt offensichtlich diese Frau."

„Wahnsinn, Sherlock", fauchte ich.

Er tat mehr, als Samantha nur zu verfolgen. Er hatte sie mit Kendra in Verbindung gebracht, die Sam wiederum mit Ärger verband, und ich würde nicht zulassen, dass eine weitere Frau, die mir am Herzen lag, sterben würde.

„Sie werden Martinez nicht finden, wenn er nicht gefunden werden will." Ich bemerkte ihr Abzeichen. „Es ist besser, wenn Sie diese Sache auf sich beruhen lassen, Officer Green."

Ich griff in meine Hose, holte eine Visitenkarte heraus und reichte sie der Polizistin. Sie untersuchte meine Karte und ihre Augen weiteten sich. „Jawohl, Herr Silver. Rufen Sie uns an, wenn Sie weitere Unterstützung benötigen."

Sie kehrte zu ihrem Streifenwagen zurück, und ich nahm Sam in meine Arme.

„Was war das? Was hast du ihr gezeigt?"

„Silver Securities genießt besondere Privilegien bei der Polizei."

„Ist das nicht illegal?"

„Nicht laut unseren Anwälten. Es funktioniert gut, wenn wir zusammenarbeiten. Wir tun ihnen einen Gefallen, und sie tun uns einen Gefallen, verstehst du. Es ist kompliziert." Ich starrte in die Ferne. Streifenpolizisten waren nichts weiter als Fußvolk. Die Bezirksbeamten und Polizeichefs waren die loyalen Mitverschwörer, die es zu schätzen wussten, dass Silver Securities die größere Bedrohung von den Straßen entfernte.

„Geht es dir gut?", fragte sie.

„Ja, und dir? Ich dachte, ich hätte dir gesagt, du sollst die ganze Zeit in meiner Nähe bleiben."

Sie runzelte die Stirn. „Gabe, ich war nur joggen."

Ihre Erklärung ergab wenig Sinn. Hatte ich ihr nicht erst gestern Abend von der Bedrohung erzählt? Entführer unterschieden nicht zwischen Tag und Nacht, noch zwischen Orten oder Wetter. Ich biss die Zähne so fest zusammen, dass mich mein hinterer Backenzahn daran erinnerte, dass ich einen Zahnarzttermin verpasst hatte.

„Du bist in Gefahr. In großer Gefahr. Ich muss rund um die Uhr wissen, wo du dich aufhältst." Ich griff nach ihrer Hand, aber sie zog sie weg.

„Du spinnst ja. Das ist doch alles verrückt. Wie kann er frei herumlaufen? Sollte diese Polizistin nicht mehr tun, als nur deine Visitenkarte anzunehmen?" Ihre Augenbrauen zogen sich zusammen. „Lass mich deine Visitenkarte sehen."

Scheiße. Das war es. Das war der Moment, in dem Sam erkennen würde, wer ich war, und sie würde davonlaufen. Ich holte eine weitere Karte aus meiner Tasche und reichte sie ihr. Ich beobachtete, wie sich ihr Gesichtsausdruck veränderte, als die Erkenntnis einsetzte.

„Du bist der Gabriel Silver? Ich habe von einem Skandal gelesen, in den deine Firma verwickelt war. Der Tod eines Kongressabgeordneten?"

Die Geschichte meines Lebens.

„Silver Securities legt Wert auf persönliche und berufliche Sicherheit. Das Unternehmen fusionierte, nachdem unsere Eltern in den Ruhestand gingen. Der Mann, der in dein Büro eingebrochen ist, leitet einen Drogenring und arbeitet für die Elite. Er hat Verbindungen zum Kongress mit Geld und Macht. Menschenhandel ist eine ihrer größten Operationen."

Ich beobachtete, wie sie schwer schluckte und nach meiner Hand griff. „Du hast recht. Es tut mir leid. Ich hätte zuhören sollen. Das Letzte, womit ich gerechnet habe, war, dass dieser Typ mich findet."

„Er wird dabei nicht Halt machen. Erzähl mir alles, was er gesagt hat."

„Er hat nach Kendra gefragt." Ihre Lippe zitterte. Sie berührte meine Brust mit ihrer warmen Hand und erinnerte mich daran, dass ich kein Hemd anhatte. „Wir sollten dich nach Hause bringen. Du bist halbnackt und zitterst mitten im Park. Du wirst noch krank."

Die kühle Brise traf meinen Körper. Ich zitterte, als wäre es unter null. Das war es nicht, aber ziemlich nah dran. Ich hätte wenigstens ein Hemd anziehen sollen.

„Wir können nicht nach Hause. Zumindest nicht heute", sagte ich ihr und überlegte, wie ich ihr die Neuigkeiten beibringen sollte.

„Wovon redest du?"

„Ich hatte keine Zeit, es dir zu sagen, aber wir machen eine Reise."

Ihr Lachen verstummte, als sie merkte, dass ich nicht scherzte.

„Martinez ist hinter Kendra her, und jetzt auch hinter dir. Du bist nicht mehr sicher allein, und wir müssen sie finden."

Sie musterte mich von unten nach oben und wieder zurück, wobei sie in der Mitte kurz innehielt. Sie biss sich auf die Lippe und trat von einem Fuß auf den anderen.

Ich sah sie an, wie ich einen Teenager ansehen würde, der nicht zuhören konnte.

„Sei nicht so mürrisch. Du kannst das nicht alles halbnackt und krank machen. Du brauchst einen Pullover."

„Ich habe die Fassung verloren, als du nicht zu Hause warst. Ich habe nicht nachgedacht. Ich konnte nicht denken-"

„Es tut mir leid. Ich wusste nicht, dass ich einen Stalker habe."

Ich nahm Sams Hand. „Es tut mir leid, dass Kendra dich in ihre kleine Sphäre von Ärger hineingezogen hat."

„Sie ist meine Freundin, und sie ist nicht das Problem." Ihre Augen waren voller Sorge und Freundlichkeit. Auch wenn ich der Aussage nicht zustimmte, schätzte ich Sams Loyalität zu ihrer Freundin.

„Dieser Mann ist derjenige mit den Problemen. Sie braucht nur ihre Freunde, die ihr helfen. Gute Freunde."

Ich zog an ihrer Hand und führte sie über die Straße zum einzigen offenen Laden, aber der Verkäufer hielt mich auf.

„Kein Hemd, kein Service."

Sie streckte ihre Hand aus und versperrte den Weg.

Ich schenkte ihr eines meiner charmanten Lächeln. „Es tut mir so leid. Ein Kind hat Kaffee über mein Hemd geschüttet, und ich musste es wegwerfen. Es würde mein Glück heute Morgen wenden, wenn Sie so freundlich wären, mir zu erlauben, einen Ihrer Pullover zu kaufen. Bitte?"

Ihre zusammengepressten Lippen entspannten sich, und sie zeigte auf ein Regal hinter sich. „Die sind im Angebot. Sagen Sie dem Manager nur nicht, dass ich eine Regel gebrochen habe."

Sam lehnte sich vor. „Keine Sorge. Manche Regeln sind dazu da, gebrochen zu werden."

Das Knurren entfuhr mir ohne Vorwarnung. Ich griff mir den teuersten Pullover im Laden und entschuldigte mich bei der Verkäuferin.

„Was war das?", fragte Sam, als sich die Verkäuferin umdrehte.

„Hör auf, Regeln zu brechen", sagte ich zu ihr, während ich mit meinem Handy bezahlte.

Sie grinste mit einem aufgeklebten Lächeln über ihren Perlenzähnen. „Wenn sie keine Regel gebrochen hätte, wärst du jetzt oben ohne."

Da konnte ich nicht widersprechen. Leider führte das Brechen von Regeln nicht immer zu den erhofften Ergebnissen. Das hatte ich auf die harte Tour gelernt.

„Danke." Sam wandte sich an die Dame hinter dem Tresen. „Wir wissen das wirklich zu schätzen."

Ich zog den Pullover an, und wir verließen den Laden und überquerten den Park zu meinem Bentley.

„Wo geht's jetzt hin?", fragte sie.

„Dorthin, wo Kendra sich versteckt."

„Hast du keinen Tracker an ihrem Handy angebracht?", fragte Sam. „Denn ich nehme an, so hast du mich gefunden."

War sie sauer auf mich? Ich muss wohl ziemlich verdutzt ausgesehen haben, denn ihre Idee hätte unser Problem gelöst. Aber Kendra war nicht meine zu verfolgen. Sie war Julians.

„Ist egal." Sam winkte ab. „Sie hat sich garantiert im Kissed verschanzt."

„Im Club? Warum?"

„Weil der Club ihr Baby ist. Sie redet davon, ihn zu eröffnen, seit dem Tag, an dem wir uns kennengelernt haben."

„Du meinst also, wir sollten zum Kissed fahren?"

Sie nickte.

„Du hast nicht gesehen, was sie durchgemacht hat, um den Club zum Laufen zu bringen, oder? Sie hat versucht, sich ein Leben um leere Erinnerungen herum aufzubauen, also ist das Kissed für Kendra im Moment das Einzige, was sie verlieren kann. Es ist das Einzige, was ihr wichtig ist. Sie wird definitiv dort sein."

„Es ist nicht das Einzige, was sie verlieren kann, und es sollte auch nicht das Einzige sein, was ihr wichtig ist." Mein hinterer Backenzahn pochte wieder vor Schmerz, und ich entspannte meinen Kiefer. Ich kannte Kendra den Großteil ihres Lebens, und auch wenn es für andere nicht offensichtlich war, wusste Silver Securities genau, was sie zu verlieren hatte.

Ich öffnete die Autotür auf Sams Seite und wartete, bis sie saß, um sie zu schließen. Ich ging um das Auto herum zur Fahrerseite und wollte sie gerade nach Martinez fragen, aber Sam begann zuerst.

„Der Typ sagte, Kendra schulde Geld."

Ich startete den Motor, während sie tief Luft holte. Ihre Knie wackelten auf und ab und ihre Hände zitterten.

Sie war am Zusammenbrechen.

Ich legte meine Hand auf ihre. Sie blinzelte dankbar und vergoss eine Träne. Ich streckte die Hand aus, um sie wegzuwischen, und sie fuhr fort: „Und wenn er es nicht bekommt, wird eine Frist verstreichen, und die einzige verbleibende Zahlung wird ein Leben sein. Ich meine, wer zum Teufel redet so?"

Sie schniefte, und mein Herz brach entzwei. Die Wut, die ich heute Morgen verspürt hatte, als sie gegangen war, verflüchtigte sich. Ich bog um die Ecke und fuhr auf die Autobahnauffahrt, die uns zur Brücke nach Manhattan führen würde.

„Erzähl mir mehr." Ich drückte ihre Hand ermutigend.

„Er sagte, er sei ein Freund von Kendra, was natürlich nicht stimmte, weil ich mich an den Mistkerl aus meinem Büro erinnerte."

„Martinez hält sich für unbesiegbar, aber das ist er nicht. Er arbeitet für einen Mann namens Hartley. Wir sammeln Beweise, aber er ist gut geschützt. Er ist ihr Allrounder. Ihr Cleaner, Buchmacher, Zuhälter und alles andere dazwischen. Er ist der Mann, den du nie sehen willst, oder du endest in einer Dose voll Säure."

Eine Erinnerung blitzte durch meinen Kopf, und ich erschauderte, als ich hinzufügte: „Oder zwei Meter unter der Erde."

„Es tut mir leid, dass ich heute Morgen gegangen bin." Sie griff nach einem Taschentuch und wischte sich die Augen, dann putzte sie sich die Nase. Sie war bezaubernd, aber auch so traurig und verängstigt. Und das schmerzte mich.

„Wein nicht. Ich ... ich hätte deutlicher sein sollen."

Mein Handy klingelte, sobald wir die Brücke überquert hatten. Ich drückte auf die Lautsprechertaste.

„Sie ist im Kissed." Ich warf Sam einen Seitenblick zu und sah endlich ein Lächeln.

„Bin unterwegs." Julian legte auf, und ich wandte mich lächelnd an Sam. „Du hattest recht."

„Gott sei Dank. Ich würde mir nie verzeihen, wenn ihr etwas zustoßen würde."

Das war der Teil, den ich an Sam nicht verstand. Es war ja nicht so, als wäre Kendra eine gute Freundin. Nun, sie hätte es sein können, aber sie hatte sich verändert, und ich fühlte mich verantwortlich für den Scheiß, den Silver Securities ihrer Familie angetan hatte. Kendra brauchte Hilfe, und es war an der Zeit, ihr genau das zu geben. „Sie hat dich unter Drogen gesetzt und versetzt, und trotzdem verteidigst du sie noch."

„Das machen Freunde füreinander."

„Nein. Freunde machen das, was du tust. Freunde machen nicht das, was Kendra tut."

„Na ja, du kennst sie eben nicht so gut wie ich."

Ich schnaubte belustigt. Sie lag falsch. So falsch, und doch so richtig. Ich kannte Kendra seit ihrer Jugend, als sie Kundin bei Silver Securities wurde, und seit über einem Jahrzehnt kümmerten wir uns um ihr Wohlergehen. Aber die Schweigepflicht hinderte mich daran, Sam irgendwelche Details zu geben. Diskretion war unser täglich Brot. Trotzdem wusste Sam vor mir, wo Kendra sich verstecken würde.

Vielleicht kannte sie ihre Freundin doch besser als wir.

Ich parkte in der Seitengasse des Clubs und nickte Julian zu, der weiter unten in der Straße parkte. Er kam sofort zu uns, als er uns sah, und reichte mir wortlos einen kleinen Beutel.

„Ich stelle euch zwei später vor", sagte ich zu Sam und öffnete die Seitentür des Clubs. Wir gingen durch die hintere Küche, wo die Crew gerade die Vorbereitungen für das Barbecue-Event auf der Dachterrasse am Wochenende traf.

„Guten Morgen, Herr Silver." Das Küchenpersonal teilte sich wie das Rote Meer vor Moses.

„Es ist seltsam, wenn Leute dich Herr Silver nennen."

„Das ist eine Formalität. Sie kennen mich als Kendras stillen Geschäftspartner."

„Du bist ihr stiller Geschäftspartner?" Sie hob ihre Hand an den Mund und flüsterte: „Na ja, das ergibt Sinn."

„Ich dachte, ich hätte es vorher erwähnt. Kendra!", rief ich. „Lass uns aufteilen. Du nimmst den Lagerraum und ich nehme das Obergeschoss und ihr Büro."

Sam eilte über die leere Tanzfläche, während ich die Metalltreppe hinaufstieg. Kendra war nicht in ihrem Büro. Sie war weder im Tonraum noch in der Garderobe.

„Hab sie gefunden!", hörte ich Sams Stimme.

Ich rannte die Treppe zurück zum Lagerraum, wo Kendra in einer Ecke saß. Sie kauerte zusammengekauert, die Knie eng an die Brust gezogen und die Arme darum geschlungen. Sie trug einen flauschigen rosa Morgenmantel, der zu ihren Pantoffeln passte und der Fantasie wenig Spielraum ließ. Eine geöffnete Pillenflasche wartete in ihrem Griff.

Sam kauerte neben ihr, und Kendra hob ihr Gesicht von den Knien. Mascara lief ihre Wangen hinunter und frische Tränen quollen aus ihren Augen. „Ich wollte nur Antworten, Gabe. Das ist alles. Ich schwöre. Ich wollte nur Antworten."

Sie bewegte ihre Hand. Pillen fielen zu Boden und verteilten sich über die Fliesen.

„Ich weiß. Julian arbeitet daran."

„Julian kann zur Hölle fahren!", schrie sie, und Sam sprang auf.

„K, wir wollen dir helfen. Jetzt können wir das auf die einfache oder auf die harte Tour machen."

„Was machen wir?", flüsterte Sam und rückte näher an meine Seite. Die Sorge in ihren Augen ließ mich wünschen, sie wäre zu Hause geblieben; sicher und ahnungslos gegenüber den Raubtieren, die sie schnappen und nie wieder zurückgeben könnten. Aber sie war nicht zu Hause, und meine Zeit, diese Frauen aus dem Land zu bringen, lief ab. Ein weiterer Ausrutscher von Kendra könnte tödlich sein.

Ich nahm die Spritze aus dem Beutel. Sams Augen wurden groß. „Was ist das?"

„Ich gehe nirgendwohin! Sie haben Informationen. Sie sagten, meine Eltern leben!", weinte Kendra.

„Oh, Schätzchen." Sam rutschte näher zu ihrer Freundin, aber Kendra sah die Nadel und stieß sich weg. Sie kroch auf allen vieren, rutschte auf dem frisch gewischten Boden aus.

„Ich kann nicht glauben, dass du dich auf Julians Tricks herablässt."

Ich packte sie am Knöchel, griff nach vorn und stach ihr die Nadel in den Hintern.

„Autsch!" Kendra drehte sich wie in Zeitlupe um und fiel flach auf den Boden.

„Was hast du getan?", fragte Sam und zog an meinem Sweatshirt, als ich Kendra in meine Arme hob. Sie wog viel weniger, als ich mich vom letzten Mal erinnerte, als ich sie getragen hatte.

„Ich habe ihr ein Beruhigungsmittel gegeben. Wir müssen sie hier schnell rausbringen."

„Wohin gehen wir? Was ist mit dem Club?"

„Es ist alles geregelt, Sam. Folge mir."

Wir verließen den Club durch die Seitentür, wo Julian in der Gasse mit geöffneter Autotür wartete.

„Sam, Julian. Julian, Sam."

Sie tauschten ein höfliches Nicken aus. Mein Cousin schüttelte Sam die Hand und half, Kendra im Auto unterzubringen. Sam setzte sich auf den Rücksitz neben sie, während ich mich auf den Fahrersitz gleiten ließ. Ich startete den Motor, und das Auto schnurrte, als Julian mir einen weiteren Umschlag reichte.

„Pässe, Wegwerfhandys und alles andere, was ihr braucht. Das Bettelarmband ist in einer Silberbox, wie du es wolltest. Ich habe die Taschen in den Kofferraum geräumt. Ich stehe tief in deiner Schuld, Gabe. Genieß Neuseeland und grüß Marge von mir."

„Werde ich, aber diesmal schuldest du mir was", sagte ich zu ihm. „Beende, was du zu erledigen hast, und flieg so schnell wie möglich rüber. Sie braucht dich."

„Wir sehen uns bald."

Ich fuhr aus der Gasse und überprüfte Sams verwirrtes Spiegelbild im Rückspiegel.

„Kommt er nicht?"

„Julian wird später in Neuseeland zu uns stoßen."

Sie lachte.

„Was ist so lustig?"

„Das ist jetzt schon das zweite Mal, dass du sagst, wir fahren nach Neuseeland."

„Weil genau das unser Ziel ist."

Kapitel 8

Sam

„Gabe, ich habe nicht mal einen Reisepass."

Er parkte auf dem Rollfeld neben einem Privatjet und drehte sich zu mir um. „Jetzt hast du einen."

„Er ist abgelaufen."

„Das spielt keine Rolle."

„Natürlich spielt das eine Rolle."

„Sam, lass das meine Sorge sein. Das ist mein Spezialgebiet. Entspann dich."

Kendra regte sich auf dem Rücksitz. Schwarze Streifen liefen über ihr engelsgleiches Gesicht. Die arme Sache hatte wahrscheinlich keine Ahnung, dass wir sie entführt hatten oder dass ihr Leben in Gefahr war. Ich hätte eine bessere Freundin sein sollen; vielleicht wäre sie dann heute nicht in solchen Schwierigkeiten.

„Wird es ihr gut gehen? Was hast du ihr gegeben?", fragte ich, während zwei Typen den Kofferraum ausräumten und die Reisetaschen zum Jet trugen.

Gabes Augenbrauen zogen sich zusammen, und er fuhr sich mit den Fingern durchs Haar. „Eine Mischung aus Muskelrelaxantien und einem Schlafmittel. Sie wird in Ordnung sein."

„Ich hoffe, sie muss nicht pinkeln."

Gabe schenkte mir ein amüsiertes Lächeln.

„Was ist so lustig?"

„Du. Hier sind wir, auf der Flucht aus dem Land, und du denkst an Kendras Toilettenbedürfnisse."

„Na ja, wenn ich das wäre" – ich zeigte auf den Speichel, der ihr Kinn hinunterlief, den ich sofort mit einem Taschentuch wegwischte – „würde ich nicht wollen, dass meine Blase nachgibt, weil mich jemand außer Gefecht gesetzt hat."

„Sie wird nur ein paar Stunden während des Fluges schlafen. Später wird es ihr gut gehen, vertrau mir."

Ein stämmiger Typ hob Kendra aus dem Auto und trug ihren schlaffen Körper die Flugzeugtreppe hinauf, während Gabe die letzten Taschen trug. Ich hielt am Fuß der Treppe an, bevor ich folgte. Was zum Teufel tat ich hier?

„Sam?" Gabe drehte sich um, und ich konzentrierte mich auf seine strahlenden Augen.

„Was ist mit der Arbeit? Was ist mit meiner Katze?"

„Julian wird die Katze bei Leah abgeben. Du bist krankgeschrieben, also ist dein Job nicht in Gefahr. Es ist alles erledigt, Sam."

Alles geregelt klang nicht so beruhigend, wie es sollte, aber welche Wahl hatte ich? Ich starrte auf das Flugzeug vor mir. Ich hatte Gabe erst vor einer Woche kennengelernt, und jetzt war ich dabei, mit ihm um die Welt zu fliegen. Jedes Mal, wenn ich mich umdrehte, war er jemand anderes. Ein Barkeeper, ein Überwachungstyp, ein anscheinend ehemaliger Privatdetektiv. Was für ein Privatdetektiv besaß einen Jet? Was für ein Privatdetektiv konnte einen Reisepass innerhalb von Stunden erneuern? Ein wichtiger, denn niemand hatte sich in der letzten Woche mehr um mich gekümmert als Gabe. Überhaupt noch nie. Meine Knie zitterten.

„Ich ... ich weiß nicht, ob ich das kann." Meine Hände zitterten. Ich rieb sie, um die Nerven zu beruhigen.

„Ich werde dich nicht zwingen, in dieses Flugzeug zu steigen." Seine Lippen verengten sich und seine Stirn runzelte sich. „Aber es wird viel einfacher sein, dich am Leben zu erhalten, wenn du mit mir kommst."

Er hatte mir nicht geschadet. Tatsächlich hatte er mich beschützt. Während ich mich nach Abenteuern gesehnt hatte, hatte ich nicht erwartet, dafür um die Welt zu reisen. Aber ich konnte meine Freundin auch nicht allein lassen. Sie war in meiner dunkelsten Stunde für mich da gewesen, und ich würde sie nicht im Stich lassen. Sie hatte schon genug Vernachlässigung erfahren. Ich fixierte meinen Blick auf die Spitze der Treppe, wo ein Steward an der Tür wartete.

„Okay, ich vertraue dir. Lass es uns tun." Ich holte tief Luft und folgte ihm an Bord. Das geschmackvolle Innendesign und die beruhigende Beleuchtung erinnerten an ein schickes modernes Hotel. Elegante Verkleidungen mit beigen und schwarzen Akzenten erinnerten mich an den Großen Gatsby.

Ich setzte mich auf den Platz neben Gabe, schnallte mich an und umklammerte die Armlehnen. Die Motoren brummten, und meine Angst stieg. Plötzlich reichten die Sofas und der Komfort nicht mehr aus, um mein Zittern zu stoppen. Gabe zog seine Schuhe aus und streckte die Beine aus.

„Du bist nervös." Er nahm meine Hand.

„Wo ist Kendra?" Ich drehte mich in meinem Sitz um.

„Sie ist im hinteren Schlafzimmer. Kein Grund zur Sorge. Eine Krankenschwester ist bei ihr."

„Gut. Das ist wirklich gut."

Schweißperlen rannen zwischen meinen Brüsten hinunter, und ich wünschte, ich hätte vor dem Abflug geduscht. Aber das Letzte, was ich erwartet hatte, als ich heute Morgen zum Laufen ging, war, ein Flugzeug zu besteigen.

„Entspann dich, Sam. Es ist nur ein Flugzeug."

„Für dich ist es ein Flugzeug. Für mich sind es eine Billion Pfund Metall, die auf wundersame Weise durch die Luft rasen."

„Daran ist nichts Wundersames. Nur einfache Physik."

„Die gleiche Physik, die beweist, dass die Schwerkraft immer gewinnt?"

Er lachte.

„Und wir werden unser Abendessen heute verpassen", sagte ich zu ihm.

„Wir werden an Bord zu Abend essen, und ich versichere dir, es gibt jede Menge Essen in Neuseeland."

Der freche Gabe war viel besser als der mürrische. Gabe hob seine Füße in die Fußstütze. „Kendra wird zu uns stoßen, wenn sie wach ist, aber mach dich darauf gefasst. Sie ist nicht hübsch, wenn sie wütend ist." Ein Hauch von Besorgnis lag in seiner Stimme.

„Warum sollte sie auf mich wütend sein? Ich bin nicht diejenige, die sie unter Drogen gesetzt und entführt hat."

Ich erhaschte seinen Seitenblick, gefolgt von einem Grinsen. „So läuft das also? Ich mache die Drecksarbeit und du erntest die Lorbeeren?"

Meine Gedanken schweiften ab zu all den anzüglichen Dingen, die ich gerne mit ihm getan hätte.

„Für Kendra geht es um mehr als das. Sie verlässt Kissed und hat viele Fragen, auf die sie Antworten möchte."

Ich wollte ihn nach den Fragen fragen, konnte es aber nicht, weil die Triebwerke des Flugzeugs hochfuhren und mein Puls sich beschleunigte. Meine Beine zitterten. Ich nahm meine Hand von Gabes und drückte sie auf meine Knie, um das Zittern zu stoppen.

„Bist du noch nie geflogen?"

Ich hielt meine Augen geschlossen und unterbrach das Ave Maria in meinem Kopf. „Natürlich bin ich das. In meinen Träumen. Hör auf zu lachen. Man sagt, Start und Landung sind am schlimmsten. Wenn du wissen willst-"

Gabe brachte mich mit einem leidenschaftlichen Kuss zum Schweigen. Seine verlangenden Lippen übernahmen die meinen und vernebelten meinen Verstand. Ich stöhnte als Antwort und schmolz in meinen Sitz. Der unerwartete Kuss verwandelte sich in eine zarte Berührung, die mich zittern ließ. Meine Finger verflochten sich in seinem Haar und ich vergaß die Welt um mich herum. Er erstickte meine Lippen, küsste mich, als wäre ich sein nächster Atemzug, und als er fertig war, war ich diejenige, die außer Atem war. Er besänftigte mich mit seinen Lippen, als wären meine die einzigen, die er je küssen wollte. Die Zeit schien stillzustehen, bis er sich zurückzog, die Spitze meiner Nase küsste und sagte: „Der Start ist vorbei. Wir sind jetzt auf Reiseflughöhe, aber wir können das Küssen bei der Landung wiederholen, wenn es hilft."

Es half. Ich zog mich zurück und suchte seinen Blick, um einen in der Zeit gestohlenen Moment zu teilen. Der Duft seines holzigen Moschus schwebte zwischen uns, und dann erinnerte mich mein eigener Geruch daran, dass ich heute Morgen joggen war und danach nicht geduscht hatte.

„Hast du zufällig Feuchttücher?"

Seine Augenbrauen zogen sich zusammen.

„Damit ich mich etwas frisch machen kann."

„Es gibt hinten eine Dusche." Er deutete den Gang hinunter.

Ich zögerte.

„Was ist los?"

„Gibt es da drin einen Sicherheitsgurt?"

Gabes Schultern bebten vor Lachen. „Nein. Du wirst schon nicht rausfallen. Ich lege dir frische Kleidung bereit. Komm."

Er nahm meine Hand und führte mich zur Dusche. Sie war größer als erwartet, aber das galt auch für den Privatjet. Ich duschte so schnell, wie meine Nerven es zuließen, und beeilte mich bei jedem sanften, aber turbulenten und erschreckenden Ruckeln. Als ich das Wasser abdrehte, drang ein lauter Streit durch die Wand. Ich wickelte mich in ein Handtuch und folgte dem anschwellenden Gespräch zu einem Büro nahe der Flugzeugspitze. Ich spähte durch den schmalen Türspalt. Kendra lief in ihrem rosa Nachthemd und flauschigen Pantoffeln auf und ab.

„Ich könnte dich dafür verklagen!", schrie sie.

„K, ich hatte keine Wahl. Julian war einverstanden."

„Julian? Na, Julian bestimmt wohl kaum über mein Leben, oder?"

„Er passt auf dich auf. Du liegst ihm am Herzen. Ich habe ihm versprochen, auch auf dich aufzupassen, also tue ich das."

„Wenn ich ihm am Herzen liegen würde, wäre er selbst hier."

„Du weißt, dass es so nicht funktioniert."

Sie stieß ein genervtes „Argh!" aus und warf die Arme in die Luft. „Du bist so ein Heuchler. Hat dich jemand nach Jos Tod belästigt?"

„Geh da nicht hin." Gabe senkte seine Stimme, und ich wurde neugierig auf Jo.

„Hast du damals irgendjemanden an dich rangelassen?", fragte Kendra.

Obwohl es sich nicht richtig anfühlte, das Gespräch zu belauschen, hielt mich sein geheimnisvoller Ton an Ort und Stelle fest.

„K, ich warne dich. Lass Jo aus dem Spiel."

Aber Kendra war nicht der Typ, der einen Streit einfach fallen ließ. „Wenn ich mich recht erinnere, hast du das letzte Mal, als du jemanden retten wolltest, Jo ihr Leben gekostet. Oder willst du, dass noch jemand lebendig begraben wird?"

Meine Lungen hörten auf zu funktionieren, als Gabe Kendras Handgelenk packte.

„Wenn du nicht high wärst, würde ich dich übers Knie legen und-"

„Und was, Gabe? Mich versohlen?" Kendra lachte. „Mach keine Versprechungen, die du nicht halten kannst."

„Du bist unglaublich!" Jetzt war es an Gabe, die Hände in die Luft zu werfen.

„Du hast dich verändert, Gabe. Früher warst du lustig, und jetzt spielst du FBI und versuchst, alle um dich herum zu beschützen. Hör auf damit. Du bist nicht gut darin!"

Die ohrenbetäubende Stille summte lauter als die Flugzeugmotoren, und ich nutzte den ruhigen Moment, um einzutreten.

„Bist du auch Teil davon?", fragte Kendra und zeigte auf mich, wobei sie die Aufmerksamkeit auf das Handtuch lenkte, das um mich gewickelt war. Ich wünschte, ich hätte mich zuerst angezogen.

„Kendra, unser Leben ist in Gefahr. Du bist high und schuldest einem Gangster Geld, der mit einer Waffe an meinen Arbeitsplatz gekommen ist. Martinez sucht nach dir – und nach mir."

„Du hast mich ausspioniert?"

„Nein, das ist nicht-"

„Du hast uns nicht viel Wahl gelassen, K", erklärte Gabe.

„Hört zu, es bringt nichts, mitten in der Nacht zu streiten." Ich schloss für einen Moment die Augen. Das Flugzeug geriet in Turbulenzen, und ich verlor den Halt und stolperte hin und her. Die letzten zwölf Stunden voller Adrenalin hatten ihren Tribut gefordert.

„Wo genau fliegen wir hin, Gabe?", fragte Kendra.

„Kawau Island."

Kendras Augen weiteten sich, ihre Lippen bogen sich nach oben, und sie stieß einen freudigen Schrei aus. „Ja!"

Das war nicht die Reaktion, die ich erwartet hatte, besonders als sie in Gabes Arme sprang, ihre Beine um seine Taille schlang und ihren Mund auf seinen presste. Gabe packte ihren Hintern, um nicht umzufallen. Sie fielen trotzdem. Kendra stand mit der wenigen Anmut auf, an die ich mich bei ihr erinnerte. Und ich konnte nichts anderes tun, als wie versteinert dazustehen.

„Danke, danke, danke!" Sie warf Gabe Kusshände zu und rannte zum hinteren Teil des Flugzeugs.

„Was zum Teufel war das?", fragte ich.

„Das war eine Kombination aus Benzodiazepinen und Halluzinogenen in Höchstform. Wir haben ihre Laborergebnisse zurückbekommen. Die Pille, die sie dir letztes Wochenende gegeben hat, hat dich ausgeknockt und hätte dich fast umgebracht."

Fast umgebracht?

„Wann hast du mir eine Blutprobe abgenommen?"

„Wir haben keine Blutprobe verwendet. Haar und Urin. Das war, nachdem ich dich von Kissed nach Hause gebracht hatte, du auf Toilette warst, geduscht hast und ich dich ins Bett gebracht habe."

Eklig.

„Wann wolltest du mir das sagen? Ich... ich bin nackt aufgewacht."

„Das geht ganz auf deine Kappe, Sam. Ich habe dich Samstagmorgen in dem, was ich für bequemen Schlafanzug hielt, in deinem Bett zurückgelassen."

Ich setzte mich auf den erstbesten Sitz. Eine kühle Brise strich über meine Schultern und erinnerte mich an das Handtuch, das um meinen Körper gewickelt war.

„Geht es dir gut?"

Die zwei Tage, die ich nach meiner Nacht in Kissed verloren hatte, musste ich erst einmal verdauen. Vor einer Woche war ich bereit für einen One-Night-Stand gewesen, aber ich war in ein maßgeschneidertes Abenteuer meines Lebens gestolpert. Heute spielte sich dieses Abenteuer in High-Definition ab.

„Ja, mir geht's gut. Ich sollte mich anziehen. Wer ist Jo?"

Er erstarrte. Ich wollte nicht wie eine eifersüchtige Tussi rüberkommen, denn erstens war ich nicht seine Freundin, und zweitens war ich nicht der eifersüchtige Typ. Trotzdem starb ein Teil von mir jedes Mal, wenn ich an Gabe mit einer anderen Frau dachte.

„Ich habe Kendra den Namen vorhin erwähnen hören", erklärte ich.

Er setzte sich mir gegenüber auf den Sofasitz. „Joanne war meine Frau."

Seine Schultern sackten herab, und Düsternis legte sich über sein Gesicht. Ich rieb mir die Arme, um die Schauer zu vertreiben, als das Gefühl der Beklemmung von Gabe zu mir übersprang. Gänsehaut breitete sich auf meiner Haut aus.

„Sie war Privatdetektivin und arbeitete mit mir an einem Fall. Es war der erste, dem wir gemeinsam zugeteilt wurden. Sie hat es nicht geschafft. Dieser Typ aus dem Park ist für ihren Tod verantwortlich."

„Oh Gabe, das tut mir so leid."

Ich rutschte über den Gang, um mich neben ihn zu setzen, und nahm seine Hand. Er drehte sich zu mir, öffnete den Mund und zögerte ein paar gute Atemzüge lang, bevor er den Mut fand weiterzusprechen. „Du erinnerst mich an sie. Sehr sogar."

„Oh. Das ist gut, oder?"

„Definitiv gut." Seinem leisen Tonfall fehlte die Überzeugung, die ich mir gewünscht hätte. „Komm schon. Dir ist kalt, und du musst am Verhungern sein."

Mein Magen knurrte bei der Einladung. Ich hielt mein Handtuch fest und ging mich anziehen. Kendra musste auf einem Sofa eingeschlafen sein. Gabe brachte sie in ein Schlafzimmer, und nach einer Schüssel Haferbrei mit Blaubeeren vertrieb ich mir die Zeit damit, alle Zeitschriften an Bord zu lesen. Eine Vibration unter meinem Sitz löste erneut meine Nerven aus. Meine Augen weiteten sich, als ich die Armlehnen umklammerte.

„Es ist Zeit, deinen Sicherheitsgurt anzulegen."

„Wir landen?"

„Nur zum Auftanken."

Bevor ich antworten konnte, nahm Gabe meinen Mund mit seinen Lippen in Besitz und vertrieb langsam meine Nervosität. Meine Arme fielen zur Seite, als er mein Gesicht zwischen seine Hände nahm, und ich schmolz in den Sitz. Seine Zunge umschlang meine, neckte und erforschte. Nach ein paar Berührungen hielt er inne, als könnte er nicht glauben, dass er mich tatsächlich küsste, um dann noch intensiver weiterzumachen und mich fühlen zu lassen, dass ich ihm gehörte.

Ich vergaß schnell Kendras Sucht und die Tatsache, dass mein Name weit oben auf der Todesliste eines Kartells stand. Ich vergaß, dass wir aus zehntausend Fuß Höhe herunterkamen, und bevor ich es wusste, waren wir wieder in der Luft. Gabes ständige Berührungen spendeten Trost, sei es durch einen Kuss auf meinen Kopf oder meine Schulter oder ein sanftes Streicheln über meinen Oberschenkel, wenn ich die Augen schloss. Seine Zuneigung wärmte mein Herz und war anders als alles, was ich je von Casey erhalten hatte.

Als wir in Neuseeland landeten, war die Sonne hinter einer Bergkette untergegangen. Ich richtete die Baseballkappe, die Gabe mir gegeben und mich gebeten hatte zu tragen, und stieg die Treppe des Flugzeugs hinunter. Als wir das Rollfeld zum wartenden Land Rover überquerten, zog eine vertraute Gestalt meine Aufmerksamkeit auf sich. Ich hielt inne und rückte meine Kappe zurecht. Die Frau starrte durch ihre Hummel-Sonnenbrille in unsere Richtung. Ein überdimensionaler Sonnenhut warf einen tiefen Schatten über ihr Gesicht. Mit erhobenem Kinn konnte ich von unter dem Schatten des Hutes nur dessen Spitze sehen. Doch irgendetwas an ihr kam mir so bekannt vor, dass ich meine Augen nicht von ihr abwenden konnte.

„Alles in Ordnung?", fragte Gabe.

Ihr blondes Haar wehte in der Brise, und mein Herz setzte aus. Als sie bemerkte, dass ich sie entdeckt hatte, eilte sie zu ihrem Cabrio und fuhr davon. Wer hatte die Erlaubnis, so an einem Flughafen zu parken?

„Kennst du hier jemanden?", fragte ich. „Denn diese Frau hat gestarrt, als würde sie einen von uns kennen."

Er stieß einen frustrierten Atemzug aus, und die Ader an seinem Hals schwoll an. „Das war Mrs. Summers. Dieser Privatflughafen gehört ihrer Familie. Silver Securities hatte früher ein Büro in Neuseeland. Ich leitete die dortigen Operationen."

Er öffnete die Tür des schwarzen SUV. Kühle Luft brachte sofort Komfort und Erleichterung. Es war die erste Hitzewelle des Sommers, und der Blick auf den attraktiven Mann, der mir gegenübersaß, versprach ein Abenteuer.

Als wir unser Ziel erreichten, war das orangefarbene Leuchten des Sonnenuntergangs bereits verschwunden. Das Auto verlangsamte sich, als es das Sicherheitstor passierte. Dahinter führte ein sich windender Weg entlang. Die Auffahrt war zu beiden Seiten von Bäumen gesäumt und führte in einen scheinbar schwarzen Wald. Der kurvige Pfad erstreckte sich länger als jeder, den ich je zuvor gesehen hatte.

Wir umrundeten einen Springbrunnen und hielten vor dem Haus. Als Gabe von einem Landhaus sprach, hatte ich mir eine gemütliche Hütte vorgestellt. Stattdessen starrte ich auf eine Villa aus Glas. Hohe Metallsäulen stützten das Verandadach, und rundum ließen Glaswände das Innere nach außen durchscheinen.

„Das ist unser privates Anwesen." Gabe öffnete den Kofferraum und lud die wenigen Taschen aus, die wir mitgebracht hatten.

„Privat?"

Er musste wohl abgeschieden gemeint haben, denn an bodentiefen Fenstern anstelle massiver Wände war nichts Privates.

Charlie, unser Chauffeur, stieg aus dem SUV, um mit dem Gepäck zu helfen. „Ich mach das schon, Sir."

„Danke, Charlie."

„Das ist dein Haus?", staunte ich über das Anwesen.

Gabe legte seinen Arm um meine Schulter. „Kendra, du kannst Julians Räume haben. Sam bleibt bei mir."

Er führte mich zur Haustür, wo sich der Flur bis zur Rückseite des Hauses erstreckte. Dahinter endete ein üppiger Garten in der Dunkelheit. Ich hörte das sanfte Rauschen der Wellen. Gabe berührte ein Tastenfeld, und blaues Poollicht erhellte den hinteren Bereich.

„Hier gibt's einen Pool?", staunte ich.

„Bis morgen früh!", winkte Kendra Gabe zu und trippelte die

hölzernen Stufen hinauf, die in der Luft zu schweben schienen, jede einzelne auf einer Wolke aus sanftem Licht. Der beruhigende Klang der Wellen erfüllte den Raum.

„Ist das der Ozean?", fragte ich.

„Die Stufen hinter dem Pool führen zu einer Bucht mit einem Privatstrand."

Ich konnte es kaum erwarten, das zu erkunden. Diese Reise wurde von Minute zu Minute besser, und der eigentliche Grund, warum wir hier waren, verflog mit der sanften Meeresbrise. Auch wenn ich mich vom Ozean fernhalten würde, hatte ich nichts dagegen, ein paar Sonnenstrahlen am Strand zu genießen.

Gabe führte mich den Flur entlang in die Küche, wo eine riesige Muschelschale meine Aufmerksamkeit auf eine Granitinsel lenkte. Gedämpftes Licht von oberhalb der weißen Schränke spiegelte sich im Glanz. Zarte blaue Akzente vervollständigten die Küstenatmosphäre. Ich konnte es kaum erwarten, den Rest des Hauses zu sehen.

„Als du sagtest, wir würden in deinem Haus übernachten, wusste ich nicht, dass es eine Villa sein würde."

Mein Ex wohnte immer noch im Keller seiner Mutter.

„Ich freue mich, dass es dir gefällt. Morgen früh gebe ich dir die große Tour. Heute Abend habe ich noch ein Meeting."

„Musst du wirklich weg? Wir sind gerade erst angekommen." Mein Herz sank zu Boden und die Aufregung verflog.

„Ich bin nicht lange weg. Du bist hier in Sicherheit. Halt dich von Ärger fern und bleib im Haus." Er küsste mich auf die Stirn, was mich noch kleiner fühlen ließ, als ich mich ohnehin schon fühlte.

„Ich bin nicht müde", schmollte ich.

„Wir haben mehr Zeitzonen überquert, als ich zählen mochte. Deine innere Uhr wird sich in ein paar Tagen umstellen. In der Zwischenzeit ist Essen im Kühlschrank. Mach's dir gemütlich und verlass das Grundstück nicht. Es ist ein smartes Zuhause, also wenn du Fragen hast, frag Rona."

Rona?

„Sie ist die KI in diesem Haus."

Ich suchte in meinem Kopf nach der Bedeutung, während Gabe erklärte: „Künstliche Intelligenz. Wie Siri oder Alexa."

„Verstehe."

Er küsste mich wieder auf die Stirn, als wäre ich seine Großmutter, und umarmte mich fest. Er hielt mich, als wollte er nicht gehen; trotzdem tat er es, und ich wusste nicht, was ich davon halten sollte.

Ich beobachtete durch die Glaswand, wie er die Tür eines in der Auffahrt geparkten Porsches öffnete. Er startete den Motor und rollte lautlos in die Nacht hinein.

„Ich weiß, wohin er fährt."

Ich blickte zu Kendra hoch, die im zweiten Stock stand. Sie lehnte sich über die Glasbarriere in der Nähe der Treppe. Sie hatte sich in ein passendes Tarnoutfit umgezogen, das nach Abenteuer schrie. Ich hätte wissen müssen, dass das Ärger bedeutete.

„Du solltest eigentlich schlafen", sagte ich zu ihr.

„Dachte schon, der geht nie, und ich hab im Flugzeug geschlafen. Jetzt können wir richtig loslegen."

„Gabe hat ausdrücklich gesagt, wir sollen zu Hause bleiben."

Sie trippelte die Stufen hinunter, als könnte sie nichts aufhalten. „Rona, öffne den Garten."

Die Glastür schob sich zur Seite, und warme, salzige Luft traf mein Gesicht. Ich atmete den Hauch des Ozeans ein und folgte Kendra in den Garten.

„Wo gehst du hin?", fragte ich.

„Um dir das Grundstück zu zeigen, Dummerchen. Komm schon. Es ist anders als alles, was du je gesehen hast, und in der Nacht sieht es noch schöner aus."

Wenn sie versuchte, mir eine rebellische Idee zu verkaufen, funktionierte es. Angesichts der Tatsache, dass ich mich in einer Villa in Neuseeland befand, brauchte meine Neugier keinen

Schub. Aber als Kendra Rona bat, die Außenbeleuchtung einzuschalten und Millionen von Lichtern die Landschaft in funkelnden Mustern erleuchteten, verflog jegliches Gefühl von Zurückhaltung, das ich hatte.

„Es ist wunderschön!", hauchte ich. Der Pool schimmerte blau in der Dunkelheit. Gestutzte Hecken trugen Lichternester und umgaben den Außenbereich. Als mein Blick höher zu den geschmückten Baumwipfeln wanderte, verschmolzen die Lichter mit den Sternen. Es war atemberaubend.

„Wenn du denkst, das hier ist schön, warte, bis du es vom Strand aus siehst."

Kendra drehte sich auf dem Absatz um und verschwand einen funkelnden Pfad hinunter. Ein Funke Freude zuckte in mir auf, als wäre ich wieder das kleine Mädchen, das ein Abenteuer erwartete. Mit klopfendem Herzen folgte ich ihr zum Strand und streifte meine Flipflops ab. Der warme Sand sank unter meinen nackten Sohlen ein. Das Geräusch eines Motors lenkte meine Aufmerksamkeit auf das angedockte Boot und Kendra, die im Steuerstand saß.

„Komm schon, Sam! Lass uns gehen!"

Jeder Funke Freude in mir erlosch angesichts Kendras Leichtsinn.

Ich eilte den Steg hinunter und winkte wie verrückt zu ihr.

„Stell den Motor ab!" Was dachte sie sich dabei? Erstens war es draußen dunkel. Zweitens war es der Ozean – wo mein Vater gestorben war.

Kendra winkte mir stattdessen, an Bord zu kommen.

„Du bist verrückt! Du kannst nirgendwo hinfahren! Komm schon, Kendra. Stell das Boot ab!", schrie ich über den brüllenden Motor hinweg, aber ich war mir sicher, dass sie mich nicht hören konnte.

„Entweder du steigst ein, oder du bleibst am Ufer kleben!", lachte sie zurück.

„Bist du high?"

Aber sie antwortete nicht. Mitten in der Nacht mit einem Boot rauszufahren war keine gute Idee, das war klar, aber wenn sie alleine ging, würde ich sie vielleicht nie wiedersehen. Ein Stich der Verzweiflung durchfuhr mich. Mein Verstand schrie 'Nein!', aber mein Körper bewegte sich wie von selbst, und ehe ich mich versah, sprang ich ins Boot. Ich kam schnell zu ihr und meine Hand war fast am Schlüssel, als sie den Gashebel nach vorne schob und ich zurück auf den Sitz fiel. Der Motor brüllte auf, und Kendra raste hinaus auf einen dunklen Ozean.

Die Straße vor mir war genauso vertraut wie die hinter mir. Ich umklammerte das Lenkrad und versuchte, die aufkommende Nostalgie zu verdrängen. Meine Knöchel wurden weiß, und ich lockerte den Griff, als ich auf den Friedhofsparkplatz rollte. Ich hatte geplant, erst am Morgen herzukommen, aber in dem Moment, als wir vor dem Haus hielten, kehrten die Trauer und der Zorn zurück, die ich weggesteckt hatte.

Ich wählte die Nummer meines Freundes in Charleston. „Dave? Hast du mein Paket bekommen?"

„Ja, aber ich habe keine guten Nachrichten. Es gab einen Unfall im Labor. Ein Teil des Gebäudes ist abgebrannt. Deine Probe wurde beschädigt, und es wird ein paar Tage länger als üblich dauern, die Daten zu bekommen."

Ich stieß frustriert die Luft aus.

„Ich kann es an April schicken, wenn es ein Notfall ist."

„Es ist ein Notfall", sagte ich ihm.

„Kein Problem. Gib mir vier Tage. Höchstens fünf."

„Mach zwei daraus."

„Du verlangst ein Wunder."

„Wenn die Ergebnisse so ausfallen, wie ich denke, wird es in der Tat ein Wunder sein."

„Verstanden. Bis bald."

Ich legte das Telefon weg und schaltete die Zündung aus. Ein düsterer Geruch von Tod und Kerzenwachs brachte den dunkelsten und schwersten Tag meines Lebens zurück – den Tag, an dem ich meine Frau beerdigte. Ich schloss die Augen, und Sams Gesicht erschien hinter meinen Lidern. Sie schmollte auf die vertraute Art, wie Joanne es zu tun pflegte, und der Kampf in meiner Brust wurde enger. Sam in unserer ersten Nacht hier zu verlassen, war nicht einfach gewesen, aber es war notwendig.

„Musst du wirklich gehen? Wir sind gerade erst angekommen." Ihre Enttäuschung klang mir in den Ohren. Natürlich musste ich nicht gehen, aber ich fühlte, dass ich es musste.

Wie konnte man jemandem, den man erst seit einer kurzen Woche kannte, sagen, dass man sie besser kannte als jeder andere auf der Welt? Wie konnte ich Sam sagen, dass sie mich an jemand anderen erinnerte? Ihr Gesicht, ihre spitze Nase und ihre rosigen Wangen waren meinen Augen vertraut. Ihr Körper erinnerte mich an alles, was ich verloren hatte: meine Vergangenheit, Gegenwart und Zukunft. Verliebte ich mich in Sam, oder lebte ich nur eine erträumte Version meiner Vergangenheit aus?

Eine Brise bewegte die Bäume jenseits der Tore, wo die Kerzen in der Nacht flackerten.

Ich wollte Sam sagen, dass ich zum Grab meiner Frau ging, aber ich konnte die Worte nicht herausbringen. Ich konnte Sam nicht in diese Welt hineinziehen, die ich verzweifelt zu reparieren und zu entkommen versuchte, es sei denn, die Wahrheit zwang mich dazu. Ich konnte es nicht tun, bis ich meine Vermutungen vom forensischen Team bestätigen ließ.

Und jeder Drang, diese Fantasie eines glücklichen Endes zu erfüllen, würde auf Eis gelegt bleiben, bis ich meine Angelegenheiten geregelt hatte. Ich würde eher sterben, als Sam auf denselben tödlichen Pfad zu führen, auf dem Joanne gefallen war.

„Du glaubst doch nicht, dass Martinez auf die Insel kommen wird, oder?", hatte sie gefragt.

„Er hat es schon einmal getan."

Ich gab dem Bedürfnis nach und nahm sie in meine Arme, hielt sie, als hätte ich sie die letzten 10 Jahre gehalten. Nach Joannes Tod hatte ich angenommen, ich würde für den Rest meines Lebens Single bleiben. Niemand konnte sie je ersetzen, und niemand würde es je tun. Aber wenn ich Sam hielt, war es, als hielte ich dieselbe Frau. Es fühlte sich gleichzeitig falsch und richtig an.

Ein stärkerer Windstoß holte mich aus meinem gestohlenen Moment in der Küche zurück, bevor ich ging. Ich war mir nicht sicher, wie lange ich im geparkten Auto saß, aber ich wusste verdammt gut, dass es lang genug war, um mich an den Tag zu erinnern, an dem sie mir genommen wurde. Die Bastarde hatten Joanne lebendig begraben. In einer Kiste. Allein. Verängstigt. Wartend auf Hilfe, die nicht rechtzeitig kommen würde. Ich hatte den Moment millionenfach in meinem Kopf wiederholt. War sie in ihren letzten Momenten von mir enttäuscht? Das sollte sie sein. Es fühlte sich an, als wäre es erst gestern gewesen, als ich meine Partnerin und meine Frau im Stich gelassen hatte.

Die Muskeln in meinem Nacken spannten sich an, und ich stieß einen Schrei aus. Ein Schwarm Vögel, der in den Bäumen ruhte, erwachte und flog in die Dunkelheit davon. Ich griff hinter den Rücksitz und nahm eine Kerze aus ihrer Verpackung. Als ich genug Mut gesammelt hatte, das Auto zu verlassen, ging ich wie ein Schatten den mondbeleuchteten Pfad zu ihrem Grab. Es war nicht weit. Der private Friedhof auf dem Grundstück der Summers' weckte meine Trauer wieder. Meine Schritte auf dem beleuchteten Weg hallten durch die Nacht. Der Granitgrabstein reflektierte das Nachtlicht von Weitem. Marge musste ihn vor meiner Ankunft gereinigt haben. Ich zündete die Kerze an, sprach das obligatorische Gebet, an das ich nicht mehr glaubte, und redete mit ihr, als wäre sie hier. Lebendig und in Fleisch und Blut.

„Kendra ist keine einfache Klientin, aber ich schulde Julian etwas."

Wenn es meinen Cousin nicht gäbe, hätten wir Joannes Leiche nie gefunden.

„Ich versuche, meine Fehler wiedergutzumachen, aber was, wenn ich wieder versage? Ich kann nicht zulassen, dass noch eine Frau stirbt." Mein Kopf fiel nach vorne und schoss sofort wieder hoch, als das Echo eines brechenden Astes tiefer im Wald widerhallte. Ich lauschte auf weitere Geräusche, konnte aber keine hören, und so blieb ich auf der Bank vor dem Grab sitzen. Das Gefühl, beobachtet zu werden, hielt an, bis Mitternacht hereinbrach und ich beschloss, dass es Zeit war zu gehen.

„Ich komme in ein paar Tagen wieder", sagte ich ihr.

Marges Haus stand auf einem Hügel um die Ecke. Es war mit funkelnden Lichtern geschmückt, die über die Hecken verteilt waren. Sie begrüßte mich an der Tür mit offenen Armen, bevor ich klingeln konnte.

„Es ist so schön, dich zu sehen, Gabriel." Sie schlang ihre Arme um mich, auf die gleiche Weise wie Joanne es zu tun pflegte, mit der Intensität einer Frau, die an jemanden glaubte, an den sie nicht glauben sollte. Ihre Umarmung öffnete alles in meinem Herzen, was ich verzweifelt zu vergessen versuchte.

Parsley kam auf mich zugerannt und wedelte mit dem Schwanz. Ich ging in die Hocke und kraulte den Aussie unter seinem Kinn. Ein neuer grauer Streifen zog sich von seiner Nase bis zur Stirn.

„Schön, dich zu sehen, Junge. Ich hab dich vermisst."

Parsley sprang an mir hoch und leckte mir übers Gesicht. Seine Anwesenheit linderte die wachsende Unruhe in meiner Brust.

„Wir vermissen dich alle, Gabe."

„Ich hab dich auch vermisst, Marge."

„Hast du dich auf dem Friedhof verlaufen?"

„Dein Gespür ist scharf wie eh und je."

„Komm rein. Ich hab Tee aufgesetzt."

Ich überschritt die Schwelle, und Erinnerungen fluteten wie ein Tsunami herein. Der Geruch, die leicht feuchte Luft und die Holzmöbel, all das brachte mich in die Vergangenheit zurück.

„Alles in Ordnung?", fragte sie.

„Ja."

„Es wird nie leichter, egal wie viel Zeit vergeht."

„Ich glaube, es könnte jetzt viel schwieriger werden. Warst du das am Flughafen?" Ich zog einen Stuhl für Marge heraus.

Wir setzten uns in der Küche, und Marge goss eine dampfende Tasse Chai-Tee ein.

„Natürlich war ich das. Du kannst nicht so eine Bombe platzen lassen wie die, die du hattest, und erwarten, dass ich stillsitze."

Sie hatte meine Vermutung aufgeschnappt, als ich sie aus dem Flugzeug anrief. Aber sobald ich andeutete, dass ihre entführte Tochter vielleicht noch am Leben sei, gab es kein Zurück mehr.

„Ihre Haare sind länger, aber die Ähnlichkeit ist unglaublich. Das Muttermal unter ihrer Augenbraue... Ich glaube wirklich, ich habe Charlize gefunden."

Marges Tränen flossen, als hätten sie die letzten zwanzig und mehr Jahre darauf gewartet. Ich war als Teenager mit meiner Familie nach Neuseeland in den Urlaub gefahren, hatte Joanne kennengelernt und kam so oft wie möglich zurück, bis ich schließlich für das Mädchen meiner Träume umzog. Meine Kehle schnürte sich zu, als ich versuchte, meine Gefühle zu unterdrücken.

„Bist du sicher?" Marge bedeckte schnell ihren Mund und erstickte das Echo ihres Schluchzens.

„Ich werde in ein paar Tagen die DNA-Bestätigung haben."

„Wie hast du sie gefunden?" Marge hatte die ganze Welt nach ihrer entführten Tochter abgesucht. Genauso wie ihr Mann, Joannes Vater, als er noch lebte. Er starb vor Joannes Tod. Aber Marge fand Charlize nie.

„Zufall. Purer Zufall. Die Ähnlichkeit ist unheimlich. Ich sah einen ähnlichen Anhänger aus einem lokalen Laden in Neuseeland in ihrem New Yorker Büro. Sie hat keine Ahnung, wer ich bin."

„Der Anhänger mit ihren Initialen?"

Ich nickte, nahm das Handy aus meiner Tasche und zeigte ihr das Foto von Sams Anhänger. Eine Träne rollte über Marges Wange.

„Wo ist sie jetzt?" Ihre Stimme brach.

„Sie ist im Strandhaus. Bei mir. Aber sie steckt in Schwierigkeiten."

„Na ja, ich bin froh, dass du diesmal auf die Insel gekommen bist."

Ich schluckte den Vorwurf herunter. Marge bestand darauf, dass Joanne noch am Leben wäre, wenn sie auf der Insel geblieben wäre. Sie irrte sich jedoch. Martinez kannte keine Grenzen, und diese Reise geheim zu halten, war entscheidend für den Abstand zwischen uns.

Parsleys Kopf schnellte hoch. Er blickte in die Dunkelheit jenseits der Gartentür.

„Erwartest du jemanden?" Meine Schultern spannten sich an.

„Nein."

„Ich sollte erwähnen, dass Kendra auch bei mir ist."

Parsley stand auf und lief an der Hintertür auf und ab.

Marge runzelte die Stirn. „Na toll. Der Unruhestifter. Was, wenn sie Charlize in Schwierigkeiten bringt?"

„Sie heißt Samantha Connor, und sie steckt bereits in Schwierigkeiten. Kendra ist ihre Freundin. Sam wird sie nicht im Stich lassen. Aber du solltest dich fernhalten, bis ich die DNA-Bestätigung habe. Ich halte mich bedeckt."

„Und dann?", fragte sie. „Wie gehe ich auf meine entführte Tochter zu und sage ihr, dass ich ihre Mutter bin?"

„Ich weiß es nicht. Ich kann ihr die Neuigkeiten allein überbringen, es sacken lassen, und wir können uns zum Essen treffen? Ich weiß es wirklich nicht, aber wir werden einen Weg finden."

Marge stand auf und begann mit Parsley auf und ab zu gehen. „Was, wenn sie mich nicht treffen will?"

„Ich kann mir nicht vorstellen, warum sie das nicht wollen würde."

„Was, wenn sie denkt, ich hätte sie im Stich gelassen?"

Ich hatte mindestens hundert ähnliche Was-wäre-wenn-Fragen, die mir stündlich durch den Kopf gingen. Frustriert warf ich die Arme in die Luft. „Was willst du, dass ich sage? Wie soll ich ihr sagen, dass ich in sie verliebt bin, weil sie mich an die tote Schwester erinnert, von der sie nicht weiß, dass sie sie hatte?"

Marge stockte der Atem. „Du bist in sie verliebt?"

Ich seufzte und senkte den Kopf. „Wie kann ich es nicht sein? Sie ist alles, was Joanne war. Es ist alles so vertraut und nicht schmerzhaft, wenn ich mit ihr zusammen bin. Aber sind die Gefühle wirklich für Sam, oder ist es die Erinnerung, die ich an Joanne habe?"

„Es tut mir so leid, Gabe." Sie griff nach meiner Hand, und das Haus erzitterte, als eine Explosion uns erreichte. Die Druckwelle ließ einen Blumentopf von seinem Regal fallen. Er zerschellte am Boden, und wir drehten unsere Köpfe in dieselbe Richtung: zum hinteren Garten und dem Strand darunter, wo eine Feuerkugel in den Nachthimmel schoss.

„Oh mein Gott!" Marge eilte zur Hintertür, aber ich war schon halb draußen und rannte auf die Explosion zu.

„Gabe! Sei vorsichtig", rief sie mir nach.

Auf dreiviertel des Weges zum Strand hörte ich zwei vertraute Stimmen miteinander streiten. Ich griff in meine Tasche nach dem Beruhigungsmittel, bevor ich ankam, denn es gab nur eine Person, die zu diesem Chaos fähig war.

Kendra.

Parsley rannte voraus, und abrupt verstummten die Stimmen. Ich betrat den Strand und stand zwei verblüfften Frauen gegenüber. Hinter ihnen brannte etwas, das wie mein Boot aussah, lichterloh. Sams Haare glichen einer weiteren Explosion - teilweise rechts verbrannt und links knusprig. Schwarze Ascheflecken zogen sich über ihr Gesicht und ihre Arme.

„Was zum Teufel macht ihr hier? Was ist mit dir passiert? Was ist mit meinem Boot passiert?"

Sams Kopf flog vom Feuer zu mir und dann zu Kendra. „Ich... ich... Es ging alles so schnell. Ich habe versucht, sie aufzuhalten. Wirklich."

„Kendra?"

Mein Blut kochte. Nicht, dass es sie interessiert hätte. Sie tanzte unter dem mondbeleuchteten Himmel, als wäre mein brennendes Boot ein Lagerfeuer. Ich steckte die Spritze zurück in meine Tasche und begutachtete Sams Verletzungen.

„Ich wollte nicht, dass sie alleine aufs Meer hinausfährt, also bin ich ins Boot gesprungen", erklärte Sam.

„Mach dir keinen Kopf wegen des Boots. Du kannst nichts dafür. Ich hätte dich nie mit ihr allein lassen sollen."

„Ich habe versucht, sie aufzuhalten, Gabe."

„Ich weiß."

„Hey Gabe! Sorry wegen des Boots", rief Kendra vom Ufer aus.

„Wie zum Teufel hat sie es in die Luft gejagt?", fragte ich.

„Uns ist der Sprit ausgegangen. Kendra meinte, sie könnte Treibstoff von einem anderen Boot abzapfen, damit wir nach Hause kommen. Dann wollte sie rauchen. Ich weiß nicht, woher sie die Zigaretten hatte."

Als ob das Boot nicht genug Aufmerksamkeit erregt hätte, grölte Kendra aus voller Kehle Michael Bubls „I'll Be Home for Christmas". Ihre falsche Stimme hallte durch die Bucht. Dies mochte zwar ein Privatstrand sein, aber Privatsphäre musste man sich verdienen.

„Wir müssen gehen. Sofort."

Ich ließ Samantha los und griff erneut in meine Tasche. Es

war Zeit, Kendras Rebellion zu beenden. Es würde nicht lange dauern, bis die Nachricht von der Explosion die falschen Leute erreichte. Kendra muss meinen entschlossenen Gang gespürt haben, denn sie stoppte mitten in ihrer Drehung und rannte ins Wasser.

„Oh nein, das tust du nicht!", schrie sie. „Diesmal nicht."

Ich entfernte die Kappe von der Spritze, zog meine Schuhe aus und folgte ihr ins Meer. Meine Füße hinterließen tiefe Abdrücke im nassen Sand.

„Gabe! Sei vorsichtig!", schrie Sam vom Ufer. „Überall Haie!"

Ich konzentrierte mich auf mein Ziel, das wie ein gestrandeter Wal am Ufer herumzappelte. Kendras Gesicht tauchte ins knöcheltiefe Wasser ein, als sie versuchte wegzuschwimmen. Ich biss die Zähne zusammen und stach die Nadel in ihren Oberschenkel. Sie gab ein Wimmern von sich, und kurz darauf erschlaffte ihr Körper. Ich hob sie hoch, bevor sie ertrank, und trug sie zurück zum Strand und den Weg um den Friedhof herum, der zu meinem geparkten Auto führte. Sam folgte dicht hinter mir.

Als wir am Haus vorbeikamen, stand Marge hinter einem Vorhang am Fenster.

„Wer ist das?", fragte Sam.

„Marge Summers. Dieselbe Frau, die du am Flughafen gesehen hast."

„Jemand, den ich besser kennen sollte?"

Die Besorgnis in ihrer Stimme war niedlich.

„Weißt du, wir haben nie über unsere Beziehung gesprochen. Sollte ich mir Sorgen um andere Frauen machen?"

Während ihre Eifersucht süß war, störte es mich, dass sie sich nicht bewusst war, wie sehr sich meine Gefühle für sie verstärkt hatten. Es störte mich, dass ich Kendra in meinen Armen trug, anstatt mich um Sam zu kümmern.

„Du musst dir definitiv keine Sorgen machen. Niemals. Kannst du mir die Tür aufmachen?" Ich deutete auf das Auto. Die

Rückbank war klein, aber Kendra war es auch. Ich setzte sie auf ihren Platz, wandte mich zum Beifahrersitz und nahm Sams Gesicht in meine Hände. Meine Lippen landeten sofort auf ihren. Ich genoss ihren Mund und stellte sicher, dass sie sich an diesen Kuss erinnern würde, wenn sie das nächste Mal Zweifel hätte.

„Ich bin froh, dass du in Sicherheit bist. Komm, lass uns dich nach Hause bringen."

Ich fuhr mit so viel Geduld, wie ich aufbringen konnte, zurück zum Haus. Wir brachten Kendra ins Bett, und ich legte ein Band um ihren Knöchel.

„Ist das das, wofür ich es halte?", fragte Sam.

„Es ist eine Fußfessel mit GPS-Sender. Ich hätte sie ihr anlegen sollen, sobald wir hier ankamen."

„Sie wird das nicht mögen."

„Nun, es ist das oder riskieren, dass sie etwas anderes in die Luft jagt. Oder sich selbst. Ich habe sie gewarnt, aber hat sie zugehört? Natürlich nicht!"

Sam sprang auf. Ich beendete die Sicherung des Trackers und drehte mich um. Sie zitterte.

„Es tut mir leid. Ich versuche nicht, das an dir auszulassen, Samantha. Es war ein langer Tag–"

„Du musst dich nicht erklären."

„Es ist einfach besser für euch beide, vorerst in diesem Haus zu bleiben, zumindest bis ich die Dinge geklärt habe." Ich fuhr mir mit den Fingern durch die Haare. Meine Kopfhaut schmerzte vor Stress.

„Es tut mir leid, dass ich sie nicht aufhalten konnte."

„Sie ist nicht deine Verantwortung. Sie ist meine. Das Gerät wird sie auf dem Grundstück halten, und ihre Krankenschwester wird morgen früh hier sein, um bei dem Entzug zu helfen."

Ich senkte den Kopf.

„Was ist los?"

„Wirst du morgen früh hier sein?"

„Natürlich." Ich verstand nicht, woher die Sorge kam, aber

bevor ich fragen konnte, verschränkte Sam die Arme vor der Brust und flüsterte: „Ich geh mich mal frisch machen."

Ein trauriger Schleier lag über ihr, und es war nicht der Ruß von der Explosion. Mein Herz zerbrach, als sie sich wortlos umdrehte und die Treppe hinaufstieg.

Scheiße, verdammt nochmal! Was hab ich nur angerichtet?

Kapitel 10

Sam

Mit eiskalten Füßen schleppte ich mich zur freistehenden Badewanne am Fenster. Nach dem Aufdrehen des Wasserhahns und der Zugabe von Badeschaum durchmaß ich das königsgroße Badezimmer. Die Außenwände erstreckten sich bis nach draußen. Jenseits der Glasscheiben boten ausgewachsene Bäume natürlichen Sichtschutz, außer dort, wo der Balkon zum Meer hin ausgerichtet war.

Ich öffnete die Tür, um die Meeresluft voll auszukosten. Die warme, dunkle Nacht beruhigte meine müden Augen. Ein steinerner Fußweg unten führte zum privaten weißen Sandstrand, wo früher Gabes Boot am Ufer festgemacht war. In der Ferne kräuselte eine sanfte Brise den perfekten Wasserspiegel.

Die Meeresluft versprach einen sonnigen Tag für morgen. Wenn Kendras neue Medikation wirkte, könnte dieser Ausflug nichts weiter als ein Urlaub sein. Hoffte ich. Obwohl mit Kendra Urlaub machen nahezu unmöglich schien.

Der schwache Chlorgeruch lenkte meine Aufmerksamkeit auf den Infinity-Pool unter mir. Seine Oberfläche beugte sich dem Tanz des Windes und erzeugte sanfte Kräuselungen und noch sanftere Wellen.

Dampf stieg in die Luft. Ich setzte mich auf den Rand der Wanne und tauchte meine eiskalten Zehen ins Wasser. Wärme durchströmte meinen Körper. Die Bootsexplosion blitzte in meinem Kopf auf. Ich erschauderte und sank in die riesige Wanne.

Ich schloss die Augen und verlor mich in meinen Gedanken. Die Wärme drang bis in die Knochen. Der Schaum stieg auf, und der Lavendelduft wirbelte umher und überdeckte den Brandgeruch in meinen Haaren. Zum ersten Mal seit Tagen überkam mich eine Welle der Entspannung. Eine Bootsfahrt im dunklen Ozean zu unternehmen, kam einem Albtraum so nahe wie nie zuvor. Wäre das GPS an Bord nicht gewesen, wären wir für immer auf See verloren gewesen, aber Kendra war vernünftig genug, um sich auf dem Meer zurechtzufinden. Und dann war da noch der Marsch zum Friedhof, wo wir ein privates Gespräch belauscht hatten, das ich mich schämte, Gabe zu erwähnen. Ich hatte die Chance verpasst, aus meinem Versteck zu kommen, als Kendra zum Strand zurückraste für das nächste Abenteuer, das ihr um die Ohren flog.

Ein dezenter Geruch von verbranntem Treibstoff von den Kleidern, die ich quer durchs Zimmer verstreut hatte, erinnerte mich an den Bootsunfall. Die Badezimmertür öffnete sich, und ich erschrak bei der sanften Brise. Er schlenderte mit einem Handtuch um die Hüften in den Raum. Ich schluckte schwer, als wäre er ein zu üppiges Mahl, das ich nicht verdauen könnte. Die Erinnerung an ihn in mir, wie er mich zu Hause gegen das Bettgestell drückte, pulsierte durch meine unteren Regionen.

„Rona - beruhigendes Dämmerlicht."

„Ja, Mr. Silver", antwortete der smarte Lautsprecher an der Decke.

Seine Augen hielten mich an Ort und Stelle fest. Die Erwartung, dass er genau wüsste, was ich brauchte, wuchs in meinem Bauch. Aber würde er mich überhaupt anfassen? Ich war mit Kendra auf diesem Boot gewesen, bevor es explodierte.

Die Glaswände rund um das Haus verdunkelten sich, und die Lichter dämmten zu einem Kerzenschein herunter, der hinter den Spiegeln und um die Schränke herum strahlte. Die Flammen spiegelten sich in den umliegenden Glasflächen.

„Nette Idee." Meine Stimme zitterte.

„Es tut mir leid wegen vorher."

„Wie bitte?"

„Es tut mir leid. Ich hätte nicht so wütend sein sollen."

„Du hattest jedes Recht dazu."

„Nicht dir gegenüber. Du warst eine gute Freundin, als du in dieses Boot gesprungen bist."

„Tja, ich wusste nicht, was ich sonst tun sollte."

Er stand am Rand der Wanne und sah aus wie ein sexy, halbnacktes Model. „Kendras Beruhigungsmittel wird erst in ein paar Stunden nachlassen. Darf ich zu dir kommen?"

„Definiere ‚ein paar'. Denn wir dachten, sie würde schon vorher schlafen." Ich biss mir auf die Lippe.

„Zehn, zwölf Stunden." Sein Mund verzog sich zu einem verschmitzten Lächeln. „Und ihre Krankenschwester wird morgen früh hier sein, um bei den Entzugserscheinungen zu helfen."

Der Gedanke, eine Pause von genau dem Abenteuer zu bekommen, das ich gesucht hatte, beruhigte meine Nerven.

„Was werden wir tun?", fragte ich.

„Du weißt genau, was ich mit dir machen will, Sam."

„Dann bin ich froh, dass du zu mir gekommen bist." Ich wackelte mit den Augenbrauen.

Er griff nach dem Ende seines Handtuchs und ließ es los. Der Stoff traf auf den Boden und enthüllte ihn. Er stand zu viele Schritte entfernt. Ich starrte auf die schlanken Muskeln über seinen definierten Armen und kräftigen Beinen. Ein perfekt gestapeltes Sixpack führte direkt zu der verlockenden V-Linie hinunter.

Ich leckte mir über die Lippen.

Er schlenderte zur Wanne. Stolz und selbstbewusst stieg er hinein. Das Wasser stieg von der Wölbung meiner Brüste bis zur Spitze meines Kinns, und ich ließ meine Nervosität los. Ich setzte mich höher, damit das Wasser nicht überlaufen würde. Das Schöne an dieser komfortabel tiefen Wanne war ihre Mini-Pool-Größe.

„Du bist schüchtern", sagte er. „Weißt du eigentlich, wie sehr du mich anmachst?"

„Das Gefühl beruht auf Gegenseitigkeit." Wasser kräuselte sich durch die Wanne, begleitet von meinem Kichern.

Er schüttelte ungläubig den Kopf. „Du bist diese wilde, unabhängige Rebellin nach außen hin, aber im Inneren bist du eine Frau, die richtige Fürsorge braucht."

Ich lehnte mich in der Wanne zurück. „Eine wilde Rebellin?"

„Du hast dein Leben riskiert. Und soweit ich verstanden habe, bist du kein Fan des Ozeans."

„Stimmt. Und woher weißt du, dass ich richtige Fürsorge brauche?"

Gabe hob meinen Fuß über den Schaum und legte ihn auf seine Brust. Er drückte seine Finger gegen meine Fußsohle, und ich ließ die restliche Anspannung in meinem Körper los, während ich tiefer in die Wanne sank. Ja, das war definitiv richtige Fürsorge. Jeder Druckpunkt, den er berührte, sendete einen entspannenden Strom durch meinen Körper. Er konzentrierte sich auf eine Stelle und massierte, bis ein Kribbeln zwischen meinen Beinen ausstrahlte. Es verweilte an meinem Schoß, bevor er erneut drückte. Mein Gesäß spannte sich an, und ein köstliches Verlangen braute sich in meinen unteren Regionen zusammen.

„Rona, Liste Nummer vier."

Ich konnte sein Flüstern kaum über all die unanständigen Gedanken in meinem Kopf hören. Leise Musik spielte im Hintergrund, und ich entschied schnell, dass mir sein vierter Listenpunkt gefiel.

Seine Finger wanderten höher zu meiner Wade. Jedes Drücken und Reiben löste einen entspannenden Schauer durch mein gieriges Zentrum aus, das sich nach seiner erfahrenen Berührung sehnte.

Wer hätte gedacht, dass ich in einer Wanne einem Mann gegenübersitzen würde, den ich in einer Gasse getroffen hatte? In Neuseeland. In einem Raum aus Glas. Umgeben von der Musik einer KI namens Rona, die wahrscheinlich mehr über Gabe wusste als ich.

Gabe ließ meinen linken Fuß los und begann mit dem rechten. Eine Erinnerung an den Meereswind in meinem Gesicht blitzte hinter meinen Augenlidern auf. Je mehr ich Kendra gebeten hatte, zum Strand zurückzukehren, desto härter hatte sie aufs Gas getreten. In dem Moment, als sie am neuen Strand anlegte, sprang ich heraus und küsste den Boden, aber Kendra hörte nicht auf. Sie fuhr direkt den Hügel zum Friedhof hinauf.

Etwas kitzelte mein freies Bein, und meine Augen flogen auf.

„Sam?", flüsterte er. „Tut mir leid, dich zu wecken. Du bist eingenickt. Albtraum?"

„So in der Art."

„Komm her." Seine raue Stimme jagte mir einen köstlichen Schauer über den Rücken.

Ich rutschte zu ihm hin, und er beugte sich vor. Er zog einen Schwamm voll frischem Lavendelschaum von meiner Schulter den Arm hinunter und wieder hinauf. Der weiche Stoff schrubbte in kreisenden Bewegungen über meine Haut, bis eine Schicht Schaum meinen Oberkörper bedeckte. Ich neigte meinen Kopf zur Seite, und Gabe fuhr mit dem Schwamm über meinen Hals und dann hinunter zu meinem Dekolleté.

„Ich werde dich waschen. Jeden Teil von dir."

Gabes silberne Augen loderten, und sein erhitzter Blick intensivierte sich. Er ließ den Schwamm los und löste das Gummi aus meinem straffen Zopf. Meine Locken fielen steif auf meine Schultern.

„Ich bin nicht sicher, ob ich die Haare retten kann", sagte ich.

„So schlimm sieht es gar nicht aus."

„Lügner", lachte ich. „Ich glaube, sie brauchen einen Schnitt."

„Was sie zuerst brauchen, ist eine Wäsche. Dreh dich um", flüsterte Gabe.

Ich zog meine Knie an die Brust und drehte mich in der Wanne.

Gabes Hände umfassten meine Taille. Er zog mich näher, bis sein Vorderkörper gegen meinen Rücken gepresst war.

„Neig deinen Kopf ein bisschen nach oben."

Ich lehnte mich an seine Brust und tat, worum er mich gebeten hatte. Ein dünner Bildschirm, der wie ein durchsichtiger Stoff aussah, rollte über das Fenster auf der anderen Seite des Raumes herunter. Er flimmerte mit einer Schleife eines knisternden Kaminfeuers. Wasser floss über meine Haare, und ich schloss die Augen. Jeder Nerv in meinem Körper spannte sich an und ließ los, immer und immer wieder. Er verteilte Shampoo auf meinem Haar und massierte den Schaum in meine Kopfhaut, bis es schäumte. Als er mit meinem Haar fertig war, glitten seine Hände zu meinen Schultern und zu meinen Brüsten. Sein pochendes Herz schlug gegen meinen Rücken, und ich konnte kaum atmen. Meine Brustwarzen verhärteten sich unter seiner Berührung.

Gabe wusch jede Brust sorgfältig, dann senkte er seine Hand unter Wasser zu meinem Bauch und dann zu dem kleinen Fleck Locken. Ich drückte mich gegen seine Hand und drängte seine Finger nach mehr. Stattdessen glitten seine Hände über meine Oberschenkel und unter meinen Hintern, hoben mich höher auf seinen Schoß. Er knetete meinen Po, bevor er seine beharrlichen Finger den Spalt hinunter zog und das eine Loch wusch, das noch nie jemand berührt hatte. Ein Schauer köstlichen Vergnügens schoss in meine Pussy, und ich spürte Gabe an meiner Wange lächeln.

„Ich bin froh, dass dir das gefällt", flüsterte er.

Ich hätte nie gedacht, dass ich einen Mann mich so gründlich waschen lassen würde.

„Fertig", sagte er. „Wie fühlst du dich?"

„Lüstern", antwortete ich.

„Na, das können wir ja nicht zulassen, oder?"

Er drehte mich in der Wanne, sodass ich ihm zugewandt war. Ich setzte mich auf ihn, spürte seine Erektion an meinem Oberschenkel entlanggleiten. Er hielt mich fest, als ich mich auf ihn senkte und mich anspannte. Das sofortige Ausfüllen war exquisit. Seine Hände stützten meinen Hintern. Ich rollte meine Hüften vor und zurück, rieb mich an ihm. Wasserwellen rollten durch die Wanne und brachen sich im Rhythmus unserer Bewegungen. Wir verlangsamten uns, bis der Fluss mit der Bewegung übereinstimmte, aber es hielt nicht lange an. Ungeduld leitete Gabes Stöße. Ich hielt mich an seinen Armen fest und grub meine Finger in seine Bizepse. Er nahm meine Brustwarze in den Mund und leckte darum herum. Ich stöhnte, als er sie zwischen seinen Lippen zusammendrückte. Er widmete meiner anderen Brust die gleiche Aufmerksamkeit, leckte und neckte. Ich wollte nicht, dass er aufhörte.

Ich schmolz in den Biss hinein, und meine Muskeln gaben nach. Wie eine Marionette ließ ich ihn die Kontrolle übernehmen. Er führte mich vor und zurück, stieß tiefer und härter zu. Wasser schwappte über den Rand der Wanne. Verloren im Moment rollte ich meine Hüften vor und zurück, bis er innehielt und Erleichterung fand. Sein Gesicht verzog sich, aber die Anspannung ließ nach einigen Sekunden nach. Er lehnte seinen Kopf an meine Brust und keuchte. Ich rutschte langsam von ihm herunter.

„Ich habe nicht verhütet", sagte er.

Der Gedanke an Kinder war mir schon früher durch den Kopf gegangen, aber nie in dem Ausmaß wie jetzt. Ich war sicherlich noch nicht bereit für Kinder, aber Gabe war älter, und seine biologische Uhr tickte schneller als meine. Allerdings bot die

Flucht vor dem, was ich für die Mafia hielt, nicht gerade die optimale Familienumgebung, die ich mir vorstellte.

„Ich habe eine Spritze."

„Oh, okay. Dann sind wir auf der sicheren Seite-"

„Was wäre, wenn nicht?"

Er erstarrte. „Fragst du mich, was passieren würde, wenn du schwanger wärst?" Seine Schultern sanken. „Das Leben, das ich jetzt führe, ist nicht das Leben, das ich für meine Kinder wollen würde."

„Aber du bist nicht grundsätzlich gegen eine Familie?"

„Technisch gesehen nicht. Ich hatte schon einmal eine. Es funktionierte, bis meine Arbeit dazwischenkam. Aber die Dinge sind jetzt ... anders. Chaotisch, schätze ich, ist das richtige Wort. Instabil. Die Trauer kommt zurück, wenn ich es am wenigsten erwarte, und das macht meinen Kopf kaputt, weißt du. Ich bin mir nicht sicher, ob ich es ertragen könnte, noch eine Person zu verlieren, die ich liebe."

„Es tut mir leid, dass du so sehr leidest, aber alles, was du fühlst, ist, weil du dich sorgst."

Ich wünschte, ich könnte den Kummer, den Schmerz und die Schuldgefühle aus seinem Körper entfernen. Ich berührte sein Gesicht mit meiner Hand. Die Stoppeln an seinem Kinn kratzten ein wenig, aber es war ein so guter Zeitpunkt wie jeder andere, um das Thema zu wechseln.

„Sieht aus, als bräuchtest du eine Rasur." Ich küsste entlang seiner Kieferlinie, bis ich seinen Mund erreichte. Er nahm mein Gesicht zwischen seine Hände und manipulierte meine Lippen. Seine Stoppeln kratzten an meinem Kinn.

Er griff unter Wasser und umfasste meine Scham. Meine Augen weiteten sich. „Rasieren später. Jetzt will ich dich zum Höhepunkt bringen und dann mit in mein Bett nehmen."

Ich wäre dumm gewesen, die warmen Schauer zu ignorieren, die durch meinen Körper fegten.

Gabe hob mich in einer schnellen Bewegung auf die Füße und

positionierte mich über seinem Mund. Wasser tropfte meinen Bauch hinunter, über meine Pussy und auf sein Gesicht, und ich hatte noch nie etwas Heißeres gesehen als einen Mann mit offenem Mund unter mir. Er hielt meine Beine auseinander, blickte zu meinem verblüfften Gesicht auf und bedeckte meine Pussy mit seinem Mund. Die Stoppeln an seinem Kinn kratzten an meinen Innenschenkeln. Meine Knie wurden weich, und ich sank tiefer. Seine Hände glitten zu meinem Hintern hoch, wo er seinen Griff festigte. Ich packte sein Haar mit meinen Fäusten. Bei jedem Strich attackierte seine Zunge diese empfindliche Stelle, während seine Finger vorne und hinten erkundeten, stießen und neckten. Ich wusste nicht, worauf ich mich konzentrieren sollte, aber sein Mund gewann die Oberhand. Die gezielten Lecken wurden intensiver. Ich drückte auf seinen Kopf, hielt ihn ruhig und zentrierte seinen Mund und seine Zunge auf die empfindliche Stelle, die kurz davor war zu explodieren, und er lieferte. Er saugte an mir, als wäre ich das beste Dessert des Jahrhunderts.

Ich zitterte in seinem Griff, als er beruhigende Lecken um meine Klitoris verteilte. Der Orgasmus ließ nach, und ich schaute nach unten. Die Besorgnis in seinem Gesicht jagte mir Schauer über den Rücken und weckte mich aus meiner Benommenheit.

„Was ist los?", fragte ich.

Gabe stand auf und half mir, aus der Badewanne zu steigen. Er wickelte einen Bademantel um mich und beugte sich für einen Kuss vor.

„Nichts ist los. Ich kann nur nicht glauben, dass ich dich so haben darf."

Ich wurde heiß. Der Gedanke an alles andere, was er mit mir in der Wanne anstellen könnte, sandte eine frische Welle der Lust zwischen meine Beine.

Er nahm ein Handtuch und wickelte es um seine Hüften.

„Was meinst du damit, du kannst nicht glauben, dass du mich so haben darfst? Du kannst mich haben, wie du willst, Mr. Silver."

Er runzelte die Stirn. „Ich meinte nichts damit."

„Es ist nur die Art, wie du es gesagt hast."

„Es war nichts."

Er machte drei lange Schritte, um mich einzuholen, und legte seine Hände auf meine Hüften. Mein Verstand vernebelte sich, und ich vergaß, was ich ihn fragen wollte.

„Was passiert zwischen uns?"

Mein Herz raste, als wollte es aus meiner Brust springen. Was auch immer geschah, ich hatte nicht erwartet, dass dieser One-Night-Stand sich zu etwas Mehr entwickeln würde, aber das hatte er. Und ich wusste nicht, wann es passiert war oder warum mein Körper nicht aufhören wollte zu zittern.

„Ich fühle mich so wohl bei dir, dass es mich manchmal erschreckt", sagte ich ihm.

Seine Brust hob sich mit dem nächsten tiefen Atemzug. Als er ausatmete, schien sich das Gewicht der Welt, das er auf seinen Schultern trug, zu erleichtern. „Wenn ich ehrlich bin, erschreckt es mich auch."

Ich keuchte auf. Es war dramatisch für mein übliches Selbst, aber die Atmosphäre des Moments und die Ehrlichkeit in seiner Stimme verlangten danach.

„Ich höre deine Sorge, Sam, und danke dir, dass du mit mir auf diese Reise gekommen bist. Du bist eine gute Freundin."

War das, was wir waren? Freunde? Denn es fühlte sich ganz sicher nicht so an. Obwohl Gabe Single war, fühlte es sich immer noch so an, als müsste ich um ihn kämpfen, und ich konnte nicht herausfinden, warum.

„Und du gehst mir nicht mehr aus dem Kopf."

Oh. Vielleicht hatte ich mich geirrt.

Er griff nach der Vorderseite meines Bademantels und löste den Knoten, den er Momente zuvor gebunden hatte. Der Stoff teilte sich zu den Seiten. Ich streifte ihn von meinen Schultern, und der Bademantel rauschte zu Boden. Gabes Hände fanden meine Hüften. Ich bekam überall eine Gänsehaut.

Er beugte sich vor und flüsterte: „Rebellin."

Mein Wimmern kam aus dem Nichts.

Er küsste meinen Hals und zog seine Lippen zu meinem Schlüsselbein. Seine Hand glitt zwischen meine Schenkel, als wäre es der einzige Ort, an dem er sich wohl fühlte. Meine Beine öffneten sich, und mein Kopf neigte sich nach hinten, als er mit meiner Scham spielte. Mein Verlangen kehrte wie eine zweite Welle zurück. Ich nahm sein Gesicht in meine Hände und küsste ihn sanft. „Du brauchst eine Rasur."

„Eine Rasur? Jetzt?"

„Jede zukünftige MzM-Verwöhnung verdient eine Rasur. Dein Bart kratzt."

Er knurrte.

Ich zog einen Stuhl aus der Ecke und stellte ihn vor den Spiegel.

„Was hast du vor?"

„Keine Fragen. Komm. Setz dich." Ich deutete auf den Stuhl und legte ein Handtuch neben das Waschbecken. „Mach es dir bequem."

Gabe gehorchte und streckte seine Beine nach vorne aus, die Arme verschränkt. Er wartete geduldig.

Ich öffnete die Schublade unter dem Waschbecken. „Aha! Ich wusste, ein Mann wie du würde ein Rasiermesser benutzen."

„Warte – ich weiß, wie man sich rasiert." Seine Stimme zitterte.

„Ich auch. Ich habe einem professionellen Barbier dabei zugesehen, wie er Hunderte von Männern rasiert hat, als ich Opa nach der Schule im Laden half."

„Aber du hast diese Männer nicht rasiert, oder?" Seine Augen fixierten die scharfe Klinge in meiner Hand.

„Vertraust du mir, Schatz?"

„Ja, aber-"

„Keine Widerrede." Ich drehte den Heißwasserhahn auf. Dampf stieg auf, und ich tauchte einen Waschlappen unter den

Wasserstrahl, wrang ihn aus und legte den heißen Stoff direkt unter Gabes Augen. Der Stuhl war perfekt eingestellt, sodass er sich zurücklehnen konnte, aber er setzte sich auf.

„Es wird die Bartstoppeln aufweichen", erklärte ich.

„Ich wollte gerade fragen, ob du das nackt machen willst?" Sein warmer Atem streifte meine Brüste.

Ich senkte meinen Blick auf seinen harten Schwanz und wieder zurück zu seinem Gesicht. „Auf jeden Fall."

Er seufzte und schloss die Augen.

Ich rührte den Rasierschaum in der kleinen Schüssel und mischte den Schaum. Gabe spiegelte sich ausgestreckt im Spiegel vor mir, fast nackt und verwundbar. Sein bereiter Schwanz ruhte auf seinem Unterbauch. Verlangen strömte in meinen Schoß. Der Drang, ihn zu berühren und zu streicheln, wuchs. Mir lief das Wasser im Mund zusammen, als ich mir vorstellte, ihn zu kosten.

„Genießt du die Aussicht?", öffnete Gabe ein Auge.

„Immer." Ich entfernte das Tuch von seinem Gesicht und war mir meiner harten Brustwarzen bewusst. „Jetzt entspann dich."

Ich trug den Schaum auf sein Gesicht auf, zuerst nach unten und dann in Kreisen, um die Bartstoppeln aufzuwirbeln, wie es mein Großvater getan hatte. Ich kam näher, vorsichtig, um keinen Fehler zu machen. Als Gabes Atem meine Brust wärmte, neckte ich ihn mit meiner Brustwarze und strich mit der Knospe über seine Lippe.

„Das erste Mal, dass ich so einen Service bekomme." Er nahm die Brustwarze in seinen Mund und verlängerte sie.

Lust rann meinen Bauch hinunter bis zu meinem erhitzten Kern. „Es gibt für alles ein erstes Mal." Widerwillig zog ich mich von Gabes zärtlichen, aber oh-so-ablenkenden Küssen zurück.

„Ich werde dich jetzt rasieren. Keine Ablenkungen mehr." Ich nahm das Rasiermesser in die Finger.

„Warte." Gabe packte mein Handgelenk, kurz bevor ich seine Haut berührte. „Du hast das schon mal gemacht, oder?"

„Ich hab's an meinen Ken-Puppen geübt." Ich zwinkerte.

Er stieß einen nervösen Atemzug aus und schloss die Augen.

„Lehn dich zurück und beweg dich nicht", sagte ich.

Ich straffte die Haut nach oben und zog die Klinge von unter seinem Backenbart die Seite seines Gesichts hinunter, mit dem Strich im gleichen Winkel, wie ich es bei meinem Großvater gesehen hatte. Langsam und gleichmäßig. Das Geräusch von Metall, das sanft über Gabes Haut schabte, ließ die feinsten Härchen an meinen Armen und im Nacken aufstehen. Meine Hand blieb ruhig. Die Bewegung meines Handgelenks fühlte sich natürlich an.

„Also, wie kommt es, dass jemand wie du Single bleibt?"

Seine Stirn runzelte sich, und ich zog die Klinge von seiner Haut weg.

„Das Leben. Die Arbeit. Die Bösen."

Den Teil mit dem Leben verstand ich. „Die Bösen?"

Er öffnete die Augen und sah in meine. Ich wartete, während er einatmete und dann wieder ausatmete.

„Meine Arbeit ist nichts für schwache Nerven. Sowohl meine Brüder als auch meine Cousins bleiben Single, weil man Fehler macht, wenn man sich bei der Arbeit um die sorgt, die man liebt. So einfach ist das."

Er schloss die Augen. Als er sie wieder öffnete, schwamm der Schmerz, den er in seinem Herzen trug, in seinen Augen.

„Es ist nicht deine Schuld", flüsterte ich. „Was auch immer in der Vergangenheit passiert ist. Es ist nicht deine Schuld."

Ich schluckte den Kloß in meinem Hals hinunter. Gabe schloss die Augen, und ich setzte die Rasur fort. Er rührte sich nicht; atmete nur gleichmäßig durch meine Züge. Die Anspannung in seinem Gesicht ließ jedes Mal nach, wenn ich die Klinge über das Handtuch auf seiner Schulter abwischte. Der Geruch seiner Haut und des Zitronen-Kiefern-Rasierschaums durchzog die Luft.

Als ich schließlich die Klinge im Waschbecken abspülte,

öffnete er ein Auge. „Du bist unglaublich." Seine entspannte Stimme hatte einen Hauch von Lust.

„Wusstest du, dass ich auch Haare schneiden kann?"

„Unglaublich." Er beugte sich für einen Kuss vor.

„Es freut mich, dass ich zur Abwechslung mal etwas für dich tun kann." Ich wischte den restlichen Schaum mit dem Handtuch von seinem Gesicht.

„Du überraschst mich jede Stunde aufs Neue, Samantha."

„Fast fertig." Ich drückte etwas Feuchtigkeitscreme und kühlende Lotion auf meine Handfläche und setzte mich auf Gabes Schoß, spreizte meine Beine über die Stuhlseiten und setzte mich rittlings auf ihn.

Während ich den Balsam auf sein Gesicht auftrug, wurde er unter mir hart. Als ich fertig war, glitten meine Hände zu seinen Schultern, und Gabe öffnete die Augen. Die silberne Farbe funkelte mit hellem Feuer.

„Ich liebe es, dass du so feucht und bereit bist", sagte er.

Ich kreiste mit meinen Hüften und spürte ihn tief in mir.

Ich drückte mich höher und griff zwischen seine Beine. Ich umschloss ihn mit meinen Fingern und streichelte ihn einmal, zweimal, dreimal und spürte, wie er in meiner Hand wuchs.

Gabes Mund fand meine Brüste und harten Brustwarzen. Er rollte die andere zwischen seinen Fingern, während er an der ersten Knospe biss, saugte und zog. Hitze floss von dort zwischen meine Beine, und ich zentrierte mich über ihm.

„Du schmeckst perfekt."

Meine Muschi kribbelte.

„Dreh dich um." Gabe half mir hoch und von ihm runter. Er setzte sich gerade auf den Stuhl, und mit einer Hand an meiner Hüfte und der anderen, die ihn selbst festhielt, führte er mich nach unten. Ich öffnete meinen Mund vor Erstaunen und senkte mich, nahm ihn in mich auf. Ich rollte meine Hüften in einem quälenden Rhythmus und schaute über meine Schulter zurück, beobachtete, wie sein Gesicht sich von Verlangen zu Lust und dann wieder zu mehr Verlangen verzog. Ich stützte meine Arme auf der Theke ab. Er rutschte ebenfalls nach vorne und hob seine Hände zu meinen Brüsten, umfasste sie. Unser Rhythmus erhöhte sich, und unsere Haut klatschte, bis er plötzlich innehielt.

Seine Atemzüge waren heiß und schwer.

„Samantha, steh auf."

Ich hörte auf, mich zu bewegen.

„Ich möchte deinen hübschen Hintern sehen."

Ich stand auf und lehnte mich nach vorne, über die Theke und dagegen, streckte meinen Hintern für ihn heraus und blickte zurück. „Ist das besser?"

Er stand auf, fluchte leise und drang mit einem geschmeidigen Stoß in mich ein. Sein Schwung brachte eine Flut von Glückseligkeit mit sich. Meine Brüste wackelten unter mir. Meine Schenkel drückten gegen die Kante, und ich stützte mich mit der Hand am Spiegel ab.

Gabes Hände blieben auf meinen Hüften. Er stabilisierte mich bei jedem Stoß, während seine Hoden gegen mich klatschten. Der feste Griff würde blaue Flecken hinterlassen, doch ich wollte, dass seine rücksichtslosen Angriffe als Erinnerung Spuren hinterließen. Nach drei Stößen hielt Gabe inne und zog sich schnell zurück.

Ein warmer Schwall rann meinen Rücken hinunter. Ich blickte in den Spiegel und sah, wie er die Augen schloss, als er sich ergoss. Die kleinsten Muskeln in seinem Gesicht zuckten vor Vergnügen.

Die Anspannung in seinen Schultern ließ nach. Er atmete aus, lächelte und öffnete die Augen.

Wenn Zufriedenheit ein Gesicht hätte, wäre es seines. Er nahm das Rasiertuch von der Theke und wischte meinen Rücken ab. Er säuberte die Stelle mit einem frischen Tuch. Die kreisenden Bewegungen belebten meinen schmerzenden Körper. Ich zuckte zurück, als seine Hand zwischen meine Beine glitt. Er hielt inne.

„Bist du verletzt?"

„Nein." Ich schüttelte den Kopf.

„Du hast gezuckt, als ich dich berührt habe. Vielleicht sollten wir ein paar Pausen einlegen? Ich möchte nicht, dass du verletzt wirst." Der Abstand zwischen seinen Augen verringerte sich.

Ich berührte mich zwischen den Beinen, wo das empfindliche Fleisch von dem Ansturm etwas geschwollen war. „Es brennt ein bisschen, aber es geht schon." Ich trat einen Schritt zurück.

„Hey, was ist los?" Gabe hob mein Kinn, damit ich ihm in die Augen sah.

„Mir geht's gut, Gabe."

„Samantha, dein Mund lügt, aber deine Augen sagen die Wahrheit. Sag mir, was los ist."

„Ich habe einfach Angst, dass das hier endet", platzte es aus mir heraus.

Die Wahrheit war, dass ich mich in ihn verliebte, aber ich wusste nicht, warum oder wie. Das Gefühl kam von innen. Ich brauchte ihn in meinem Leben, und ich hatte keine Ahnung, warum. Als hätte ich ihn in einem früheren Leben getroffen. Es machte mir Angst, wie schnell ich mich an einen Mann gebunden hatte, den ich vor weniger als zwei Wochen kennengelernt hatte.

„Warum sollte es enden?" Gabes Augen verdunkelten sich vor Sorge.

„Ich ... ich weiß nicht. Du bist ... älter und ... Single und ... naja ... Man nennt es nicht umsonst ‚unverbindlich'. Verbindlichkeit macht die Dinge kompliziert."

„Ich glaube, es ist ein bisschen zu spät, um die Verbindungen zu kappen, Samantha. Die Dinge ändern sich. Das Leben geht weiter, und ich möchte auf keinen Fall ohne dich weitergehen. Sobald sich alles beruhigt hat."

Er öffnete eine Schublade und nahm eine silberne Schachtel mit einer silbernen Schleife heraus.

„In der Zwischenzeit würde ich dir gerne das hier schenken."

„Was ist das?"

„Ein Geschenk."

Mein Herz klopfte, als ich an der Schleife zog und die Schachtel öffnete, die er vor mir hielt. Darin lag ein silbernes Charm-Armband auf einem Bett aus Wattebausch.

Ich keuchte auf – da lag der Anhänger mit meinen Initialen, der zwischen einer verspielten Schildkröte und einem Sonnenhut hing, den ich zu Hause verloren hatte. Es war das einzige Stück von mir, das ich von meinen leiblichen Eltern hatte.

„Wie ... Wie hast du das bekommen?"

„Ich habe es auf dem Boden in deinem Büro gefunden. Ich habe es in meine Tasche gesteckt, bevor der Polizist mich festgenommen hat. Die neue Kette ist stärker. Ich hoffe, es gefällt dir."

„Gabe, es ist wunderschön. Das ist das einzige Stück von mir, das ich aus der Zeit vor meiner Adoption habe. Ich dachte, ich hätte es verloren, aber ich liebe es. Danke." Ich streckte meine Hand aus, damit Gabe das Armband an meinem Handgelenk befestigen konnte. Ich bewegte mein Handgelenk im Licht. Jeder Anhänger hatte einen funkelnden Diamanten in seinem Design, und der Anhänger mit meinen Initialen S.C. war mit Platin überzogen. „Heißt das, du bist nicht sauer wegen des Bootes?"

„Natürlich bin ich nicht sauer wegen des Bootes. Ich denke, die bessere Frage ist, wie schnell du dich auf dieses Bett legen kannst, damit ich all diese Sorgen wegmassieren kann?"

„Was?"

„Du hast mich gehört. Leg dich hin." Er zeigte auf das Bett. Ich gehorchte, denn es wäre dumm, eine Massage abzulehnen, oder?

Mein Körper sank in die Laken, und mein Gesicht drückte sich ins Kissen. Ich seufzte, als er seine eingeölten Hände auf meine Schultern legte und in kreisenden Bewegungen massierte.

„Ich möchte nicht, dass du dir über so alberne Ideen wie das Ende unserer Beziehung Sorgen machst", flüsterte Gabe nach einer Weile. „Denn ich versichere dir, das wird nicht passieren, Samantha. Tatsächlich denke ich, dass das, was zwischen uns passiert, ernst ist. Sehr ernst."

Er setzte die Massage fort, bis ich einschlief. Das muss er getan haben, denn seine Hände, die über meine Haut strichen, fühlten sich wie Meereswellen an und waren das Letzte, woran ich mich erinnerte.

Wenn Zeit, Leben und Natur es zuließen, wäre ich jeden Tag auf einem Boot draußen. Ich griff nach dem Gashebel und schob ihn nach vorne, während ich mit meinem Zweisitzer auf die Familienyacht zuhielt. Julian hatte das Boot von Silver's Cove auf der anderen Seite der Insel herübergebracht. Heute Abend stand Sam eine Überraschung bevor, denn ich war fest entschlossen, ihr dabei zu helfen, ihre Ängste zu überwinden.

Manchmal fühlte es sich an, als wäre ich in einer glücklichen Vergangenheit gefangen. Und dann blinzelte ich und es war Sam, nicht Jo, die an der Kaffeemaschine stand und unser Morgengebräu zubereitete. Jedes Mal, wenn ich sie sah, sah ich Joanne. Und wenn ich Jo nicht sah, spürte ich sie definitiv in Sams Gesten und Manierismen. Wir hatten die letzten vier Tage zwischen Pool und Schlafzimmer verbracht, und jede Minute, die ich mit Samantha verbracht hatte, war meine liebste, während ich langsam in die Routinen meiner Vergangenheit zurückfiel.

Der Friedhof hatte mich in dem Moment in die Realität zurückgeholt, als ich Jos Grab sah. Während ich auf die verzögerten DNA-Ergebnisse wartete, ließ die ständige Sorge, die ich um Samantha hegte, nie nach.

Ich steuerte das Boot zur Seite der Yacht nahe dem Heck, und Julian begrüßte mich vom Oberdeck aus. Weiße Sonnencreme zierte seine Nase und die Partie unter seinen Augen. Er sah aus wie ein Clown, der versuchte, sich als sonnenbadender Football-spieler auszugeben.

„Schön, dich zu sehen!", rief er und winkte.

„Schön, dich auch zu sehen. Danke, dass du die Yacht herge-bracht hast." Ich machte das Seil fest und stieg an Bord.

„Jederzeit."

Ich hatte für heute Abend ein romantisches Dinner für Samantha geplant. Es würden nur wir beide sein, mitten auf dem Ozean unter den Sternen, mit einem anschließenden Überra-schungs-Schwimmen. Ich machte mich auf den Weg zum Ober-deck, wo Julian mit ein paar Leuten aus seiner Crew wartete.

„Nettes Make-up."

„Wir werden in ein paar Stunden Notizen vergleichen, nachdem deine Nase verbrannt ist."

Ich schnappte mir den Sonnencreme-Topf aus seiner Hand. „Gib mir etwas davon ab."

„Ich weiß nicht, wozu du die Käfige brauchst, aber ich werde nicht fragen."

„Das ist eine lange Geschichte." Ich legte die Tube beiseite und warf einen Blick nach unten, wo die Taucher einen Käfig unter dem Boot montiert hatten.

Nach einem langen Moment des Nachdenkens seufzte ich und schloss die Augen.

„Sam muss sich ihren Ängsten stellen. Sie scheint nicht viele zu haben, aber da wir auf einer Insel sind, dachte ich, es wäre eine gute Idee, sie im Wasser wohler zu machen."

„Kann sie schwimmen?"

„Ich habe sie im Pool beobachtet. Sie ist gut, aber sie ist ... sie ist sie und sie ist nicht sie. Weißt du?"

„Nein, das weiß ich nicht, und es sollte keine Rolle spielen. Es wird Zeit, dass du mal wieder mit jemandem ausgehst. In deinem

Kummer zu versinken, bringt dir nichts. Das klingt nach der perfekten Gelegenheit, die Trauer loszulassen."

Konnte ich das wirklich? War es tatsächlich möglich, mit einer Frau weiterzumachen, die mich an meine Vergangenheit erinnerte und gleichzeitig Teil meiner Gegenwart war?

Mein Mundwinkel zuckte. „Sie hatte heute ein Facetime-Gespräch mit ihrer Katze. Ich glaube, das ist das Einzige an ihr, was anders ist."

„Welche Sache?"

„Jo mochte Hunde, aber Sam hat eine Katze."

Er lachte. „Du weißt schon, dass man beides mögen kann, oder?"

„Katzen und Hunde?"

„Du kannst Papageien und Waschbären dazurechnen."

„Waschbären?"

„Ich hab's im Discovery Channel gesehen."

„Seit wann schaust du Discovery Channel?"

„Seit dem Tag, an dem ich Kendra kennengelernt habe."

„Was?"

„Es beruhigt."

Ich schüttelte den Kopf. Julians und Kendras Liebe zum Wilden und Gefährlichen hielt sie im selben Universum. Trotzdem war sein ‚beruhigend' mein langweilig. Aber es funktionierte für sie, und das war alles, was zählte. Je eher Julian ihren Fall abschloss, desto besser für Silver. Julian hatte Jahre gebraucht, um die Alterslücke zwischen ihnen zu überwinden. Ich hatte nicht mehr so viel Zeit übrig, um den Mist, den ich mein Leben nannte, zu ordnen. Nach Jos Tod dachte ich, mein Leben wäre vorbei. Doch Sam ließ mich fühlen, dass es möglich war, wieder alles zu haben.

„Sie könnte meine Tochter sein."

„Aber sie ist es nicht."

„Ich fühle mich nicht wie mein Alter, wenn ich mit ihr zusammen bin."

„Du bist nicht alt, und Frauen sind sowieso reifer als Männer. Das sagt zumindest Mom."

„Deine Eltern hatten es schon immer raus."

Er lachte. „Quatsch. Keiner hat den Durchblick. Weder du, noch ich, noch meine Eltern oder deine. Ist dieses Jahr nicht der Hochzeitstag von Teresa und Jacob?"

Es waren dreißig Jahre vergangen, seit meine Eltern an Weihnachten geheiratet hatten.

„Sie denken, wir hätten es vergessen, und sie sagten, sie gehen auf eine Kreuzfahrt." Ich kicherte.

„Wie willst du ihnen eine Party schmeißen, wenn sie weg sind?"

„Ihr Reisebüro wird von einem alten Kumpel von mir geführt. Er hat die Kreuzfahrt nicht gebucht. Sie werden am Flughafen zu einem Privatjet eskortiert, der sie zu ihrem Zielort bringt, wo die Familie schon warten wird."

Es war der perfekte Plan, den wir seit Jahren hatten, und es war der einzige Plan, über den wir im Haus nicht reden durften.

„Denkst du nicht, dass sie sauer sein werden, weil sie ihre Kreuzfahrt verpassen?"

„Nicht, wenn sie die Luxusyacht sehen, die ich gemietet habe."

„Cool. Warte mal – komme ich auch mit?"

„Wir kommen alle mit."

„Tropisch?"

„Jap."

„Gut. Es gibt nichts Besseres als Weihnachten in den Tropen."

Ein Platschen an der Wasseroberfläche lenkte unsere Aufmerksamkeit zurück zu den Tauchern.

„Das Tor sieht nicht gerade aus." Ich zeigte auf die Ecke des Käfigs.

„Lust auf einen Tauchgang?"

Ich grinste. Tauchen war eines meiner Lieblingshobbys, das ich zu Hause nicht oft ausüben konnte. Joanne war eine großartige Taucherin gewesen. Ihr Vater sagte immer, sie sei wie ein

Fisch im Wasser, und der Ozean würde sie stets zu sich zurückrufen. Jetzt sangen ihr die Wellen des Ozeans Nacht für Nacht ihr Lied.

„Ja, lass uns das machen. Wie geht's deinem Bruder?", fragte ich, während wir uns zum Heck des Bootes begaben, wo wir die Ausrüstung aufbewahrten.

„Er ertrinkt im Selbstmitleid."

„Du weißt, dass er nicht aufhören wird, bis er den Familiennamen reingewaschen hat."

„Du meinst, bis er den Familiennamen sauber halten kann?"

Ich stieß scharf die Luft aus. In den letzten Wochen hatte ich mich mit Sam und Kendra herumgeschlagen, während meine Cousins sich einem politischen Gegner stellten. Leider hatte dieser Gegner seine Tentakel wie ein Oktopus um Kendra geschlungen und hielt Silver Securities an der Gurgel. Das Mädchen hatte sich ihren Spitznamen ‚Ärger' an dem Tag verdient, als wir uns kennenlernten.

„Deine Eltern kommen morgen Abend an", sagte Julian.

„Was? Wann ist das passiert?"

„Nach ihrer dritten Runde Bourbon letzten Samstagabend mit Fred und Wilma. Hunter ist schon im Haupthaus."

Meine Tante und mein Onkel hielten jeden Monat einen Spieleabend für ihre Geschwister ab. Die Tradition war von den Familienpatriarchen, den Brüdern John und Jacob, begründet worden und hatte drei Jahrzehnte überdauert.

„Warte mal – kommen alle?"

„Was denkst du denn? Deine Mutter hasst die Kälte. Hier beginnt gerade die beste Jahreszeit."

Er hatte recht. Meine Mutter würde am liebsten am Äquator leben.

Die sengende Sonne brannte auf meine Stirn. Jenseits des Bootes ging der blaue Himmel nahtlos in den türkisfarbenen Ozean über. Die Sonne brannte durch meine dünne Schicht Sonnencreme, und Julians strategisch aufgetragene Sonnencreme-Streifen sahen nicht mehr lustig aus. Ich zog mich an und überprüfte die Sauerstoffmesser, während Julian dasselbe tat.

„Ich nehme dir Kendra für ein paar Tage ab", sagte Julian.

„Ernsthaft?"

„Ja, ich dachte, du könntest eine Pause gebrauchen. Und danke, dass du dich um mein Mädchen gekümmert hast."

„Ist sie dein Mädchen?"

„Verpiss dich. Jeder weiß, dass Kendra mir gehört."

„Jeder außer Kendra?"

„Es ist kompliziert."

War das Leben nicht immer kompliziert? Ich war zurück in Neuseeland auf der Heimatinsel meiner verstorbenen Frau, kämpfte darum, zwei Rebellen aus Schwierigkeiten herauszuhalten, und ertrank in meiner Vergangenheit. Ich sehnte mich danach, endlich mal in Ruhe mit Sam allein zu sein.

„Ich brauche Kendra gesund, und ich habe Schulden zu begleichen. Martinez hält Ausschau nach einem zweiten Arbeitgeber. Hartley zahlt nicht genug."

Manchmal fühlte es sich an, als hätten wir alle Schulden bei demselben Abschaum zu begleichen.

„Das ist schlecht für ihn und gut für uns, schätze ich."

„Es wird gut für uns sein, sobald er aus unserem Leben verschwunden ist."

Eine stärkere Windböe blies vorbei und brachte mich aus dem Gleichgewicht. Der Ozean wurde unruhig, und eine verirrte Welle schwappte herüber.

„Hast du in deinem Leben nichts gelernt?" Ich ließ etwas Luft aus dem Mundstück entweichen und verschloss es wieder. „Diese Mistkerle werden nie aus unserem Leben verschwinden."

Julians Schultern spannten sich an.

„Ich wünschte, es wäre alles vorbei. Ich wünschte, wir könnten die Zeit zurückdrehen-"

„Die Silvers haben das Richtige getan. Wenn du an ihrer Stelle gewesen wärst, hättest du dasselbe getan. Sie hatten keine Wahl, und niemand wusste, dass Kendra in ein Drogenloch fallen würde. Ihr verrückter Scheiß gerät außer Kontrolle, und dass wir uns mit Martinez herumschlagen müssen, ist nur eines der Probleme. Verdammt noch mal, sie hat Marges Boot in die Luft gejagt!" Ich warf die Hände in die Luft. „Weißt du, dass sie Sam und mir neulich einen Dreier vorgeschlagen hat?"

„Du weißt, dass sie das nicht ist."

„Du hast völlig recht. Sie ist es nicht – was bedeutet, dass du sie anketten musst, bevor sie in noch größere Schwierigkeiten gerät. Bring sie nach Hause, sperre sie ein und zwing sie durch eine Reha, die sie nie wieder in dieses Leben zurückkehren lassen will."

„Okay. Ich verstehe. Sie ist nicht sie selbst. Glaub mir, ich weiß das. Tristan arbeitet mit dem Kongress daran, den Fall abzuschließen. Es sollte bald so weit sein."

„Das haben sie das letzte Mal auch gesagt."

„Dieses Jahr. Die Firma hat eine Einladung von der DEA erhalten, mit einem Rauschgiftteam zusammenzuarbeiten." Julian überprüfte eine eingehende Nachricht auf seinem Handy.

„Silver Securities ist in den Jahren, seit wir Kendra als Klientin aufgenommen haben, sicher gewachsen. Wenn es nicht ihre Kooperation gewesen wäre, hätte das Unternehmen seinen Ruf zerstört. Wir haben verdammt noch mal alle von ihr profitiert, und zu welchem Preis?" Ich holte meinen Neoprenanzug aus seinem Fach.

„Da liegst du nicht falsch."

„Also werden wir etwas dagegen unternehmen?"

„Wir tun es. Nur zu langsam. Bist du bereit, deinen Hals noch ein bisschen länger für das Mädchen hinzuhalten?"

„Was ist das für eine bescheuerte Frage? Du weißt, dass ich das tun werde." Julian warf die Hände in die Luft.

„Aber ihr nicht sagen, dass du seit dem Tag, an dem du sie in diesem Zug gesehen hast, in sie verliebt bist?"

Er starrte mich mit offenem Mund an, als würde er einen Bibliothekskatalog aus den Achtzigern durchforsten.

„Das war eine rhetorische Frage."

„Sie war sechzehn und ich war sechsunddreißig. Wenn ich irgendwelche Annäherungsversuche gemacht hätte, wäre ich genauso gewesen wie der Pädophile, den wir zu fangen versuchten. Außerdem habe ich sie lange Zeit wie eine Schwester betrachtet, bevor, du weißt schon, all die Gefühle dazwischenkamen."

Ich überprüfte die Taucherbrille und passte die Bandbreite an. „Sie ist nicht mehr sechzehn."

„Einundzwanzig macht sie auch nicht viel älter oder weiser. Sie muss erst gesund werden. Wenn ich ihr sage, dass ich sie liebe, wird es sein, wenn sie nüchtern ist."

„Also schläfst du zuerst mit ihr, brichst ihr kleines Teenagerherz und wunderst dich dann, was schiefgelaufen ist?"

Ich hätte einen Schlag verdient, aber Julian verdiente die Wahrheit. Die Lösung für seine Probleme lag direkt unter seiner Nase, aber er konzentrierte sich stur auf ihren zwanzigjährigen Altersunterschied. Meine Oma sagte immer, jeder hätte Probleme. Riesige Probleme. Das Problem mit Kendra war, dass sie seit Jahren nicht nüchtern gewesen war und ihre Probleme wie Müll anhäufte.

„Danke, dass du Clara vorbeigeschickt hast. Sie war wie ein Falke. Sag ihr, sie soll sich ein paar Tage freinehmen, wenn du Kendra holst." Die Krankenschwester hatte sich ohne zu klagen um jeden Wunsch und jede Anforderung Kendras gekümmert.

„Wird gemacht. Ich bin sicher, alle werden die Pause zu schätzen wissen. Ich würde das Beste aus den paar Tagen machen, die du noch hast. Die Familie möchte bald ein Lagerfeuer am Hauptstrand machen."

Früher hätte ich ihm den Stinkefinger gezeigt. Familienzeit war einfach nicht mein Ding. Zumindest nicht seit Joannes Tod. Aber der neue ich, derjenige, der sich absolut verrückt in

Samantha Connor verliebt hatte, wollte irgendwie dieses Happy End.

„Du hast recht. Das werde ich. Und danke", sagte ich.

„Ich sollte derjenige sein, der dir dankt. Du hast Kendra mehr geholfen, als irgendjemand hätte verlangen können." Er griff hinter sich und zog einen Umschlag aus seiner Gesäßtasche. „Ich glaube, du hast darauf gewartet. Er kam bei uns zu Hause an. April dachte, du wärst an der anderen Küste."

„Du hättest es nicht früher erwähnen können?" Ich nahm ihm den Umschlag ab und merkte, dass meine Hand zitterte.

„Ich dachte mir, egal welche Antwort du bekommst, es würde nichts daran ändern, dass du an diese Frau gebunden bist."

Er hatte recht, aber die Ergebnisse konnten sicherlich Antworten auf jahrzehntealte Fragen liefern. Mit zitternden Händen riss ich den Umschlag auf. Mein Atem stockte, als ich Sams DNA-Ergebnisse las. Ihre Laborarbeit stimmte mit Charlizes überein.

„Scheiße...", stieß ich aus.

Ich wusste es. Ich kannte die Wahrheit in dem Moment, als ich Sam in der Gasse sah.

„Sie ist es", sagte ich ihm. „Sam ist Charlize."

„Perfektes Timing dann. Ich nehme dir Kendra ab, und das gibt euch beiden Zeit zum ... reden."

„Ja, danke. Warum habe ich das Gefühl, dass da noch ein Aber kommt?"

„Aber ich habe ein Überwachungsproblem auf der Yacht. Wenn du dir das ansehen könntest, bevor du gehst-"

„Natürlich werde ich das." Ich blickte über das Deck auf das einladende kühle Wasser. „Ich glaube, ich brauche diesen Tauchgang."

Obwohl nichts meine Gedanken von dem unvermeidlichen Gespräch ablenken konnte, das ich heute Abend mit Sam und dann mit Marge führen würde, würde mir ein Tauchgang etwas Zeit verschaffen und meinen Kopf frei machen.

„Sorg dafür, dass Sam abschließt, wenn du mit Kendra gehst. Ich bin nicht lange weg." Ich stellte die Sauerstoffflasche beiseite.

Julian fuhr mit seinem Schnellboot davon, aber die Unruhe wegen Sams wahrer Identität blieb tief in mir verwurzelt. Was würde sie von mir denken, wenn sie die Wahrheit herausfände? Sie musste gewusst haben, dass ich etwas vermutete ... oder? Die Wahrheit war, ich hätte es früher erwähnen sollen, aber wie sagt man einem Mädchen, das man gerade erst kennengelernt hat, dass sie wie die verstorbene Ehefrau aussieht? Man tut es nicht. Ich entschied mich stattdessen, mich in sie zu verlieben. Ich drehte meinen Kopf von einer Seite zur anderen und wieder zurück. Die Sonne brannte heiß, also holte ich mir ein Bier aus dem Kühlschrank und überprüfte die Überwachungsanlage. Die Störung war schnell behoben - ein defekter Stromkreis. Ich fragte mich, ob die Jungs kürzlich einen Stromausfall erlebt hatten. Ein Schalter fehlte, und ich müsste einen Ersatz aus der Garage zu Hause holen. Ich legte meine Ausrüstung an, nahm das Mundstück zwischen die Lippen und ließ mich rückwärts ins glasklare Wasser fallen.

Unter Wasser kämpfte die zweiköpfige Crew immer noch damit, die letzte Ecke zu reparieren. Ich schwamm hinunter und hielt ein Rohr fest, während sie die mittleren und oberen Stangen ausrichteten. Wir reparierten die letzte Käfigecke und befestigten die Lichter am Boden. Eine große Meeresschildkröte schwamm auf der anderen Seite des Käfigs vorbei. Ich beobachtete sie, bis sie in der Tiefe des Ozeans verschwand. Wir schwammen zur Oberfläche und testeten die hellen Lichter.

„Schmeißt du eine Unterwasserparty?", fragte ein Taucher. „Soll ich das Wasser mit Blut anlocken?"

„Das ist ein Nein zum Blut, und die Party wird nur für zwei sein."

„Also waren die Neuankömmlinge in der Stadt heute nicht deine Gäste?"

„Welche Neuankömmlinge?"

Das Geräusch eines Bootsmotors lenkte unsere Aufmerksamkeit über Bord. Dieses ungute Gefühl, das einen überkommt, wenn man ahnt, dass gleich eine böse Überraschung kommt, traf mich mit voller Wucht. Und als einer unserer Sicherheitsleute über Bord schrie, wusste ich, dass unser friedlicher Urlaub zu Ende war.

„Wir haben Martinez in der Stadt gesichtet! Und Ms. Connor."

Kapitel 12

Sam

Der Geruch von Speck und Eiern drang in meine Träume und weckte mich. Gabe hielt mich von hinten, so wie er es jeden Morgen seit unserer ersten gemeinsamen Nacht getan hatte. Und er schlich sich jede Nacht hinaus, nachdem ich eingeschlafen war. Ich wusste nicht genau, wohin er ging, aber ich hatte meine Vermutungen. Es brach mir das Herz, dass er dachte, er könnte seinen Schmerz nicht mit mir teilen. Dennoch war ich dankbar, dass er immer vor Sonnenaufgang zurückkehrte, um mich so am Morgen zu halten.

Sonnenstrahlen drangen zwischen den Fenstervorhängen hindurch. Ich wollte mich nicht bewegen. Zum ersten Mal seit langer Zeit lief alles gut. Die letzten wunderschönen, friedlichen Tage und Kendras bessere Stimmung waren genau das, was wir alle brauchten. So sehr ich meine Katze und meine Freunde auch vermisste, Neuseeland erfüllte sein Versprechen von Abenteuer, Sicherheit und Erholung.

Gabe regte sich hinter mir und presste sich gegen meinen Rücken. Meine Gliedmaßen kribbelten vor Wärme. Neue Schmerzen pulsierten durch meinen Körper, und ich wackelte mit den Zehen. Das süße Ziehen zwischen meinen Beinen erinnerte mich an Gabe in mir. Seine Mund-zu-Muschi-Verwöhnung brachte einen Orgasmus nach dem anderen. Gabes Erfahrung erwies sich als genau das, wonach ich mich gesehnt hatte.

„Du bist wach?"

„Ja." Ich streckte meine Arme über den Kopf.

„Gut, denn ich bin am Verhungern."

„Ich glaube, Clara kocht gerade." Ich drehte mich zu Gabe um.

„Das ist nicht das, worauf ich Hunger habe." Sein typisches Grübchen vertiefte sich in seiner Wange.

„Nein?" Ich öffnete meinen Mund, einen Moment lang verwirrt, aber die Lust in seinem Gesicht ließ mich nicht lange im Ungewissen, als er sich für einen Kuss näherte.

„Dieser freche Mund von dir bringt dich noch in Schwierigkeiten." Er tippte auf mein Kinn, bewegte sich langsam über meinen Körper und schwebte über mir. Er griff zwischen meine Beine. „Du bist immer noch feucht."

„Das passiert eben, wenn ein charmanter Mann mit Erfahrung in das Leben einer Frau tritt." Ich zwinkerte.

„Nennst du mich etwa alt?"

„Nein, ich nenne dich charmant und, nun ja... heiß, wenn ich ehrlich bin. Du machst mich an, Mr. Silver."

Das rollende Knurren aus seiner Brust war noch sexy als das einzelne.

„Nun, lass mich sehen, was ich dagegen tun kann." Gabe warf die Decke mit einer schnellen Bewegung beiseite und drehte mich auf dem Bett um.

Er ließ seine Hand über meinen Hintern gleiten, streichelte jede Kurve und neckte ein wenig tiefer, bis mein Becken sich instinktiv bei seiner Berührung neigte. „Heb deinen Hintern höher für mich. Geh auf die Knie", sagte er.

Ich tat, wie er verlangte. Ein plötzlicher Luftzug traf meinen Körper, aber die Wärme seines Atems, der meinen Hintern kitzelte, hielt meine Aufmerksamkeit auf den unteren Bereich gerichtet.

„Dein Hintern ist perfekt." Er küsste eine Seite, dann die andere. Er wiederholte die Küsse, jedes Mal näher zur Mitte meines Hinterns.

„Hat sich schon mal jemand um dieses Loch gekümmert?" Seine Lippen kitzelten meine Haut, als er sich immer näher an mein jungfräuliches Loch küsste.

Ich schloss meine Augen fest, als mein Gesicht heiß wurde. „Nein."

„Lass uns sehen, ob wir auch etwas MzM-Verwöhnung üben können."

MzA... Oh!

Seine Hände ergriffen meine Pobacken und teilten sie. Er zog seine Zunge von oben an meiner Spalte hinunter bis zum Rand meines Lochs, wo er mit der Zunge kreiste.

Oh Gott, das fühlte sich gut an!

Ich hätte nie gedacht, dass ich jemanden dort küssen oder lecken lassen würde, und doch waren wir hier. Und ich wollte mehr. Gabe liebkoste meinen Körper, als wäre wirklich jeder Zentimeter ganz und gar sein Eigentum. Die zarte Berührung seiner Zunge im Hinteren sandte Lust bis nach vorne. Während ich seinen Mund weiter oben haben wollte, brauchte ich ihn auch dort.

„Wir werden langsam daran arbeiten", sagte er zu meinem Hintern und drückte sanft seinen Finger in dessen Mitte.

Langsam?

Ich wollte nicht langsam; ich wollte hart und schnell, denn die wachsende Erregung unter seinem Mund zuckte nach vorne.

„Aber ich bin zu hungrig."

Ein urtümliches Knurren hallte aus seiner Kehle. Gabe glitt zu meinem feuchten Geschlecht. Er legte sich auf den Rücken und küsste zwischen meine Falten, sein Atem warm gegen meine Pussy.

Ich senkte mich auf seinen Mund. Er teilte die Spalte und leckte die Länge meines Schlitzes hin und her, bevor er auf der schwellenden Spitze verweilte. Ich drückte mich fester gegen seine leckende Zunge. Ohne Vorwarnung schloss er seinen Mund um die empfindliche Stelle und stieß meine Klitoris in einem unerbittlichen Rhythmus an. Mein Körper zuckte zusammen, und ich schrie, als seine Zunge den Orgasmus aus meiner Pussy zog. Die Krämpfe ließen mich erschöpft zurück, als Gabe seine MzM-Verwöhnung beendete.

„Das war so gut", sagte ich zwischen Keuchen. Meine Brust hob und senkte sich, und ich kämpfte darum, meine Lungen mit genug Luft zu füllen.

Gabe rollte sich auf die Seite. Er nahm mich in seine Arme und küsste meine Schulter. „Ich verspreche dir, später wirst du um mehr betteln. Aber jetzt muss ich meinen Cousin nach dem Frühstück treffen."

Ich drehte mich auf meinen Ellbogen und blickte in seine funkelnden blauen Augen, in denen das sexuelle Feuer zu einem wunderschönen Glühen verblasst war.

„Bleib bei mir. Sonst muss ich wieder meine Katze per Facetime anrufen." Ich schmollte und zog an seinem Arm.

„Clara wird heute hier sein. Und ich erwarte, dass Julian später vorbeischaut. Er möchte mit Kendra sprechen."

„Kendra war brav. Ich hoffe, er kann das sehen."

Ich wartete, aber Gabe gab mir keine Antwort. Er stand auf und ging ins Badezimmer, wo er die Dusche anstellte. Ich sprang schnell aus dem Bett, wickelte das Laken um meinen Körper und folgte ihm.

„Clara hat auch viel geholfen", begann ich. „Und wir kommen gut zurecht, wenn du mitten in der Nacht weggehst. Jede Nacht."

Ich wusste nicht genau, warum ich das gesagt hatte, aber es reichte aus, um ihn auf halbem Weg in die Dusche innehalten zu lassen.

„Es tut mir leid. Ich wusste nicht, dass du es wusstest."

„Ich würde es vorziehen, wenn du mir erzählst, was dich von einem warmen Bett und einem warmen Körper fernhält."

Er senkte den Kopf. Als er wieder aufblickte, hatten seine Augen den Funken verloren, den sie hatten, als ich in seinen Armen lag. „Ich weiß, du hast Fragen, und ich verspreche, bald Antworten zu haben. Sehr bald."

„Ich vertraue dir." Ich meinte wirklich, was ich sagte. Gabe hatte sich von diesem geheimnisvollen Barkeeper in einen noch geheimnisvolleren Überwachungs-Ermittler verwandelt, der nie aufhörte, mich zu überraschen. Wir hatten eine weitere Woche von der Arbeit freigenommen, aber ich wusste, dass es mir schwerfallen würde, dieses Paradies zu verlassen, das ich lieben gelernt hatte.

Als ich mir die Zähne geputzt und meinen Badeanzug, Shorts und ein Tanktop angezogen hatte, war Gabe geduscht und angezogen.

„Bereit fürs Frühstück?", fragte er.

Mein Magen knurrte. Bei all unseren nächtlichen Aktivitäten war es ein Wunder, dass ich genug Zeit zum Essen fand. Und es war ein Wunder, dass Gabe wach bleiben konnte.

„Ja, lass uns gehen", antwortete ich und hüpfte als Erste die Treppe hinunter und in die Küche.

„Guten Morgen", zwitscherte Kendra.

„Morgen. Wie fühlst du dich?"

„Clara hat mich mit Flüssigkeiten und grünen Mixturen gefiltert, die wie Kotze schmecken. Aber ich komme langsam wieder auf die Beine." Kendra musterte mich von unten bis oben. „Du strahlst wie ein Glühwürmchen."

„Ich weiß nicht, wovon du sprichst." Ich griff nach einem Muffin von einer köstlichen kohlenhydratreichen Platte und biss in die fruchtige, vanillige Oberseite. Er zerschmolz in meinem Mund, während Kendra über meine Abweisung lachte. Ihre Augen waren immer noch verschattet, und die Ränder waren jetzt rosa statt rot, aber sie sah besser aus.

„Was ist das?" Sie zeigte auf mein neues Armband.

Ich hüpfte auf den Küchenhocker und streckte meine Hand aus. „Ich hab's von Gabe bekommen."

Kendra untersuchte die Anhänger. „Sieht ... vertraut aus."

„Latte?", fragte Gabe.

„Ja, bitte." Ich drehte mich auf dem Stuhl und sah Gabe in die Augen. Seine Haare waren in einem perfekten Durcheinander.

„Sieht aus, als wärt ihr zwei beschäftigt gewesen." Kendras Tonfall senkte sich zu einer eindeutigen Anspielung.

„Geht dich nichts an, K." Gabe lächelte. „Schön zu sehen, dass es dir besser geht. Clara hat dir geholfen?"

„Hat sie." Kendra verdrehte die Augen. „Und es geht mich verdammt nochmal was an, wenn du meine Freundin vögelst."

„Kendra!", schrien wir und drehten uns gleichzeitig zu ihr um.

„Was?" Sie zuckte mit den Schultern. „Es ist ja nicht so, als wäre es nicht wahr. Ich hab euch mitten in der Nacht gehört. ‚Oh, Gabe! Ja! Bitte! Genau da!'"

„Kendra!", schrien wir wieder.

„Himmel." Ich verdrehte die Augen, schnappte mir einen Apfel und hüpfte vom Hocker. „Manchmal bist du schlimmer als ein Kind. Ich geh woanders essen."

Ich stürmte durch die Hintertür zum Pool und legte mich auf den Liegestuhl. Als ich in meinen Apfel biss, kam Gabe mit meinem Kaffee nach draußen. Er stellte ihn auf den Beistelltisch und setzte sich neben meine Beine. „Sie kann anstrengend sein."

„Jup. Das kann sie definitiv. Danke für den Kaffee."

„Gern geschehen. Es tut mir leid, dass ich euch beide verlassen muss, aber ich sollte nicht lange weg sein."

Ich nahm meine Beine von der Liege und setzte mich auf. „Du gehst schon zu deinem Cousin?"

„Er erwartet mich." Er sah auf seine Uhr. „Und ich mochte nicht zu spät kommen. Sei brav und stell nichts an."

„Ich bin keine Zwölf mehr." Ich verdrehte die Augen.

Er sprach mit der falschen Person. Ärger war Kendras Spitzname, nicht meiner.

„Das bist du nicht, aber Kendra benimmt sich so." Gabe beugte sich vor und gab mir einen Schmatz auf die Lippen. „Ich muss noch etwas erledigen. Ich bin bald zurück."

Gabe holte eine Tasche aus der Garage und ging den Weg zum Strand hinunter. Er war weg, bevor ich merkte, dass er das Boot nahm. Der Motor dröhnte vom Ufer her.

„Er trifft sich mit Julian", erklärte Kendra, als sie durch die Terrassentür nach draußen kam.

„Oh. Woher weißt du das?"

„Julian hat mir eine Nachricht geschickt."

Richtig. Ich war so beschäftigt mit Gabe und Sex und noch mehr Gabe und Sex gewesen, dass ich meiner Freundin nicht so viel Aufmerksamkeit geschenkt hatte, wie ich es hätte tun sollen. Ich biss in meinen Apfel, als Kendra kam und sich zu mir in den Garten gesellte. Sie stellte ihren grünen Smoothie auf den Tisch und setzte sich auf den Liegestuhl neben mir.

„Hey, hör mal. Ich brauche vielleicht einen kleinen Gefallen."

Ihre Worte jagten mir einen Schauer über den Rücken, und ich bereute es definitiv, Kendra nicht so viel Aufmerksamkeit geschenkt zu haben, wie ich es hätte tun sollen.

„Ich fürchte mich davor zu fragen."

„Sei es nicht. Es sind eigentlich gute Nachrichten."

„Kendra, bevor du anfängst, sollte ich dir sagen, dass Gabe und ich-"

„Einander lieben. Ich weiß."

„Nun, ich würde nicht Liebe sagen."

„Ich schon, weil es wahr ist."

Könnte es Liebe sein? So schnell? Ich blickte zum Horizont. Je mehr ich mir Sorgen um ihn dort draußen machte, desto stärker schmerzten mein Herz und mein Kopf. Ich drückte meine Finger an meine Schläfen. Ich konnte mich jetzt nicht auf Was-wäre-wenns konzentrieren. „Hast du gesagt, du brauchst einen Gefallen?", fragte ich.

„Richtig. Hab ich." Sie biss sich auf die Lippe. „Ich habe den Deal mit Martinez klargemacht."

Ich spuckte den Apfel aus und hob meine Hände in die Luft. „Ich will es nicht wissen! Ich. Will. Es. Nicht. Wissen."

„Aber du musst, weil du die Einzige bist, die uns retten kann." Sie wedelte mit ihren Armen wie mit Propellern. Natürlich war ich ‚die Einzige, die uns retten konnte', denn in Kendras Sprache bedeutete das, dass ich ihr bei der Arbeit helfen konnte, die sie nicht machen konnte.

„Ich sage mal, das ist Bullshit, K."

„Nun, offensichtlich würde ich es tun, wenn ich könnte, aber ich kann mit dem Armband nicht aus dem Haus, richtig?" Sie zeigte auf das metallene Accessoire an ihrem Knöchel. Sie lockte mich. Ich wusste, dass sie das tat, denn das war Kendras Art, und bevor ich es wusste, war ich auf halbem Weg zurück von unserer gescheiterten Reise nach Vegas.

„Aber du kannst." Sie lächelte.

Ich seufzte. „Ich kann was?"

„Ich habe ein paar Anrufe getätigt. Ich habe das Geld, um zu bezahlen. Alles, was du tun musst, ist einen kleinen Umschlag mit Anweisungen und einer Liefergebühr zu einem Jungen in einem beliebten Café in der Stadt zu bringen. Du solltest die Schlange am frühen Nachmittag sehen. Es ist verrückt. Sie haben das leckerste lokale Essen. Der Laden macht nie Siesta. Jedenfalls wird ein Junge, etwa zwölf Jahre alt, kommen und den Umschlag abholen. Ich schicke dir vor seiner Ankunft ein Bild von ihm, damit du weißt, dass er es ist. Das ist alles."

„Ein Junge?"

„Ja. Einfach, oder? Und dann ist alles vorbei. Kein Martinez mehr, und wir können alle mit unserem Leben weitermachen."

Ich verschränkte meine Arme vor der Brust und beharrte: „Nein."

„Komm schon, Sam. Du bist meine einzige Hoffnung."

„Mit Star Wars-Zitaten kommst du hier nicht weiter."

„Vielleicht das hier." Sie rannte auf mich zu, öffnete ihre Arme und warf sich über mich auf den Liegestuhl, bis er fast umkippte. Sie klimperte mit ihren Wimpern, die mich anscheinend davon überzeugen sollten, einem krummen Kind einen Umschlag zu übergeben. Keine große Sache. Dann flüsterte sie, als wüsste sie, dass köstliche Desserts der Weg zu meiner Seele waren: „Ich habe Waffelröllchen mit Cremefüllung gemacht."

Mir lief das Wasser im Mund zusammen.

„Die passen super zu Kaffee." Sie grinste.

„Waffelröllchen mit Cremefüllung passen verdammt gut zu allem."

Sie lachte. „Ich bring welche rüber. Wir gehen schwimmen. Wenn die Jungs sich treffen, haben wir den ganzen Tag."

Kendra eilte in die Küche und brachte ein Tablett voller Waffelröllchen mit Cremefüllung. Wir stopften uns voll und anstatt zu schwimmen, lagen wir die nächste Stunde auf Poolnudeln. Kendra drehte sich um, schob ihre Sonnenbrille auf den Kopf und spritzte etwas Wasser in meine Richtung.

„Hey! Hör auf damit!"

„Also, denkst du, du kannst es tun? Ich bezweifle, dass Gabe vor der Nacht zurück sein wird."

Im Ernst?

„Ich weiß nicht, Kendra. Es klingt zu einfach. Können wir es nicht einfach sein lassen?"

„Es klingt einfach, weil es einfach ist, und nein. Wir können es nicht einfach sein lassen. Wenn wir es sein lassen, werden sie uns holen. Glaub mir, ich weiß es. So haben sie Joanne gekriegt. Sie kommen mit Waffen und so. Große Waffen. Dem Jungen einen Brief zu geben, würde all das vermeiden."

„Das überzeugt mich nicht gerade, dir zu helfen."

Sie erstarrte. „Warte, du meinst wirklich, es gibt eine Möglichkeit? Du wirst es tun?"

„Ich weiß nicht."

„Bitte? Du triffst dich nur mit einem zwölfjährigen Jungen. An einem sehr öffentlichen Ort. Niemand wird es je erfahren."

„Ich habe dir vertraut, als du mir diese Pille im Club gegeben hast. Ich mache diesen Fehler nicht noch einmal. Wo ist Clara?", fragte ich.

„Frei. Ich weiß nicht warum, aber sie hat eine Notiz hinterlassen und ist einfach ... gegangen." Sie zuckte mit den Schultern. Wenn Kendra mit den Schultern zuckte, bedeutete das Ärger; aber dann lenkte das Geräusch eines Bootsmotors unsere Aufmerksamkeit in Richtung der Bucht.

Ich atmete erleichtert aus. „Ich schätze, Gabe ist zurück."

„Verdammt nochmal!" Kendra schlug mit der Hand aufs Wasser. Ich tat mir leid für sie. „Es hätte alles vorbei sein können! Ich hatte alles vorbereitet!" Sie zeigte auf den Tisch unter der Markise, wo ein weißer Umschlag unter einer Blumenvase festgeklemmt war.

Der Motor verstummte, und Momente später wurde das Echo von knirschenden Steinen auf dem Weg lauter. Nur war es nicht Gabe, der uns überraschte.

„Julian?" Kendra senkte ihre Sonnenbrille und sprang von ihrer Poolnudel ins Wasser. „Was zum-"

„Bevor du anfängst, lass mich erklären. Ich nehme dich für ein paar Tage mit, um die Dinge ... zu klären."

Kendra watete durchs Wasser zu den Stufen und sagte: „Okay."

„Okay?", antworteten wir gleichzeitig.

Sie setzte sich an den Rand des Pools. „Ja, okay. Ich komme mit, aber du musst das hier abmachen." Sie wackelte mit ihrem Fuß.

Julian nickte, holte etwas aus seiner Tasche, kniete sich vor sie und drehte das Schloss am Verschluss, wodurch er Kendra befreite.

„Beim nächsten Mal, wenn du mir einen Ring anlegst, hoffe ich, dass es die richtige Sorte ist." Sie zwinkerte.

Julian ignorierte ihren Kommentar und wandte sich mir zu. „Ich bin Julian Silver. Gabe erledigt ein paar Dinge für mich." Er deutete in Richtung Ozean, wo ich vermutete, Gabe zu finden.

„Schön, Sie kennenzulernen. Samantha Connor."

„Ja, Sie sind definitiv sie." Seine seltsame Antwort ließ mich innehalten.

Während Kendra aus dem Pool stieg und sich in einen Bademantel hüllte, starrte Julian mich weiterhin an, als hätten wir uns schon einmal getroffen.

„Ich habe Clara ein paar Tage freigegeben", sagte er.

Das erklärte die Notiz, die Kendra gefunden hatte.

„Wir können hier warten, bis Gabe zurückkommt, oder-"

„Geht ihr nur." Ich winkte ab. „Ich komme schon klar. Gabe sollte bald zurück sein. Außerdem werde ich die Alarmanlage einschalten, und das Anwesen ist sicher. Stimmt's?"

„Natürlich ist es das. Einen schönen Tag noch."

Kendra winkte, bevor sie um die Ecke zur Auffahrt bog. „Vergiss nicht, aus der Sonne zu gehen. Unter der Laube gibt es wunderbaren Schatten." Sie zeigte auf den Tisch, wo der Brief wartete. „Wir sehen uns in ein paar Tagen, Sam!"

Geschickt.

Als wäre ich durch ihre Warnung daran erinnert worden, spannten sich meine Schultern an, und mir wurde bewusst, dass ich halbnackt in der sengenden Sonne brannte. Ich schwamm zwei Runden, um mich abzukühlen, und setzte mich dann auf einen Liegestuhl, den Blick auf den Brief gerichtet, den Kendra auf dem Tisch hinterlassen hatte. Ich konnte hier ganz allein schmollen und warten, bis Gabe wer-weiß-wann zurückkäme, oder ich konnte meine Zeit sinnvoll nutzen und Kendras Dilemma ein für alle Mal aus der Welt schaffen. Ich wäre zurück, bevor Gabe wiederkäme. Ich schnappte mir Kendras dämlichen Brief, zog mich an und ging zur Garage mit den drei geparkten Autos. Mit einem Schlüsselbund in der Hand drückte ich auf den Knopf. Die Lichter des Miata Cabrios blinkten.

„Glückwunsch! Du bist heute der Gewinner", sagte ich zu dem Auto.

Ich stieg ein und setzte mich auf den Ledersitz, froh darüber, dass es ein Automatikgetriebe hatte und der Tank voll war. Sobald der Motor schnurrte, rollte ich aus der Garage und fuhr langsam die Auffahrt entlang. Der Sensor öffnete das Vordertor, und zum ersten Mal seit Langem fühlte ich mich völlig allein und nervös. Ich hielt das Auto an und drehte mich um, um zu sehen, ob mir tatsächlich Zweifel folgten. Die geschwungene Straße und die Bäume, die den Weg säumten, versperrten die Sicht.

„Jetzt oder nie." Ich umklammerte das Lenkrad, legte den Gang ein und bog auf die Straße ein. Ich folgte dem Navigationsgerät. Innerhalb von zehn Minuten verschwanden die üppig grünen Bäume, und der Horizont verwandelte sich in sanfte Hügel. Dahinter breiteten sich niedrige Gebäude mit roten Dächern in gleichmäßigen Reihen aus. Ein Schild am Straßenrand zeigte den Namen einer Stadt an. Die Sonne schien direkt über mir und verbrannte meinen Kopf, und ich wünschte, ich hätte einen Hut aufgesetzt.

Fünf Minuten später tauchte die Stadt hinter den sanften Hügeln auf. Ich schlängelte mich durch die Straßen und parkte an einem Brunnen auf dem Stadtplatz. Ich überprüfte die Adresse auf dem Umschlag von Kendra. Das Café war auf der anderen Straßenseite. Ich gähnte, und der Duft von Kaffee schwebte zu mir herüber, als würde er mich rufen. Ich wühlte im Handschuhfach nach Kleingeld. Stattdessen fand ich fünf Hundert-Dollar-Scheine in neuseeländischer Währung. Ich nahm einen Schein und stieg aus dem Auto.

Ich ging direkt zur Schlange vor dem Café und hoffte, dass Kendra mir bald das Bild des Jungen schicken würde. Sie hatte recht; die Schlange war lang, und ich konnte es kaum erwarten, in den schattigen Bereich vorzurücken. Einen Moment später pingte mein Handy mit dem Bild eines jungen Jungen in einem gestreiften Hemd, einer Cargohose und einer beigen Kappe.

Ich sah auf, und das Ebenbild dieses Bildes stand neben mir und starrte mich an.

„Du hast einen Umschlag für mich?", fragte er.

„Ja, habe ich."

„Komm schon. Komm schon. Mach schnell." Er streckte seine Hand aus und machte eine auffordernde Geste.

Ich verglich noch einmal das perfekt übereinstimmende Bild und gab ihm den Umschlag. Er stopfte ihn in die tiefe Tasche seiner Cargohose und wandte sich zum Gehen.

„Weißt du, wo ich so eine Kappe bekommen kann?", fragte ich. „Es sieht nach einem heißen Tag aus."

„In Neuseeland ist es immer ein heißer Tag. Da drüben gibt's einen Laden." Er zeigte in eine Richtung, und ich drehte mich um, um nachzusehen.

„Dein Akzent ... der ist nicht aus Neuseeland." Als ich mich wieder umdrehte, sah ich, wie er in der Menge verschwand. Ich schaute mich um und betrachtete die Normalität des Tages, dann atmete ich erleichtert aus.

„Das war's?", sagte ich zu mir selbst und ließ langsam das Lächeln auf mein Gesicht zurückkehren. „Das war's."

Kendra hatte recht. Es war einfach.

„Na klar. Zu schön, um wahr zu sein." Ich griff nach dem Geld in meiner Tasche und versprach, es Gabe zurückzuzahlen, dann ging ich auf die andere Straßenseite, um einen Hut zu kaufen.

Der Bürgersteig strahlte Hitze aus. Ich setzte meine Sonnenbrille ab und bahnte mir einen Weg durch die Menge zur anderen Straßenseite. Der Duft von frischem Gebäck, Obst und Gemüse wehte aus den überfüllten Läden in der Nähe herüber. Einige Kleiderständer schmückten den Gehweg vor einer Boutique, und eine gestapelte Pyramide aus Sonnenhüten krönte den Ständer.

„Perfekt." Ich trat näher und griff mir den obersten Hut, dann drehte ich mich zur Wand mit dem Spiegel. Der Hut schmiegte sich über meinen Kopf. Links vom Spiegel fiel mein Blick auf ein

Gestell mit Sonnenbrillen, Schlüsselanhängern und Armbändern. Ein Ventilator am Eingang blies durch mein klebriges Haar, und ich drehte es zu einem Dutt, während mein Blick auf einer Auswahl von Anhängern ruhte.

Ich hielt meine Hand zum Vergleich davor.

„Das ist unmöglich", flüsterte ich. Sie waren gleich, nur dass Gabe meinen in Silber gefasst hatte.

„Möglich."

Ich blickte auf und erkannte Martinez hinter mir im Spiegel. Der starke Akzent jagte mir einen Schauer über den Rücken, und meine Instinkte übernahmen die Kontrolle. Ich drehte mich um und rammte ihm mein Knie mit aller Kraft in den Schritt. Er klappte zusammen. Ich ließ den Hunderter für die Kassiererin liegen, schnappte mir statt des Sonnenhuts eine Kappe und rannte hinaus. Ich rannte. Schneller als je zuvor. Durch die Menge. Zwischen den Leuten hindurch. Mein Leben hing davon ab. Vielleicht wirklich. Irgendwann krachte ich in einen Obststand, erholte mich aber genauso schnell wieder.

Wo ist mein Auto?

Mein Kopf drehte. Ich wirbelte herum. Da! Martinez. Er holte auf. Panik. Atemnot. Weiterrennen. Herz rast. Beine brennen. Keine Zeit zum Denken. Ich trieb meine Füße härter in die entgegengesetzte Richtung. Während ich gegen Leute stieß und mich entschuldigte, verkürzte sich der Abstand zwischen uns. Konnte ich ihm davonlaufen? Was, wenn nicht?

Die Straßen wurden enger, und einige endeten in Sackgassen. Eine falsche Abzweigung und ich wäre gefangen. Ich bog nach rechts ab. Jemand packte mich. Eine große Hand bedeckte meinen Mund und meine Nase. Zigarettengestank brannte in meinen Nasenlöchern. Ich versuchte, mich aus dem Griff zu winden, aber meine Bewegungen zwangen ihn nur, fester zuzupacken.

„Wenn du versuchst zu fliehen, schneide ich dir die Kehle durch."

Seine Drohung klang vielversprechend. Mein Puls raste. Ich schnappte zwischen seinen stinkenden Fingern nach Luft.

„Wo versteckt sich deine Freundin?", knurrte er. „Ich werde deinen Mund loslassen, aber bei einem Laut schicken wir dich in einem Paket nach Hause."

Er lockerte langsam den Griff über meinem Mund.

„Lass mich los." Ich atmete ein.

Der Geruch seines Schweißes ließ mich würgen, und ich bereute es, etwas gesagt zu haben. Er packte mich mit einer Hand in den Würgegriff, während seine 25 Zentimeter lange Klinge in der anderen Hand in der Sonne glänzte.

„Wo. Ist. Kendra?", zischte er durch zusammengebissene Zähne.

Ob ich es ihm sagte oder nicht, er würde mich töten. Martinez hatte keine andere Wahl. Ich war wertlos für ihn. Aber eine Verräterin sein? Niemals im Leben. Eher würde ich sterben. Ich schloss die Augen und hoffte, mich an etwas aus meiner Studienzeit und dem Selbstverteidigungskurs der Campus-Security zu erinnern. In einer Bewegung rammte ich Martinez den Ellbogen in den Bauch und trat mit dem Fuß nach hinten, traf ihn zum zweiten Mal in den Schritt.

Er ließ sein Messer fallen. Das Klirren hallte durch die Gasse. Martinez heulte vor Schmerz auf. Ich sah nicht zurück und hoffte, ich hätte mir genug Zeit erkauft, um zu fliehen. Ich schlängelte mich auf die belebte Straße und verlor mich in der Menge. Als ich zurückblickte, war Martinez aus der Gasse heraus und suchte die Straße ab. Ich eilte dorthin, wo ich Gabes Miata geparkt hatte. Als ich das Auto endlich sah, erstarrte ich.

Zwei Männer warteten daneben. Sie stachen in der tropischen Menge mit ihren Jeans und langärmligen Sweatshirts hervor. Einer von ihnen hielt ein Handy ans Ohr, und er sah nicht freundlich aus.

Hinter mir, obwohl er mich noch nicht gesehen hatte, kam Martinez näher.

Ich bog rechts in eine Gasse ab, aber es war eine Sackgasse. Bevor ich umkehren konnte, zog mich jemand zur Seite und bedeckte meinen Mund und meine Nase. „Pst, nicht bewegen", flüsterte eine weibliche Stimme in mein Ohr. Als sie losließ, überkam mich Erleichterung. Ich drehte mich in Zeitlupe um und erkannte die Hummelbrille und einen Sonnenhut, der groß genug war, um uns beide zu beschatten.

Sie legte ihren Finger auf die Lippen und tippte schnell etwas in ihr Handy. Sie drehte sich um und griff dringend nach meiner Hand, ließ dann aber los, als hätte sie sich verbrannt.

„Folgen Sie mir."

Ich beeilte mich, ihr zu folgen, als sie mich durch eine Tür führte, die von einer Cola-Dose offengehalten wurde. Sie kickte sie weg, und ich folgte ihr in ein anderes Gebäude. Die Tür schloss sich hinter mir. Der Geruch von frischem Brot erfüllte eine Bäckerei.

„Mary, Sie haben uns hier nicht gesehen", sagte die Frau zu einer älteren Frau in einer Schürze, die wie eine Bäckerin aussah.

„Natürlich nicht, Frau Summers."

Der Name weckte eine Erinnerung an die Frau vom Flughafen. Ich folgte ihrem großen Sonnenhut nach hinten. Wir hatten gerade die Toiletten passiert, als sich die Vordertür öffnete. Die Frau huschte hinter einen Vorhang und zog mich in eine Speisekammer voller Zucker- und Mehlsäcke. Pures Adrenalin pumpte durch meine Adern.

„Pst." Sie legte ihren Zeigefinger auf ihre Lippen.

„Wenn ich sie finde, werde ich sie Zentimeter für Zentimeter aufschlitzen", schwor Martinez auf Spanisch.

„Begrab sie lebendig. Wie die andere", sagte jemand anderes. Es klang, als stünden sie in Armeslänge vom Vorhang entfernt. Die Frau neben mir begann zu zittern, also nahm ich ihre Hand in meine und hielt sie fest.

„Beeil dich mit deinem Geschäft", warnte Martinez.

Sie gingen beide ins Bad, und ich atmete aus.

„Kommen Sie." Die Frau zog den Vorhang weg und führte uns weiter in den hinteren Teil der Bäckerei.

Wir eilten zwei Treppen hinauf, und sie stieß eine Metalltür auf. Ich bedeckte meine Augen vor der hellen Sonne.

„Wir sind auf dem Dach?", fragte ich.

„Los geht's." Sie stürmte vorwärts, und ich folgte ihr wie ein Welpe seiner Mutter, direkt über den schmelzenden Teer. Meine Sandalen sanken in die erhitzte Schicht schwarzen Teers ein. Alle paar Schritte klebten die Sohlen länger am Dach fest. Der Wind blies, und ihr Sonnenhut flog mit einer starken Böe davon. Ihr goldenes Haar ergoss sich zu den Seiten. Sie drehte sich kurz um, um einen Blick auf mein verwirrtes Gesicht zu werfen, als ich auf die Lücke zwischen den Gebäuden vor uns zeigte.

„Ich ... ich kann nicht."

Das Dach auf der anderen Seite einer schmalen Lücke war niedriger als das, auf dem wir standen. Die Sonne blendete. Der Teer klebte an meinen Schuhen. Jeder Schritt war eine Qual. Aber ich musste weiter. Die Frau rannte zur Kante und sprang hinüber, wobei sie mir zuwinkte. „Beeil dich!"

Ich sprang mit aller Kraft nach vorne und katapultierte mich über die Gasse. Zu meiner Erleichterung landete ich sicher auf der anderen Seite und folgte der Frau zu einer weiteren Häuserreihe. Sie kauerte sich am Ende hin und streckte ihren Arm aus. „Ich lasse dich zum ersten Stock hinunter. Gabe wird dich von dort aus auffangen."

Mich auffangen?

Sie wartete nicht auf meine Antwort. Stattdessen packte sie meinen Arm und legte sich auf die heiße Oberfläche.

„Was ist mit Ihnen?", fragte ich, während ich mich langsam zur Kante bewegte.

„Ich bin nicht diejenige, die sie wollen. Und ich habe Schutz." Sie deutete auf das Holster an ihrem Oberschenkel. „Ich werde es benutzen, wenn ich muss, aber ich bin nicht diejenige, hinter der sie her sind. Es wird für mich einfacher sein, alleine wegzuschleichen. Jetzt geh. Halt dich an meinem Arm fest. Gabe wird unten sein."

„Danke", sagte ich zu ihr und ließ mich an ihrem Arm hinunter. Als ich vom Dach hängend darauf wartete, dass Gabe wie durch Zauberhand in der Gasse unter mir auftauchen würde, blickte ich noch einmal nach oben. Eine stärkere Windböe blies der Frau die Hummel-Sonnenbrille vom Gesicht. Ihr Haar wirbelte um ihr Gesicht, und vertraute blaue Augen starrten mich verwirrt an.

Ich keuchte auf und ließ ihre Hand los. Ihre wunderschönen, vertrauten Augen waren das Letzte, woran ich mich erinnerte.

Ich beobachtete, wie Sam Marges Hand losließ und wie in Zeitlupe fiel. Ich stürzte mich über die Straße, streckte meine Arme aus und fing sie auf, bevor sie auf dem Pflaster aufschlug.

„Warte da! Ich komme!", schrie Marge.

„Wir müssen uns trennen, Marge. Das ist sicherer so!"

Ich wusste, dass sie damit nicht einverstanden sein würde. Es dauerte nicht lange, bis sie die Notfalltreppe um die Ecke herunter war. Sie erreichte mich, bevor ich Sam im Auto untergebracht hatte. Sobald die Bedrohung vorüber war, würde Marge den Miata zu ihrem Haus fahren.

„Sie ist meine, Gabe. Oder?", beschuldigte sie mich. Ich sah es in ihren Augen und in ihrem Gesicht. „Herrgott, weißt du, wie schwer es war, Charlize nicht in meine Arme zu nehmen?"

„Sie heißt Samantha, und ich habe es ihr noch nicht gesagt."

„Ich brauchte keinen DNA-Test, um die Wahrheit zu erkennen. Ich meine, sieh sie dir an!"

„Ich weiß, Marge. Ich weiß. Aber du musst warten, bis ich es ihr sagen kann. Heute Abend... Es gibt Dinge, die ich erklären muss-"

„Unter einer Bedingung." Sie hob ihren Finger. „Diesmal bringst du meine Tochter lebend zurück."

Ich warf einen Blick zurück auf Samantha.

„Das werde ich. Ich verspreche es. Du solltest besser gehen, bevor sie aufwacht. Sei vorsichtig und melde dich bei mir, wenn du zu Hause bist."

Marge eilte zu ihrem Auto, und ich sprang in meins. Ich ließ die Gauner hinter mir, nahm die erste Straße aus der Stadt und folgte einem privaten Weg zu einem Strand. Die Bäume öffneten sich zu einer Bucht, wo ich das Auto parkte und Sam aufwachte.

„Gabe? Wo sind wir?"

„Nah an zu Hause. Wir warten auf unsere Mitfahrgelegenheit."

„Was ist passiert? Was ist mit dem Miata?", fragte sie.

„Ich lasse ihn später zurückbringen."

Ihre Augen weiteten sich im Nu. Ihr Haar hatte sich aus dem Dutt gelöst und klebte an ihrer Wange. Ich beobachtete, wie sie sich auf die Lippe biss. Meine Brust schwoll vor Schmerz an. Jedes Mal, wenn ich sie ansah, sah ich Joanne.

„Oh Gott. Martinez."

„Es ist okay, Sam. Du bist in Sicherheit."

„Ich bin gefallen."

„Ja, das bist du. Und ich habe dich aufgefangen."

„Sie hat mich fallen lassen."

„Wer?", fragte ich.

„Ich... ich erinnere mich nicht." Sie kniff die Augen zusammen. „Eine Frau. Die vom Flughafen."

Ich war noch nicht bereit zu erklären. Ich wusste nicht, wo ich anfangen sollte, und ehrlich gesagt war ich wütend, dass sie auf Kendra gehört hatte. Julian hatte Recht gehabt, die Mädchen zu testen. So solide ihre Freundschaft auch war, Kendras Taktiken würden schließlich unseren Standort... und Sam preisgeben.

„Mach dir jetzt keine Gedanken darüber. Es wird dir wieder einfallen."

„Bist du sauer auf mich?"

„Ein bisschen."

Horizontale Linien zogen sich über ihre Stirn. „Tut mir leid. Moment, hast du gesagt, wir warten hier auf eine Mitfahrgelegenheit?"

Ich nickte.

„Ich hasse Boote." Sie verschränkte die Arme vor der Brust.

„Und ich hasse Rebellen, die nicht auf mich hören und nicht zu Hause bleiben können."

„Oh." Ihre Hand flog zu ihrem Mund. „Du bist so sauer."

Ich unterdrückte meine Wut. Frustriert. Verwirrt. Besorgt. Ich wollte sie beschützen, aber diese Rebellin machte den Job schwierig. Glücklicherweise entdeckte ich Tristan am Horizont und winkte ihn zum Strand. Nicht, dass ich das hätte tun müssen, aber es gab mir etwas zu tun, anstatt mich Sam zu erklären.

Sie sank in ihren Sitz zurück, während ich meine Schuhe auszog und zum Ufer ging.

Tristan Silver, Julians jüngerer Bruder, nahm seine Sonnenbrille ab. „Alles okay?"

„Ja. Wir haben ihn in der Stadt abgehängt", sagte ich. „Danke, dass du so schnell gekommen bist."

Tristan sprang vom Boot ins knöcheltiefe Wasser und watete auf mich zu. Sam stieg aus dem Auto und schlurfte über den Strand.

„Wie geht es Kendra?", fragte Tristan.

„Besser. Bringt wie üblich alle um sie herum in Schwierigkeiten." Ich blickte zurück zu Sam. „Du musst vorsichtig sein. Martinez ist ein hinterhältiger Mistkerl. Ich bin mir nicht sicher, wie er uns aufgespürt hat."

Aber Tristans Blick blieb auf Sam gerichtet. „Deine Brüder sind heute Morgen mit deinen Eltern angekommen."

„James arbeitet an dem Sicherheitsupdate und dem Leck."

„Gut."

„Wir werden die Bucht so bald wie möglich besuchen."

Er musterte Sam von unten nach oben, dann beugte er sich vor und flüsterte: „Sie sieht genauso aus wie Jo."

„Kümmere dich um Martinez, oder ich werde es tun."

„Halte dich von ihm fern, Gabe. So sehr du ihn auch tot sehen willst, Leben hängen davon ab, dass er am Leben bleibt."

„Gut - sorge nur dafür, dass er verschwindet und wegbleibt, oder ich werde ihn bei der ersten Gelegenheit ausschalten."

„Da wirst du von mir keinen Widerspruch hören. Geh und kümmere dich um deine Dame. Sie sieht... vielversprechend aus. Vielleicht wird der Wunsch von Teresa und Jacob doch noch wahr."

Meine Eltern hatten seit dem Tag, an dem Jo gestorben war, für jemand Neues in meinem Leben gebetet.

Ich gab ihm die Autoschlüssel. „Apropos schöne Frauen, hast du mein Memo über Officer Green bekommen?"

„Bist du sicher, dass sie Martinez gesehen hat?"

Tristan streckte Sam, die hinter mir auftauchte, eine Hand entgegen, und sie ergriff sie. Die Narbe auf seiner Oberlippe hob sich zu einem schiefen Lächeln, das ausstrahlte: Ich kann deine Träume wahr werden lassen. Es war eine seiner vielen kitschigen, aber natürlichen Gaben.

„Schön, Sie kennenzulernen, Samantha. Passen Sie gut auf diesen Kerl auf."

„Freut mich auch, Sie kennenzulernen, und das werde ich."

Ich hob sie in meine Arme, bevor Tristan sie entführen konnte, und trug sie zum Boot.

„Nimm einen der hinteren Sitze", sagte ich zu ihr.

„Müssen wir das?", verzog sie das Gesicht.

„Du hättest gemütlich zu Hause am Pool liegen können."

Sie bewegte sich nach hinten, wo sie sich hinsetzte und zusammensackte. Ja, ich war immer noch verärgert. Tatsächlich war ich wütend, aber nichts davon spielte eine Rolle, wenn ich ihr nicht die Wahrheit über ihre Identität sagte.

Tristan nahm den Bentley und verließ die Bucht. Ich startete den Motor des Bootes und drückte den Gashebel nach vorne. Der Ozean erstreckte sich vor uns, und ein heißer Wind blies vorbei. Das Boot vibrierte unter meinem Griff mit Geschwindigkeit, als wir durch die Wellen schnitten. Fünf Minuten nach Beginn unserer Fahrt und weit draußen im Ozean verlangsamte ich und blickte zurück zu Sam, die auf ihrem Sitz zitterte.

Ich stoppte das Boot.

„Hey, alles okay bei dir?"

Sie zitterte, und ich eilte nach hinten.

„Schatz, sieh mich an. Samantha?" Ich kniete mich vor sie und stellte sicher, dass ihre Augen endlich meinen Blick trafen. „Sieh mich an, Sam. Der Ozean ist ruhig, und wir haben nur noch eine zehnminütige Fahrt vor uns. Verstehst du das?"

Sie nickte.

„Gut."

„Was wird passieren?"

„Wir fahren nach Hause. Das wird passieren. Und alles, was du tun musst, ist auf diesem Sitz sitzen zu bleiben. Okay?"

„Ich meinte wegen Martinez. Er hat mich gefunden."

Ich wischte die verirrte Träne mit meinem Daumen von ihrer Wange.

„Stimmt, aber Tristan wird dafür sorgen, dass Martinez verschwindet. Du darfst jedoch das Haus nicht mehr ohne mich verlassen. Verstehst du das?" Meine Augenbrauen hoben sich und warteten dort, bis sie mich mit einem Nicken bestätigte.

„Gut."

Ich schlang meine Arme um sie. „Wird es dir gut gehen, wenn ich weitermache? Sie können uns auf diesem Boot nicht orten."

„Können sie nicht?", fragte sie.

„Du musst dir keine Sorgen machen. Ich verspreche es."

„Nicht mal wegen Haien? Ich hab Sharknado gesehen."

Ich unterdrückte ein Kichern. Das Letzte, was ich wollte, war, über ihre Ängste zu scherzen.

„Komm. Lass mich dir die Freude am Bootfahren zeigen." Ich nahm ihre Hand und half ihr, zum Bug zu gehen. Sie umklammerte das Steuerrad.

„Setz die auf."

Ich befestigte ein Zwei-Wege-Kopfhörerset über ihrem Kopf und setzte mir ein ähnliches Paar auf.

„So. Jetzt kannst du mich hören. Lass mich dich einfach Schritt für Schritt durchführen, okay?"

„Okay."

Ich bedeckte ihre Hände mit meinen, und ihr Zittern ließ nach. Ich führte sie zur Zündung. Der Motor ratterte hinter uns. Ich stand hinter ihr und bewegte unsere Hände zum Gashebel. Wir schoben ihn nach vorne, und der Motor heulte auf. Auf dem Weg nach Hause erklärte ich Sam das Armaturenbrett des Bootes und brachte ihr die grundlegenden Sicherheitstipps bei. Als wir in unserer Bucht anlegten und ich die Kopfhörer abnahm, lief ihr ein Schniefen die Nase herunter. Ich reichte ihr ein Taschentuch.

„Was ist los?"

„Es tut mir leid, dass ich dich enttäuscht habe. Du hast mich gebeten, zu Hause zu bleiben, und ich habe es nicht getan, und er hat uns gefunden."

„Hey, nicht weinen. Du ... du könntest mich niemals enttäuschen. Du bist alles, was in meinem Leben gefehlt hat, Samantha." Ich strich noch einmal mit meinem Daumen über ihre Wange und wischte ihre Tränen weg.

„Du bist so fürsorglich und liebevoll, und du wirst nicht wütend." Sie zog die Nase länger hoch. Ich griff nach der Taschentuchpackung.

„Oh, ich werde durchaus wütend. Ich gehe jeden Tag mit Wut um – nur anders. Keine Sorge, Sam. Ich werde dich beschützen."

Dieselben Worte, die ich zu Joanne gesagt hatte, bevor ich sie im Stich ließ, trafen mich tief in der Brust, aber Sams Schicksal war anders. Es musste anders sein.

Sie starrte mich mit ihren rehbraunen Augen an, den Mund offen, bis ich ihr Kinn nach oben schob. „Weißt du, was dein Mund mit mir macht?" Meine Brust vibrierte.

„Ja, das weiß ich."

Sie öffnete ihn wieder und lächelte dann schwach. Und dann umfasste sie mein Gesicht mit ihren Handflächen, genau wie Joanne es zu tun pflegte, und drückte ihre Lippen in einem Flüstern auf meine. „Vergibst du mir?"

Ich zog sie an mich, bis ihre Füße über dem Sand schwebten. „Der Junge, mit dem du dich getroffen hast, war eigentlich ein Mädchen."

„Was? Wie das?"

„Meine Cousine. Emma Silver. Sie ist fünfzehn, und meine Cousins haben sie als Köder benutzt. Für Kendra. Kendra ist darauf reingefallen, aber sie hat die schmutzige Aufgabe an dich weitergegeben."

„Scheiße."

„Du warst zu unschuldig, um Kendras Plan zu durchschauen." Ich küsste sie mit mehr Sehnsucht und nahm mir die Zeit, ihre vollen Lippen zu kosten. Ich konnte den heutigen Abend kaum erwarten, aber als ich hier am Strand stand und sah, wie glücklich sie war, war ich mir nicht sicher, ob es eine gute Idee war, sie auf die Yacht mitzunehmen.

„Unschuldig?" Sie zog sich zurück.

„Ist das alles, was du aus meiner Erklärung mitgenommen hast?", lachte ich.

„Nein, aber es tut mir wirklich leid. Ich hätte zu Hause bleiben sollen." Sie stellte sich auf die Zehenspitzen und küsste mich.

„Iss mit mir zu Abend. Hier. Heute Abend an diesem Strand. Es gibt etwas, das ich dir sagen möchte."

Sie schluckte schwer. „Wirklich?"

„Ja, es ist wichtig. Bitte?"

„Natürlich, Gabe. Du musst mich nicht zweimal bitten." Sie lachte. Der vertraute Klang hallte durch die Bucht, als gehöre er dorthin. Es war später Nachmittag, und ich hatte noch Essen vorzubereiten.

„Triff mich hier eine halbe Stunde vor Sonnenuntergang."

Sie biss sich auf die Unterlippe.

Meine Psychologin hätte mich gewarnt, dass ich kompensiere. Sie hätte recht gehabt. Ich musste Sam wissen lassen, wie sehr ich sie liebte, bevor ich ihr die Wahrheit über ihre Familie erzählte. Sie musste wissen, dass sie sich auf mich verlassen und mir vertrauen konnte.

Wir trennten uns auf dem Weg zum Haus. Innerhalb einer Stunde hatte ich den Fisch und das Gemüse gegrillt und dann den Tisch am Strand unter einem alten Baum, der in der Mitte der Bucht wuchs, gedeckt.

Als ich aus der Dusche kam, stand Sam in ihren Jeansshorts und einem durchsichtigen BH da. Mein Schwanz wurde hart.

„Was ist das?", fragte sie und drehte den Bootssteuerrad-Anhänger, den ich Joanne nie gegeben hatte.

„Der gehörte meiner Frau", sagte ich ihr. „Es tut mir leid."

„Du musst dich nicht entschuldigen. Es ist schade, dass er in einer Schublade liegt. Er ist wunderschön."

„Bist du fertig?", fragte ich, während ich mir die Haare trocknete und Sams Aufmerksamkeit vom Anhänger ablenkte. Ihr erhitzter Blick richtete sich auf meine Erektion, bis ich sie dabei erwischte.

„Gefällt dir, was du siehst?"

„Aha", antwortete sie und musterte mich von unten bis oben. Ihre Augen weiteten sich, als sie bei meinem Schwanz ankam. Ich griff nach der Boxershorts und zog sie hoch, um mich darin zu verstauen. Sie schluckte schwer, und mir wurde klar, dass ich nicht in die Unterhose passte.

„Ist das dein Outfit für das Abendessen?", fragte ich, als ich nach meinem Hemd griff.

Ich schlüpfte mit den Armen hindurch und begann, es zuzuknöpfen, als meine Rebellin grinste.

„Ist dir das etwa zu brav?"

Sie öffnete den Knopf ihrer Shorts und wackelte sich aus ihnen heraus. Sie stand vor mir in einem weißen Set aus hauchdünnem Slip und einem durchsichtigen BH, der ihre rosafarbenen Nippel zeigte.

Mein Schwanz pochte bei diesem einladenden Anblick.

„Ich habe tatsächlich etwas Bequemes für den Strand in Kendras Schrank gefunden."

Während ich wie versteinert dastand, griff sie zur Tür und holte ein türkisfarbenes Seidenkleid hervor. Sie zog das Kleid über ihren Körper und verbarg die sonnengeküsste Haut vor meinen Blicken. Sobald sie fertig war, zog sie den seidenen BH darunter hervor und dann den Slip, den sie in ihrer Hand zusammenknüllte und auf die Badezimmerablage neben meinem Waschbecken legte. Ihre einzig verbleibende Garderobe war das Armband und die dünne Seide.

Verdammt noch mal.

„Mein Gott, Sam. Du siehst umwerfend aus. Unschuldig und ... perfekt."

Ich war mir sicher, dass mir das Wasser im Mund zusammenlief. Sie kam näher und legte ihre Hand um meinen Schwanz. Quälend langsam glitt sie mit ihrer Hand meinen Schaft hinunter, umfasste meine Hoden, wog ihre Größe ab und glitt dann wieder nach oben. Ihre zierlichen Finger blieben um meinen Schaft geschlungen. „Vielleicht ist unschuldig nicht das richtige Wort", stöhnte ich und gab schließlich den Hemdknopf auf, an dem ich herumgefummelt hatte. Ich senkte meine Hand zu ihrem Handgelenk, entfernte es von meinem Schwanz und führte es an meine Lippen für einen Kuss. „Heb dir den Gedanken für später heute Abend auf, Liebling. Bitte?"

Sie wackelte mit dem Hintern aus dem Badezimmer. Heute Abend würde Selbstbeherrschung unmöglich sein. „Würdest du mit mir zum Abendessen hinuntergehen?", rief ich.

Sie blieb stehen und drehte sich mit einem Lächeln um. „Sehr gerne."

Kurz darauf führte ich sie den Weg zum Strand hinunter, wo ich zuvor Tausende von weißen Lichtern angezündet hatte. Sie funkelten entlang der schwankenden Äste. Die Sonne glühte nach oben und färbte den Himmel rosa und orange. Der Strand bog sich zu beiden Seiten und bildete eine perfekte exotische Bucht, in der das türkisfarbene, leicht vom Wind gekräuselte Wasser gegen das Ufer schlug.

„Gabe, das ist wunderschön." Sie zeigte auf den Baum in der Mitte der Bucht, dessen Äste mit Lichtern bedeckt waren. Darunter ein Tisch für zwei. Träge Wellen plätscherten am Ufer entlang und trugen zur Atmosphäre bei.

„Ich liebe die Playlist. Wow!" Sam drückte meine Hand fester. Ja, die Szenerie war malerisch. Sie hatte keine Ahnung, wie sehr sie hierher gehörte. Sie hatte keine Ahnung, wie sehr sie in meine Welt gehörte. Die Frage war, würde sie bei mir bleiben wollen, nachdem ich ihr die Wahrheit gesagt hatte?

Als wir das Ufer erreichten, zogen wir unsere Schuhe aus und betraten barfuß den Strand. Die Sandkörner, noch warm von der Nachmittagssonne, wärmten unsere Füße.

„Das ist schön." Sie rieb über die Gänsehaut auf ihren Armen, als ich hinter sie trat.

„Siehst du das blinkende Licht dort draußen im Meer?", fragte ich und zeigte nach vorn.

„Ja?"

„Dorthin wollten wir heute Abend fahren."

„Da draußen?"

„Ja, aber nach dem, was heute auf dem Boot passiert ist, wollte ich dich nicht noch einmal traumatisieren."

Das blinkende Licht verschwand und tauchte dann in einer

Sequenz wieder auf. Ich drückte einen Knopf auf meinem Handy, und die Yacht leuchtete mit Lichtern an allen Seiten auf, strahlend wie ein einzelner Stern auf einem dunklen Meer.

Sams Kinnlade klappte herunter. „Das ist unglaublich."

Ich tippte ihr Kinn nach oben. Der Wind wehte durch ihr Haar und ich strich es hinter ihr Ohr.

„Und ich schätze es, dass wir an Land bleiben."

„Natürlich. Ich hätte es früher bedenken sollen. Ich hoffe, du hast Lust auf Fisch, Gemüse und Schokoladenbrownies. Das war das Beste, was ich zustande bringen konnte."

„Du hast Brownies gebacken?"

„Es sind nicht die Art, die ein Rebell wie du bevorzugen würde, aber sie sind definitiv gut."

Sie kicherte, und meine Anspannung löste sich.

„Der Sand ist noch warm unter meinen Füßen." Sie wackelte mit den Zehen.

Leider beruhigten sich meine Nerven nicht genug. Mein Herz hämmerte wild in meiner Brust, und kalter Schweiß rann mir den Rücken hinunter. „Samantha, ich weiß, ich bin oft weg gewesen, und du hast viele Fragen. Und ich muss ehrlich sein über einige Dinge ... in meinem Leben ... und du-"

„Gib dir nicht die Schuld für meine unüberlegten Handlungen. Ich habe keine Fragen. Du schuldest mir keine Erklärungen."

„Doch, das tue ich." Mein Herz klopfte in meiner Brust. „Ich möchte dir alle Antworten geben, aber ich weiß nicht, wo ich anfangen soll."

Sie tätschelte ihren Bauch und zeigte auf den Tisch. „Nun, wenn es dir nichts ausmacht, können wir mit dem Abendessen beginnen, denn ich sterbe vor Hunger."

Sie schmiegte sich in meine Umarmung. Ihr Körper schmolz durch die dünne Seide an meinen. Ich grub meine Finger in ihre Seiten. Ein warmer Wind wehte und brachte Sams Haar durcheinander. Die tausend Lichter auf dem Baum über uns glitzerten, und es gab keinen anderen Ort auf der Welt, an dem ich lieber sein wollte. Ich senkte meinen Mund auf ihren und küsste sie.

Ihre nachdrücklichen Hände glitten zu meinem Schwanz.

„Ist das eine Waffe in deiner Tasche, oder freust du dich so sehr, mich zu sehen?", lachte sie gegen meinen Mund.

„Ich freue mich einfach, dich zu sehen." Ich ließ meine Hände über ihre Hüften gleiten. „Du hättest dein Höschen anlassen sollen, Samantha. Ich weiß nicht, wie ich das Abendessen beenden soll, ohne mich zuerst um dich zu kümmern."

„Dann sollten wir wohl anfangen." Sie zog einen Stuhl heraus, und ich übernahm, half ihr, sich zu setzen. Ich füllte unsere Weingläser, zündete die Kerze an, und wir machten uns über das Essen her. Sobald Sam die Gabel in der Hand hatte, konnte sie das Essen nicht schnell genug in den Mund bekommen.

„Warum die Eile?", fragte ich.

„Ich dachte, dass wir nach dem Essen ... ich weiß nicht ... den Strand genießen könnten?"

„Definiere genießen." Mein Mundwinkel hob sich.

„Du weißt, was ich meine." Sie verdrehte die Augen. „Ich hätte wohl sagen sollen, einander genießen."

„Jetzt kommen wir der Sache näher."

Sie nippte an ihrem Wein. Die Baumlichter leuchteten und erhellten das vertraute Gesicht vor mir.

„Was ist los?", fragte Sam.

„Nichts."

„Lügner. Habe ich etwas gesagt?"

„Nein, du bist es nicht, Sam. Es sind die Erinnerungen, die mich aus meinem alten Leben verfolgen."

„Erzähl mir davon."

Konnte ich das? War dies meine Chance?

„Du hast vorher hier gelebt, richtig? Du hattest ein Leben hier."

„Dieses Haus und die Bucht haben Joanne und mir zwei

wunderschöne Jahre zusammen geschenkt. Ich habe seitdem renoviert. Dann erweitert."

„Du musst sie sehr geliebt haben."

„Natürlich. Sie war ..." Ich sah zu Sam auf. „Intelligent, schön und temperamentvoll. Alles, was ich an dir liebe."

Sam stockte der Atem.

„Ich bin mir unsicher, ob ich alles richtig mache, aber Sam, ich verliebe mich in dich. Eigentlich bin ich in dich verliebt. Ich liebe dich, Samantha Connor."

Sie streckte ihre Hand über den Tisch aus und ergriff meine. Ihre warme Handfläche strich über meinen Handrücken, als sie in einem neckischen Ton zurückflüsterte: „Was ist mit dem ‚keine Verpflichtungen', Gabe? Ich meine, dies ist unser erstes richtiges Date. Ich dachte, du wolltest eine Affäre?"

„Ich weiß, dass du weißt, dass das nie eine Affäre war."

Ich senkte meinen Mund auf ihren. Ihre vollen Lippen reagierten auf meine. Ich liebte einfach alles an ihr.

„Wenn du mich willst, möchte ich alle Bindungen, Seile, Ketten und Handschellen, wenn das nötig ist, um dich an meiner Seite zu halten."

Ihre Augenbrauen hoben sich spielerisch. „Handschellen?"

„Ich bleibe nur realistisch."

Sie biss sich auf die Lippe. „Ich habe mich auch in dich verliebt, Gabriel Silver. Und ich liebe dich." Sie holte tief Luft und ließ sie wieder aus. „Ich liebe dich sehr."

„Als ich dachte, du wärst weg, dann als ich sah, wie Martinez dich in dieser Gasse packte ... Ich dachte, es wäre vorbei. Es kann nicht vorbei sein. Du bist mein Neuanfang." Ich küsste sie erneut.

Als ob sie meinen Abend nicht noch besser hätte machen können, sagte sie gegen meinen Mund: „Was hältst du davon, wenn wir uns diese Yacht von dir mal ansehen?"

Vertrauen wurde verdient, und Gabe hatte all meines.

Als ich Gabe von hinten beim Steuern des Boots beobachtete, erinnerte mich das an eine Szene aus einem James-Bond-Film. Sein 007-Rücken wurde vom schwachen, vom Armaturenbrett ausgehenden Licht beleuchtet. Dieser Mann hatte die Fähigkeit, mich das Gefühl zu geben, als würde ich in einer Realität leben, in der ich Martinez vergessen konnte. Ich wusste nicht, was mich am Strand geritten hatte, zur Yacht zu gehen, aber ich konnte nicht leugnen, dass meine Neugier wuchs, je länger er über das Schiff sprach.

Gabe stellte den Motor ab und vertäute das Boot an der riesigen Yacht. Jemand hatte Lichter an jeder Ecke des Schiffes und entlang seiner schlanken Kanten und Kurven aufgehängt, wie ein weißer Weihnachtsbaum im Meer. Er klickte auf einen Knopf an seinem Handy und leise Musik erklang.

„Wie geht es dir?", fragte er.

„Es ist nicht so wackelig wie dein Schnellboot."

„Die Yacht ist größer, also solltest du weniger Schaukeln spüren. Je größer, desto besser." Er zwinkerte, und mir wurde heiß.

„Große Haie find ich nicht besser als kleine", sagte ich.

„Verzeih mir. Ich neige dazu, deine Ängste aus den Augen zu verlieren. Aber ich bin dankbar, dass du zugestimmt hast, hierherzukommen." Gabe kam hinter mich. Er schlang seine Arme um meine Taille, und seine Wärme wärmte meinen Rücken. Ein Schauer der Erregung durchfuhr meinen Körper und konzentrierte sich zwischen meinen Beinen.

„Ich bin froh, dass ich mitgekommen bin. Es ist nicht so schlimm, wie ich es mir vorgestellt habe. Ich meine, dieses Boot würde nicht kentern, oder?" Ich streckte mich nach vorne, umfasste die hüfthohe Wand und prüfte ihre Stabilität. Sie hielt stand.

Gabe lachte, und ich trat vom schwarzen Ozean zurück.

„Du scheinst nicht überzeugt zu sein."

„Lass uns einfach Schritt für Schritt vorgehen. Du hast gesagt, du wolltest mit mir über etwas reden?"

„Richtig. Das wollte ich."

War er nervös? Ich drehte mich um. Meine Güte, hoffentlich macht er jetzt keinen Quatsch und geht auf die Knie, um mir einen Antrag zu machen. Wir mochten uns zwar Hals über Kopf ineinander verliebt haben, aber das wäre zu schnell.

„Ich habe eine Geschichte auf der Insel." Er biss sich auf die Unterlippe. Gabe zeigte sonst nie auch nur einen Hauch von Nervosität, und ich fragte mich, wie tief diese Geschichte in seinem Herzen verwurzelt war. Gab es dort überhaupt noch Platz für mich?

„Ich weiß. Du warst verheiratet. Deine Frau hat hier Familie. Ich verstehe das."

„Ja, das stimmt. Aber das ist nicht alles."

„Gabe, komm schon. Lass uns ein bisschen entspannen, okay?" Die Sorge in seinen Augen hielt meine Angst auf dem Höhepunkt. Er verhielt sich nicht wie er selbst, und was auch immer ihn beunruhigte, musste aufhören. „Warum spielen wir nicht etwas Musik? Rona? Hallo?"

Er lachte, was meine theatralische Drehung in der Mitte des

Decks auf der Suche nach einer unsichtbaren KI namens Rona, die wir zu Hause gelassen hatten, absolut wert machte.

„Einen Moment." Er nahm sein Handy aus der Tasche, drückte ein paar Knöpfe, und der Klang sanfter Achtziger-Balladen ertönte aus dem Lautsprecher. Es war perfekt.

„Komm her, Samantha." Er nahm meine Hand und drehte mich im Kreis. „Es tut mir leid, dass ich mich wie ein Idiot benommen habe. Ich wollte den Abend nicht verderben."

Er hielt mich eng an seine Brust gedrückt. Ich blickte wieder in seine Augen und strich mit meiner freien Hand über seine Wange. „Das ist das Romantischste, was ich je erlebt habe. Ich glaube, das ist das Romantischste, was ich je erleben werde. Nur wir beide, mitten auf dem Ozean, unter einem Himmel voller Sterne. Der Abend könnte nicht perfekter sein."

Seine Schultern entspannten sich endlich, und er neigte mich nach hinten. Seine Lippen ruhten auf meinem ausgestreckten Hals, und mein Körper gab sich ihm hin. In Gabes Armen fühlte ich mich sicherer als je zuvor in meinem Leben. Der Wind legte sich zu einer leichten Brise. Die Musik verschmolz mit dem Rhythmus der sanften Wellen, die unsere Körper in einen langsamen, sinnlichen Tanz wiegten und hoben die Stimmung. Gabe fuhr die Linie entlang der Höhen und Tiefen meiner Wirbelsäule nach, als er seinen Mund zu meinem Ohr senkte, um zu flüstern. „Du bist so viel mehr, als ich mir je hätte vorstellen können, Samantha."

Er strich mit seinem Finger meinen Arm hinauf, vom Handgelenk über den Ellbogen bis zur Schulter. Die Berührung sandte eine Armee von Schauern durch meinen Körper.

„Das spricht nur für die exzellente Gesellschaft, in der ich mich befinde", sagte ich ihm.

„Du riechst köstlich", neckte er, und ich war nicht der Typ, der sich eine Gelegenheit zum Necken entgehen ließ. „Wie die perfekte Einladung."

„Dann betrachte dich als eingeladen."

Er drehte mich dreimal hintereinander, und ich konnte nicht anders als zu lachen. Seine Lippen schwebten nur Zentimeter von meinen entfernt, neckend, dann fuhren sie den Rand meines Mundes nach. Mein Puls raste.

„Hast du es schon mal auf einem Boot getan?", fragte ich. Ich war mir nicht sicher, woher die Frage kam. Aber ich hatte das Gefühl, sein Mund könnte hier draußen Magie wirken. Eigentlich zauberte sein Mund jedes Mal, wenn er mich verwöhnte.

„Boot, ja. Diese Yacht, nein."

„Wirklich? Ich wäre die Erste hier?"

„Ich kann nicht für meinen Cousin sprechen, aber für mich ist das ein Ja."

„Das ist ... überraschend. Ich meine, ich dachte nur ... du weißt schon ... Es tut mir leid. Das war dumm. Ich hätte nichts sagen sollen."

Sein Gesicht wurde ernst. Er ließ mich los, drehte sich weg und ging zur Seite der Yacht. Gabe stützte seine Hand auf die Wand und blickte hinaus auf den dunklen Ozean.

Ich schlich auf Zehenspitzen zu ihm und schlang meine Arme von hinten um seinen großen Körper. Ich drückte mein Gesicht an ihn und flüsterte: „Was habe ich gesagt?"

Er drehte sich um und tauschte unsere Position, sodass er mich jetzt hielt. „Es tut mir leid. Es liegt nicht an dir. Es liegt an mir."

„Das ist ein Klischee."

„In diesem Fall ist es wahr. Ich wollte, dass dieser Abend ... anders und einzigartig wird."

Er machte doch Witze, oder? Hier waren wir, auf einem der romantischsten Dates überhaupt, und ich konnte seine Aufmerksamkeit nicht halten.

„Das war es. Jetzt sag mir, was dir durch den Kopf geht. Oder noch besser, was kann ich tun, um dich von dem abzulenken, was auch immer dich beschäftigt?" Ich löste seine Hände von mir und trat zurück. Ich ging weiter rückwärts, bis ich die Mitte des Bugs erreichte, wo das Licht am hellsten schien, und zog mein seidenes Kleid an meinen Schenkeln hoch.

„Sam?"

Als ich genug Stoff in den Händen hatte, zog ich das Kleid über meinen Kopf und warf es zur Seite. Zum Glück war die Nacht warm, als ich nackt in der Mitte einer Yacht stand, nur mit dem Armband bekleidet, das er mir geschenkt hatte.

„Funktioniert es?" Ich trat vor.

Ich bewegte meinen Finger in einer einladenden Geste. Gabe schlenderte mit einem raubtierhaften Blick in seinen Augen herüber. Meine Brustwarzen reagierten auf die nächste Brise. Oder vielleicht war es der Hunger in seinem Kuss.

„Du siehst sündhaft aus, Samantha."

„Dann sündige drauflos", ermutigte ich ihn.

Gabe kam näher und ich ließ mich auf die Knie fallen, griff nach seinem Gürtel. Ich schaute nach oben und leckte mir mit einem lustvollen Versprechen über die Lippen. Gabe starrte von oben auf mich herab, den Mund halb geöffnet, während ich seine Gürtelschnalle öffnete und den Reißverschluss herunterzog. Seine Hose fiel ihm bis zu den Knöcheln und sein Schwanz drückte gegen das Hemd.

Ich leckte mir erneut über die Lippen, zog an Gabes Hemd und zog es ihm über den Kopf. Ein paar obere Knöpfe flogen ab, prallten auf das Deck, ihr Echo wurde schnell vom unendlichen Rauschen des Ozeans verschluckt.

„Ups ...", kicherte ich.

„Rebellin." Das tiefe Grollen aus seiner Brust lenkte meine Aufmerksamkeit sofort zurück auf sein Gesicht und seine leuchtenden Augen. Mein Mund klappte auf. Seine perfekte Brust hob und senkte sich, und ich beugte mich vor, um sie zu küssen. Ich fuhr mit meinen Lippen über Gabes Brust. Seine Hände umfassten meine Hüften, die Daumen kreisten um meine Hüftknochen.

Ich warf sein Hemd über Bord.

„Na, na. Was werde ich auf dem Heimweg anziehen?"

„Mich." Ich stellte mich auf die Zehenspitzen und streifte mit meinen Zähnen Gabes Ohrläppchen. Die kurzen Bartstoppeln an seiner Wange kratzten an meinem Gesicht. Aufregung wirbelte in meinem Bauch. Ich hatte ihn schon lange so verletzlich haben wollen. Jetzt, da er in jeder Hinsicht mir gehörte, wollte ich ihn ganz. Er küsste meine Nase und Wangen, bevor er sich auf meine Lippen konzentrierte. Ich legte meine Hand um seinen Schwanz. Mein Mund wurde wässrig, als er in meiner Handfläche zuckte und sich sein warmes Fleisch in meiner Hand ausdehnte.

Gabe bearbeitete meinen Mund mit dem seinen, seine Zunge spielte und neckte. Ich umfasste ihn fester und strich seine Haut auf und ab. Sein Schwanz wurde mit jedem Streich wärmer und härter. Meine Atmung vertiefte sich, bis ich mich zurückzog und meinen Blick mit seinem verschränkte.

Seine Augenbrauen zogen sich zusammen und entspannten sich dann wieder. „Was hast du vor?"

„Nach unten, eigentlich." Ich setzte mich zurück auf den gepolsterten Sitz am Bug und schaute nach oben. „Genieße es, Mr. Silver."

Ich umschloss ihn mit meiner Hand und streichelte ihn in quälender Langsamkeit. Die dicke Ader, die sich von der Basis bis zur Spitze seines Schwanzes zog, pulsierte. Der Ozean bewegte das Boot auf und ab, und ich ahmte den Rhythmus der Wellen nach. Ich leckte mir über die Lippen und legte meinen Mund über seine Eichel.

„Verdammt", knurrte er.

Ich zog meine Zunge unter dem Rand entlang, und er knirschte mit den Zähnen. Ich folgte dem ermutigenden Ton und senkte meine Lippen um seine Krone, dann kreiste ich mit meiner Zunge über das empfindliche, erhitzte Fleisch. Ich bearbeitete seine Haut, auf und ab, leckte den Tropfen Vorsaft von seiner Spitze. Er glitt tief in meinen Mund. Ich presste meine Lippen um ihn und hielt ihn fest. Gabe spannte seine Gesäßmuskeln an, stieß ein leises Stöhnen aus, und ich nahm ihn tiefer in meinen Hals auf.

„Jesus Christus!", fuhr er fort, und ich wiederholte die Bewegung. Bald fand ich einen Rhythmus, der ihn vollständig beschäftigte und mich seinen Schwanz genießen ließ wie nie zuvor. Der Rhythmus des schaukelnden Bootes dirigierte meine gnadenlosen Saugbewegungen. Ich spannte meine Lippen um ihn, verengte meinen Mund um den Schaft auf dem Weg nach oben und lockerte ihn auf dem Weg nach unten.

„Oh Gott." Gabes angestrengtes Flüstern hallte über den Ozean.

Seine Hände fanden meinen Kopf, kratzten über meine Kopfhaut und hielten sich an meinen Haaren fest, um sein Gleichgewicht zu halten. Ich umfasste seine Hoden mit meiner Handfläche und drückte sie sanft nach oben und vorne. Gabes Stöße wurden schneller, seine Haut zog sich zusammen, und Speichel lief mein Kinn hinunter. Seine Knie wurden weich, dann versteiften sie sich, und er zog sich aus meinem Mund zurück.

„Steh auf. Jetzt." Er zog mich am Ellbogen hoch. Ehe ich mich versah, war ich in seinen Armen. Meine Beine schlangen sich um seine Taille, als er sich in mich führte. Gabe stützte mein Gewicht unter meinem Hintern und stieß tiefer und härter zu. Er traf einen Punkt, der köstliche Lust durch meine Pussy jagte. Meine empfindlichen Brustwarzen streiften seine Brust, während seine Finger sich in meinen Hintern gruben. Er nahm eine Brustwarze in den Mund, zog daran, und ich verlor die Kontrolle. Meine Beine versteiften sich um ihn und mein Körper zuckte mit orgasmischen Schüben. Gabe stieß noch dreimal in mich und kam ebenfalls zum Höhepunkt.

Nach einigen Momenten ließ er uns langsam auf die Kissen am Bug sinken. Meine erhitzte Haut genoss den kühlen Stoff. Gabe lag neben mir. Ich verlor jedes Zeitgefühl, während wir

Sternschnuppen beobachteten. Es müssen Stunden vergangen sein.

Wir drehten unsere Köpfe zur Mitte, und er lächelte mich an. „Hi."

„Hi", erwiderte ich. „So ungern ich es auch zugebe, die Yacht war eine großartige Idee." Ich drehte mich auf die Seite und stützte mich auf meinen Ellbogen.

Gabe tat dasselbe. „Du hast das Beste noch nicht gesehen."

„Nein?"

„Nicht dass es jetzt noch wichtig wäre. Bevor ich wusste, wie sehr du dich vor dem Ozean fürchtest, habe ich einen Tauchkäfig vorbereitet." Er zeigte nach links.

„Du wolltest, dass wir mit Haien tauchen?", fragte ich.

„Nein, keine Haie. Es gibt eine Überraschung unter Wasser."

„Eine Überraschung?"

Ein Lächeln spielte um seine Mundwinkel, und ich stellte mir ein gesunkenes Piratenschiff unter uns vor.

„Also gibt es da unten einen Käfig, der die Haie fernhält?", fragte ich und zeigte nach Steuerbord.

„Ja."

Ich ließ meinen Blick zum funkelnden Nachthimmel wandern. Nie im Leben hätte ich mir vorstellen können, dass ich auf einer Yacht mitten im Ozean sitzen und das Unvorstellbare in Betracht ziehen würde. Ich setzte mich auf, drehte meinen Kopf zur Seite und sagte: „Man weiß nie, welche Karten man bekommt, aber ich bin bereit, meine zu spielen."

Ich stand auf, ging zur Schiffsseite und ohne nachzudenken, schwang ich meine Beine über die Reling und sprang in den Ozean.

Ich bereute den Sprung, sobald ich an die Oberfläche schwamm und die Dunkelheit um mich herum sah.

„Ich wusste, du bist ein Rebell, von dem Moment an, als ich dich kennenlernte!", rief Gabe von oben. „Nur bist du auf der falschen Seite rausgesprungen, Sam!"

„Was?" Ich wedelte mit den Armen und bewegte meine Beine im Kreis. „Gabe! Hilf mir raus! Sofort!"

Als ich nach oben schaute, stürzte er sich von oben herab. Er traf mit einem Platschen auf die Wasseroberfläche. Ich drehte mich weg und wieder zurück. Weiße Wellen breiteten sich von der Stelle aus, wo er eingetaucht war. Schließlich tauchte sein Kopf aus dem Wasser auf, seine Augen spiegelten das Mondlicht wider.

„Ich mache nur Spaß. Du bist auf der richtigen Seite."

„Du meinst links?"

„Ja."

Ich spritzte Wasser in sein Gesicht, konnte es aber nicht noch einmal tun, weil er schnell zu mir schwamm und mich in seine Arme nahm. „Keine Sorge, Sam. Die einzigen Haie, mit denen du heute Nacht schwimmst, sind die ungefährlichen."

„Was?"

„Keine Panik, aber die Flutlichter werden in etwa dreißig Sekunden angehen. Sie sind am Meeresboden befestigt. Es besteht eine hohe Wahrscheinlichkeit, dass wir Rochen und einige Fische sehen werden."

„Rochen? Fische? Wie groß?", stammelte ich. Vielleicht war das doch keine so gute Idee gewesen?

„Sie kommen nachts hierher, um zu fressen, aber wir stehen definitiv nicht auf ihrem Speiseplan. Wir wären auch ohne den Käfig sicher, aber weißt du, so ist es sicherer. Ich verspreche es."

„Danke."

Er presste seine Lippen auf meine. Ich schlang meine Arme um seinen Hals, während die sanften Wellen uns über das mondbeschienene Wasser trugen. Als sich unsere Lippen erneut berührten, schalteten sich helle Lichter ein und erleuchteten uns von unten. Ich löste mich von seinem Mund und keuchte. „Oh mein Gott!"

Unter dem Käfig schwebten drei riesige Rochen durchs Wasser, als würden sie fliegen.

„Sie sind wunderschön."

„Ich kann Taucherbrille und Schnorchel holen, damit wir besser sehen können."

„Nein. Bleib hier. Bitte." Ich fuhr mit meinen Fingern durch Gabes Haar und küsste ihn. Ich erwartete, mich in einem weiteren magischen Moment zu verlieren, aber unser Kuss wurde durch das Geräusch eines sich nähernden Bootes unterbrochen.

„Komm. Lass uns an Bord gehen." Gabe ergriff meine Hand und übernahm die Führung, zog mich sanft durchs Wasser zur Seite der Yacht. Er half mir die Leiter hinauf und schaltete die Ozeanlichter aus, die als Leuchtfeuer gedient hatten. Während ich ein paar Handtücher holte, fand er ein Fernglas und richtete es auf das sich nähernde Boot. Ich wickelte ein Handtuch um mich und das andere um Gabes Taille.

„Danke", sagte er.

„Gern geschehen."

Gabe blieb auf den schwarzen Ozean fokussiert. „Es ist okay. Es ist mein jüngerer Bruder." Er senkte das Fernglas. „Hunter wohnt in unserem Familienhaus auf der anderen Seite der Küste. Meine Eltern sollten bald dort sein. Er wird gerade in die Firma befördert."

„Du hast Eltern?"

„Natürlich habe ich Eltern. Jeder hat welche."

„Nicht jeder."

„Es tut mir leid. Ich habe nicht nachgedacht."

„Schon okay. Das war nur ein Versprecher."

„Nicht der Versprecher, den ich normalerweise gerne mache, aber es war wirklich einer. Ich entschuldige mich." Er beugte sich vor und küsste sanft meine Lippen. Ich liebte diesen Mann mehr als alles, was ich je für möglich gehalten hatte. Trotzdem erschreckte es mich, dass ich mich so schnell in jemanden verliebt hatte, den ich gerade erst kennengelernt hatte.

„Ich sollte mich umziehen, bevor er heraufkommt", sagte ich, als sein Bruder das Boot anlegte.

Gabe schüttelte den Kopf und gab ein Knurren von sich. „Behalt das Handtuch an. Das Kleid ist viel freizügiger."

Wir gingen zum Heck, wo Hunter sein Boot an unseres festmachte.

Ich beugte mich zu Gabe und flüsterte: „Ist er zwölf?"

„Junges Aussehen liegt in der Familie. Er wird dieses Jahr zweiundzwanzig."

Hunter stieg auf die Yacht. Doch er sicherte sein Boot nicht. Er hielt das Seil in seinem Arm und rief: „Keine Zeit für Geplauder. Euer Alarm wurde ausgelöst. Ihr könnt das Boot zurücknehmen. Es ist weniger auffällig. Ich nehme die Yacht."

Die nächsten Momente waren wie ein Ritt durch einen Hurrikan. Gabe ergriff meine Hand. Wir tauschten mit Hunter die Fahrzeuge und rasten zum Ufer. Als ich neben Gabe stand und mich festhielt, erstreckte sich die Dunkelheit vor uns. Der Wind peitschte mein nasses Haar herum und schnitt mir ins Gesicht.

„Woher weißt du, wo du hinfährst?", schrie ich über den Lärm des Motors und des Windes hinweg.

„GPS und Sonar. Das sind die Koordinaten, die ich ansteuere." Er zeigte auf das Armaturenbrett. „Das ist die Küstenlinie und unsere Position. Ähnlich wie das, was du tagsüber gesehen hast. Meeresbodenebene und 3D des Meeresbodens, um Korallen auszuweichen."

Das war viel, aber es ergab auch Sinn auf dem Bildschirm.

„Was meinst du, werden wir zu Hause vorfinden?"

„Hoffentlich nichts."

„Wäre es nicht sicherer, die Yacht mit deinem Bruder zu nehmen?"

„Es ist sicherer, wenn du bei mir bist", antwortete er, als er am dunklen Ufer anlegte. Ich hätte den Ort ohne Lichter nie erkannt. Gabe beeilte sich, mir vom Boot zu helfen. Die Lichter im Haus waren alle ausgeschaltet. Wir warteten am Strand, während Gabe etwas auf seinem Handy überprüfte. Er scrollte durch eine lange Liste von Gegenständen und Bildern, klickte hier und da, bis sich seine Schultern entspannten.

„Alles gut. Es ist alles in Ordnung. Keine Eindringlinge."

„Was war es dann?"

„Ich muss noch die Sicherheitsaufnahmen überprüfen."

Ein Hauch von Erleichterung durchströmte mich, und ich nickte. Wir gingen den dunklen Pfad zum Haus hinauf. Gabe stieß die Glastür auf und trat zuerst ein.

„Komm." Gabe führte mich zur Küchentheke. „Ich mache dir einen Tee."

So oft er mich auch beruhigte, die Versicherungen machten mich jedes Mal nervöser.

„Macht es dir etwas aus, im Dunkeln zu sitzen?", fragte er. „Vielleicht ein paar Kerzen?"

„Klingt wunderbar." Schauer liefen über meine Haut.

„Es ist nur eine Vorsichtsmaßnahme, Sam. Ich werde die Sicherheitsaufnahmen durchforsten, bis ich herausfinde, wer dahintersteckt."

Er schloss die Tür hinter sich ab und drückte einen Knopf auf seinem Handy. Ein doppelter Piepton hallte durch den Raum, und ich sprang auf.

„Was ist das?"

„Das Alarmsystem läuft auf Notstrom." Er zog mich zur Küchentheke und öffnete eine Schublade. „Wir werden Notlichter benutzen, um uns zu bewegen, während die Sicherheit am Strom arbeitet."

„Der Strom wurde abgeschnitten?"

Seine fehlende Antwort gab mir die Antwort. Hand in Hand machten wir uns auf den Weg ins Schlafzimmer. Ich duschte die salzige Schicht des Ozeans von meiner Haut. Gabe machte sich sofort an die Arbeit. Ich zog meine Nachtshorts und meinen Schlafanzug an, während er auf seinem Laptop klickte. Nach einer Weile dimmte er den hellen Bildschirm, klickte aber weiter. Er saß stundenlang am Schreibtisch, so schien es. Das wiederholte Tippen auf seiner Tastatur machte mich schläfrig. Ich zwang meine Augen offen, in der Hoffnung, die nächsten Klicks wären die letzten und ich würde Gabes Körper an meinen geschmiegt spüren, aber schließlich schlief ich ein. Ich wachte kurz gegen vier Uhr morgens auf und bemerkte, dass die Lampe auf seinem Schreibtisch angeschaltet war und das Licht vom Pool unten zu unserem Stockwerk heraufstrahlte.

Irgendwann in den frühen Morgenstunden traf sein kühler Körper im Bett auf meinen. Er wickelte sich um mich, hielt mich fest und schlief ein, und das Einzige, was ich tun konnte, war dazuliegen und darüber nachzudenken, wie ich seine Sorgen lindern könnte.

„Wo ist sie?", schreckte ich im Bett hoch. Sonnenlicht strömte durch das Fenster und traf meine Augen. Ich warf einen Blick auf das leere Kissen neben mir und grunzte.

„Sam?", rief ich lauter.

„In der Küche!", antwortete sie, und ich atmete erleichtert aus.

Der Duft von Kaffee und frischem Gebäck stieg mir in die Nase, und Endlich konnte ich durchatmen. Die Nacht war zu schnell vergangen, während ich die Kameras durchsuchte. Ich fand nichts, und Marge würde bald anrufen, um nach Sam zu fragen. Ich wollte ihr eigentlich von den DNA-Ergebnissen erzählen, von denen sie nicht wusste, dass ich sie erhalten hatte, aber mein Plan ging nicht auf und wir landeten im Bett. Schon wieder. Wie zum Teufel sollte ich es ihr sagen, wenn sich einfach kein passender Moment ergab?

„Also gut, ich komme in ein paar Minuten runter," rief ich ihr zu.

Ich nahm eine schnelle Dusche, zog eine bequeme Jogging-hose an und machte mich auf den Weg in die Küche. Heute war es soweit. Ich musste Sam endlich die Wahrheit sagen.

Meine nackten Füße berührten den kühlen Boden und

hinterließen Fußabdrücke auf dem Marmor. Als ich um die Ecke bog und Samantha flach auf der Kücheninsel liegen sah, erstarrte ich.

Sie drehte den Kopf in meine Richtung. „Du hast gestern Abend gekocht. Ich dachte, ich mache heute Morgen das Frühstück."

Verdammt nochmal, das gibt's ja nicht. Tja, da hat sie mich wohl überrascht.

Eine Spur Mehl zierte den Boden um die Theke herum. Auf dem Esstisch stand ein Teller mit Muffins, Pfannkuchen und Croissants, der fast überzulaufen drohte.

„Ich dachte, wir können aufräumen, nachdem wir noch mehr Chaos angerichtet haben", erklärte sie.

„Wildfang." Mein Blick wanderte genüsslich über ihren nackten, kunstvoll dekorierten Körper. Ich trat näher und bewunderte die strategisch platzierte Sahne und Früchte über ihren Brustwarzen und ihrer Pussy. Mein Schwanz wurde hart.

Verdammt noch mal, das sieht köstlich aus.

„Na, das kann ja heiter werden. Ich werde hier ein Riesenchaos veranstalten", knurrte ich, und sie zitterte. „Wie lange hat es gedauert, dieses appetitliche Frühstück zuzubereiten?"

„Eine Weile." Sie kicherte. „Ich empfehle dringend die Pfirsiche mit Sahne."

Sie deutete auf ihren Unterleib, und mein Blick fiel auf die Fruchtscheiben in Form einer Blume um eine einzelne Erdbeere, die ihre Pussy bedeckte. Ich trat näher an die Theke heran und senkte meinen Mund zu einer Brust, saugte die Himbeere und Schlagsahne zusammen mit einer rosa Brustwarze in meinen Mund.

Sie wimmerte.

„Du hast es dir selbst zuzuschreiben, Samantha." Ich leckte mir die Lippen. „Was hast du noch zu bieten?"

„Ich wollte deine Sorgen zerstreuen." Sie wand sich unter meinen streifenden Fingern, und mein Schwanz zuckte.

„Gut gemacht. Es hat funktioniert. Ich mache mir um nichts Sorgen." Das war eine Lüge, aber es gab verdammt noch mal keine Möglichkeit, dass ich mich konzentrieren konnte, bevor ich das einfallsreichste Frühstück meines Lebens richtig genossen hatte. Ich ging um die Theke herum zur anderen Seite. Mein Schwanz pulsierte, als ich mich der anderen Brust zuwandte. Ich entfernte die Kirsche mit meinem Mund und schob sie zwischen ihre Lippen. Sie zerkaute die süße Frucht, und ich kehrte zu ihrer Brust zurück, fegte die ganze Sahne mit einem langen Zungenschlag weg. Ich schluckte, dann zog ich an ihrem harten Fleisch mit meinen Zähnen.

Sie seufzte lustvoll.

„Das sind schon zwei. Du bist zu schnell", beschwerte sie sich und wand sich auf der Marmoroberfläche.

„Zwei zu zwei. Und wenn du es langsam magst, verspreche ich, es von jetzt an langsam anzugehen." Ich ging zum Ende der kürzeren Kante der Theke und ließ meinen Finger über ihre Haut gleiten, von der Unterseite ihrer Brust über ihren Bauch, ihre Schenkel und Knie bis zu ihren Füßen, wo zwischen den Zehen jeweils eine Blaubeere steckte. Mit Früchten und Sahne geschmückt sah Sam wie eine Göttin aus. Ich tippte an ihre Knöchel und spreizte ihre Beine. Die Blaubeeren rollten herunter. Sie japste überrascht.

Ich drehte mich zur Seite, nahm ihren Fuß in meine Hand und drückte auf ihre Sohle. Sie wand sich, als ich ihr einen Vorgeschmack darauf gab, was ich mit ihrem Körper anstellen würde.

„Du spielst nicht fair", beschuldigte sie mich kichernd. Ihre Brüste mit den rosa Brustwarzen wippten auf und ab.

„Wer hat denn was von fair spielen gesagt, Samantha? Bist du etwa fair, wenn du die köstlichsten Teile deines Körpers verdeckst?"

Sie kicherte wieder.

„Ich hoffe, du hast die Theke eingefettet." Ich zog sanft an ihren Beinen, um sie näher zu mir zu ziehen. Eine Kirsche rollte von ihrem Bauchnabel.

Ich setzte ihre Füße an den Rand und konzentrierte mich auf die Blume zwischen ihren Beinen. Während der Obstsalat dort köstlich aussah, sah ihre glänzende Pussy noch besser aus. Ich küsste mich an ihrem Oberschenkel entlang und sog ihren frischen Duft ein. Ich rutschte unruhig hin und her, mein Schwanz pochte unangenehm. Ich konzentrierte mich auf die Sahne, die ihre Schamlippen hinunterlief. Ich leckte die Spalte hoch, direkt neben der Falte, und sie wand sich. Ich leckte auch die andere Seite hoch und dann in Richtung ihrer Klitoris.

Je länger ich leckte, desto mehr schwoll sie an. Von oben tropfte süße Sahne, und als Sam kurz davor war zu kommen, hielt ich inne und säuberte die Süße darüber.

„Mehr", hauchte sie. „Ich bin fast da."

„Ach, ich weiß schon." Ich tränkte ein Tuch und reinigte alles unterhalb ihres Bauchnabels und um ihre Pussy herum. Dieses Mal, wenn ich sie kostete, wollte ich nur sie in meinem Mund haben. Ich kletterte auf die Theke und glitt an ihrem Körper hoch, um ihren Mund zu küssen. „Ich liebe dich, Samantha."

„Ich liebe dich auch, Gabriel."

Ich glitt wieder nach unten und drückte ihre Schenkel nach oben, wobei ich ihren Hintern von der Theke hob. Sie glänzte verführerisch vor mir.

Ich ließ ihre Beine herunter. Sie lag geöffnet vor mir und wartete. Ich schob einen Finger in sie hinein und beobachtete ihr Lächeln. Ich schloss meinen Mund über ihrer Pussy. Ihr Hintern verkrampfte sich. Ich fügte einen weiteren Finger hinzu und pumpte sie. Sie verengte sich um mich herum, und ich strich über ihre hervorstehende Klitoris. Sie schwoll in meinem Mund an. Ihr Wimmern feuerte meine Zunge an, und ich leckte schneller, saugte präzise und fingerte sie, wobei ich auf dem Weg hinaus ihren G-Punkt streifte.

„Gabe!", schrie sie. Ich hielt meinen Mund über ihrer Stelle und leckte, als sie kam. Ihr Körper zuckte und krampfte, bis sie nicht mehr kommen konnte. Ich richtete mich auf den Knien auf und schob meinen pochenden Schwanz in ihre durchnässte und geschwollene Pussy. Ihre Augen flogen auf. „Meine Güte!"

„Falsch geraten, immer noch Gabe", antwortete ich, und sie lachte. Ihre zweite Luft kam.

„Härter, Gabe. Bitte."

Ihre Stimme sang für meinen Schwanz, und ich stützte meine Arme auf der Ecke ab. Ich stieß so hart vor, wie es die rutschige Küchentheke zuließ. Dreißig Sekunden später ergoss ich mich in ihre warme Pussy und hielt still.

„Verdammt bestes Frühstück meines Lebens."

Ich senkte mich auf ihren Körper und küsste sie.

„Duschen?"

Sie lächelte, und wir sprangen von der Theke. Ich nahm ihre Hand und führte sie zur Dusche am Pool. Draußen spiegelte sich die Sonne in der Oberfläche des Pools. Wellen strahlten über die Sträucher um den Bereich.

„Wie fühlst du dich?", fragte Sam, als ich die Dusche anstellte. Sie trat unter den ersten Strahl. „Du warst die meiste Nacht wach."

Ich stellte meine Dusche neben ihr an.

„Besser. Viel besser. Es gibt einige Dinge, die ich heute klären muss, aber ich bin zuversichtlich, dass eine Herde Wildschweine für die Sicherheitsverletzung verantwortlich war."

„Oh, das ist dann gut, oder?"

„Das ist ausgezeichnet. Außerdem hat Tristan bestätigt, dass Martinez auf dem Weg aus Neuseeland raus ist."

„Oh mein Gott, Gabe. Das ist fantastisch!" Sie überquerte die fußhohe Hecke zwischen den Duschen, warf ihre Arme um meinen Hals und presste ihren nackten Körper an meinen. Als ich sie hielt, erinnerte ich mich daran, dass ich ihr eine Erklärung schuldig war. Nach letzter Nacht und heute Morgen konnte ich die Geheimnisse ihrer Herkunft nicht länger für mich behalten.

Aber seit letzter Nacht wurde mir auch klar, dass ich das nicht allein tun konnte.

Ich küsste sie und half ihr beim Waschen. Nachdem wir uns abgetrocknet und angezogen hatten, setzte ich mich neben sie an den Pool, wo sie ihre Füße eintauchte. „Es gibt etwas, das ich dir sagen muss, aber bevor ich das tue, muss ich etwas erledigen."

„Okay?"

„Ich möchte nicht bis mitten in der Nacht warten, um zu tun, was ich tun muss. Ich möchte jetzt gehen, damit ich so schnell wie möglich zurückkommen kann, und wir können ... reden. Über alles. Ich wäre nicht lange weg."

Ihr Gesicht wurde blutleer. „Du machst mir doch keinen Antrag, oder?"

„Ach, quatsch! Nein, nein. Das tue ich nicht."

„Gut." Sie atmete aus.

„Aber ich würde gerne von einem One-Night-Stand zu einem offiziellen Beziehungsstatus übergehen. Du weißt schon, nicht mehr die ‚One-Night-Stand'-Art."

Sie lächelte, dann runzelte sie die Stirn. „In Ordnung. Du willst also jetzt gehen?"

„Na ja, ich werde das Haus sichern. Kein Wildschwein könnte durchkommen, ohne dass ich es wüsste. Und ehrlich gesagt, ich bin nur fünf Minuten Fahrt entfernt."

Ihr leises Lachen bebte vor Nervosität. „Es ist okay. Geh. Ich werde schon klarkommen."

„Ich werde nicht lange weg sein. Höchstens zwanzig Minuten." Ich küsste ihre vollen Lippen und machte mich auf den Weg zur Garage. Auf dem Weg dorthin bog ich durch die Waschküche ab, um die Seitentür zu schließen, dann ging ich nach oben, um das Balkonfenster abzuschließen. Der Instinkt war dumm, da das Anwesen sicher genug war, damit wir bei offenen Türen und Fenstern schlafen konnten.

Ich fuhr mit dem Bentley durch die Tore, verschloss sie und überprüfte die Sicherheit auf meinem Handy noch einmal, bevor ich losfuhr. Ich fuhr zu Marge, trommelte auf dem Lenkrad und überlegte, ob ich etwas hätte vorbereiten sollen für den Moment, wenn Marge Sam treffen würde. Ich hatte die ganze Nacht darüber nachgedacht, wie ich Sam die Neuigkeiten über ihre Familie beibringen sollte, und kam dummerweise auf die Idee, Marge einfach zum Haus zu bringen, damit wir es gemeinsam tun konnten.

Ich fuhr die Auffahrt der Summers hoch. Parsley kam angerannt und begrüßte mich mit Gesichtsschlecken. Er lief um das Auto herum, bellte und wedelte mit dem Schwanz, als könnte er nicht genug von mir bekommen.

„Komm schon, Parsley. Lass uns Tee machen."

„Marge, wir haben keine Zeit für Tee. Du musst mit mir kommen."

„Ist etwas mit Charlize passiert?"

„Nein. Ich meine, ja", seufzte ich. Mensch, ich wollte die Sache endlich vom Hals haben. Ich war sicher, dass in dem Moment, in dem Sam Marge sehen würde, sie sofort eine Verbindung spüren würden. Man sagt, sehen heißt glauben, und Sam die Neuigkeiten mit Marge an ihrer Seite zu überbringen, machte Sinn. „Samantha geht es gut. Weißt du was - lass uns diesen schnellen Tee trinken."

Wir gingen in den Garten, wo Marge bereits den Tee mit einer Obstplatte vorbereitet hatte.

„Du wusstest, dass ich komme?"

„Ach wo, nein." Sie goss den Tee ein, setzte sich und gab mir diesen strengen Blick, für den Schwiegermütter berühmt sind. „Aber ich mag Tee. Also, wann lässt du mich meine Tochter sehen?"

„Heute. Wir werden es Sam heute sagen, und ich weiß nicht, wie ich es ihr allein sagen soll."

Ihre Augen weiteten sich wie Flaschendeckel, als sie die Teetasse in der Luft hielt.

„Moment, du willst mich mitnehmen, um sie zu sehen? Jetzt?

Lass uns gehen!" Die Teetasse zitterte in ihren Händen, als sie sie abstellte.

„Deshalb bin ich gekommen, um dich zu holen. Sie wird mich hassen. Sie wird denken, ich bin nur mit ihr zusammen wegen Joanne. Ich wollte es ihr früher sagen, aber ich wollte sicher sein, und der Zeitpunkt war nie richtig-"

„Herrgott, Gabriel. Du zitterst ja."

Ich verstand echt nicht, warum ich plötzlich so verdammt weiche Knie hatte. Schließlich war ich es gewohnt, unter Druck zu arbeiten. Aber das hier war anders.

Marge strich sanft über meine Hand. „Sie wird dich nicht hassen. Sie wird es verstehen. Da bin ich mir sicher."

„Ich habe versucht, es ihr zu sagen", erklärte ich, als ich mich erinnerte. „Aber es kam immer etwas dazwischen."

„Hast du Martinez schon umgebracht?", fragte sie.

„Marge-"

„Ich bin eine gläubige Frau und will niemandem etwas Böses, aber dieser Bastard hat es nicht verdient zu atmen."

„Wir werden ihn kriegen, und wenn es das Letzte ist, was ich tue."

„Das ist Quatsch. Er wird von deinen Cousins geschützt."

„Es ist viel komplizierter. Er ist der Schlüssel zu einem Untergrundering für Menschenhandel, der zerstört werden muss."

„Auf Kosten der Leben, die er ruiniert? Ist das jetzt das, wofür Silver Securities steht?"

Parsley bellte im Haus, und wir drehten unsere Köpfe. Marge runzelte die Stirn. Ich trank schnell meinen Tee aus, verbrannte mir leicht den Gaumen und fragte: „Fertig zum Aufbruch?"

„Ich habe mein ganzes Leben auf diesen Moment gewartet."

Ich half ihr, das Geschirr zurück ins Haus zu tragen, als Parsley erneut von oben bellte.

„Parsley?", rief Marge, aber der Hund antwortete nicht.

Mein Herz setzte ein paar Schläge aus, als ich den besorgten Ausdruck in ihrem Gesicht sah.

„Ich gehe nachsehen." Als jedoch etwas im Obergeschoss schepperte, eilten wir beide nach oben. Sobald ich den zweiten Stock betrat, kam Parsley auf mich zugerannt, wedelte mit dem Schwanz und drehte sich im Kreis.

„Was ist los, Junge?" Ich folgte ihm den Flur entlang und fragte mich, was er wohl mit seinem Schwanz umgeworfen hatte.

„Irgendwas stimmt nicht", flüsterte Marge hinter mir.

Wir folgten Parsley, der uns zu Charlizes Zimmer führte. Ich blieb mitten im Schritt stehen, als ich einen vertrauten Rücken sah. Ein zerbrochener Bilderrahmen lag verstreut zu Sams Füßen in dem mit Lichterketten geschmückten Zimmer. Sie drehte sich wie in Zeitlupe um und hielt ein Foto von Joanne als Kind in der Hand, die auf dem Wohnzimmersofa saß und ein Baby hielt. Tränen liefen über ihr Gesicht, als sie zu mir aufsah und mit zitternder Stimme fragte: „Warum sieht dieses Mädchen aus wie ich?"

Kapitel 16

Sam

Vielleicht hatte Gabe Recht damit, mich als Rebellin zu bezeichnen. Etwas in meinem Kopf rastete aus, als er erwähnte, mich allein zu lassen.

Zwanzig Minuten.

Mein Puls raste, meine Sicht verschwamm und Geräusche kamen und gingen. Zwanzig Minuten reichten aus, um jemanden zu entführen.

Ich bin keine Memme. Ich bin bereit, meine Karten auszuspielen. Und ich bin bereit, seine zu sehen.

Ich schnappte mir meine Shorts vom Stuhl, zog mir ein T-Shirt über meinen Badeanzug und folgte Gabe. Er griff nach den Schlüsseln des Bentleys und eilte nach oben. Ich schlich mich in die Garage, öffnete den Bentley, klappte den Kofferraum auf, kletterte hinein und schloss den Deckel vorsichtig über mir. Momente später kehrte Gabe in die Garage zurück.

Die Vibrationen des Motors ratterten durch meinen Körper. Gabe fuhr aus der Garage, und ich atmete erleichtert aus. Wo auch immer er hinfuhr, ich wusste, ich wäre sicherer in seiner Nähe. Wenn wir nach Hause zurückkehrten, würde ich mich wieder herausschleichen, und er würde den Unterschied nie bemerken. Ich stützte meine Arme und Füße gegen die Kofferraumwände, um mich festzuhalten. Gabe war ein schneller Fahrer: viel schneller, als wenn er mit mir gefahren war. Fünf Minuten später parkte er das Auto, schaltete den Motor aus und ging eilig weg. Ich lag auf dem Rücken und wartete darauf, dass er zurückkehrte, bis ich draußen einen Hund bellen hörte.

Ist der Hund in Schwierigkeiten?

Der Welpe hörte nicht auf. Er umkreiste das Fahrzeug, jaulte, und so drückte ich gegen den Rücksitz und kletterte durch das Auto aus dem Kofferraum. Draußen vor dem Fenster stand ein Golden Retriever auf seinen Hinterbeinen, seine Vorderpfoten und seine Nase gegen das Glas gedrückt. Sein Schwanz wedelte hin und her. Ich öffnete die Tür und stieg aus.

„Hallo, Junge." Ich ging in die Hocke und streckte meine Hand aus. Anstatt an mir zu schnüffeln, erhob sich der Hund auf seine Hinterbeine und legte seine Pfoten auf meine Brust. Ich stützte mich gegen das Auto ab und er leckte mein Gesicht.

Ich lachte. Der Hund drehte sich im Kreis und schlängelte sich um meine Beine. Nach einer guten fünfminütigen Krauleinheit unter seinem Kinn und über seinen Bauch beruhigte er sich endlich. Ich überprüfte sein Halsband und stand auf. „Also, wem gehörst du, Parsley?"

Er drehte sich erneut im Kreis, als ich seinen Namen sagte. Ich bewunderte das wunderschöne Backsteinhaus am Ende der Auffahrt. Das Geräusch des Ozeans lenkte meine Aufmerksamkeit auf den Strand, wo die Überreste eines verbrannten Bootes ruhten. Mir wurde klar, dass wir in derselben Bucht waren, in der Kendra Gabes Boot in die Luft gejagt hatte.

Meine Aufmerksamkeit wandte sich wieder dem Hund zu, der am Saum meiner Shorts zog und mich in Richtung Haus zerrte.

„Was machst du da?", fragte ich.

Parsley ließ nicht locker. Ich folgte ihm zur Seitentür, die offen gelassen worden war, zögerte aber. Dies war jemandes

Haus, und ich hatte kein Recht, hineinzugehen. Aber dann hörte ich Gabes Stimme im Hinterhof.

„Ich kann es kaum erwarten, dass du sie kennenlernst. Sie ist unglaublich."

Sprach er von mir?

Parsley kam zurück und knabberte an meinen Shorts, zog mich hinein. Er ließ nicht los und führte mich zu einer Treppe. Ich folgte dem glücklichen Welpen die Treppe hinauf und zu einem Zimmer. Er stieß die Tür mit seiner Schnauze auf. Das überwiegend lavendelfarbene Schlafzimmer war wahrscheinlich das eines Mädchens und in tadellosem Zustand. Lichterketten hingen im Fenster, und ich lächelte. Ich drückte einen Knopf am Kabel und erhellte den Raum. Weitere Lichterketten hingen über dem Kleiderschrank, und ich schaltete auch diese ein. Der Raum funkelte mit gemütlichen Lichtern und weckte eine Erinnerung an mein lavendelfarbenes Zimmer in New Jersey. Parsley rieb sich an meinem Bein und bellte kurz. Ich zuckte zusammen und warf einen Blick zur Tür, mir wurde bewusst, dass ich hier nicht sein sollte.

„Schsch, du verrätst mich noch. Komm schon."

Ich wollte gerade gehen, als ein Bilderrahmen auf einer Kommode meine Aufmerksamkeit erregte. Ich nahm ihn für einen genaueren Blick in die Hand und mir stockte der Atem. Ich rieb mir die Augen und betrachtete das Foto von zwei Mädchen erneut. Das ältere saß auf einem Sofa und hielt ein Baby in den Armen.

„Wessen Zimmer ist das?", sagte ich zu mir selbst.

Eine Träne rollte meine Wange hinunter. Ich wusste nicht, woher sie kam. Ich starrte auf das Foto und konnte meine Augen nicht von dem älteren Mädchen abwenden, das genauso aussah wie ich als Kind. Ich nahm schnell das Foto aus dem Rahmen und drehte es um.

Joanne und Charlize, 1997

Als ich das Foto wieder umdrehte, hielt ich es näher an meine

Augen und ließ den Rahmen fallen. Er traf die Ecke eines Schreibtisches und zerbrach. Ich hob das Bild auf. Meine Hände zitterten, aber ich konnte meinen Blick nicht von dem Armband am Handgelenk des Babys abwenden. Ich hob meine linke Hand und verglich es mit meinem Armband. Der in Silber gefasste Anhänger war identisch mit dem des Babys.

„Oh mein Gott", flüsterte ich.

Tränen liefen über mein Gesicht, als der Zusammenhang klar wurde. Mein Herz raste, während die Erkenntnis wie eine Welle über mich hereinbrach. Parsley wedelte mit dem Schwanz, streifte mein Bein und verließ meine Seite, um zur Tür zu gehen, was mich veranlasste, mich umzudrehen. Gabe stand dort im Türrahmen, mit einer Frau, die hinter ihm hervortrat. Es war dieselbe Frau, die mir geholfen hatte, vor Martinez in der Stadt zu fliehen.

Ich hob das Foto in meiner Hand.

„Warum sieht dieses Mädchen aus wie ich?", fragte ich.

„Sam-"

„Die Wahrheit. Bitte, sag mir einfach die Wahrheit."

Er holte tief Luft. „Das Mädchen, das auf dem Sofa sitzt, ist meine Frau als Kind. Das Baby, das sie hält, bist du. Sie sieht aus wie du, weil sie deine Schwester war."

Das Gewicht seiner Worte drückte meine Brust nach innen und presste alle Luft aus meinen Lungen. Ich schüttelte den Kopf. „Deine Joanne?", fragte ich. „Das ist unmöglich."

„Sie haben dich uns gestohlen." Die Frau trat hinter Gabe hervor.

„Uns? Du ... du bist ... du hast mir in der Stadt geholfen."

Sie nickte.

„Und du?", sagte ich zu Gabe. „Du wusstest es?"

Der Raum drehte sich. Mein Kopf hämmerte und mein Herz schlug noch heftiger. Ich hatte Schwierigkeiten zu atmen.

Die ganze Zeit wusste er es.

„Wir suchen dich seit dem Tag, an dem sie dich aus dem Kinderwagen entführt haben."

„Ich wurde nicht entführt. Ich wurde adoptiert."

„Die Entführer haben dich als Schwarzmarkt-Baby verkauft." Gabe streckte die Hand aus.

Ich sprang auf. „Fass mich nicht an."

Ein Kloß bildete sich in meinem Hals. „Ich ... ich dachte, ich wüsste, wer du bist. Wenn du der wärst, für den ich dich hielt, hättest du es mir gesagt. Ich habe dir vertraut. Ich lag so falsch."

Meine Sicht verschwamm, mein Kopf dröhnte und jeder Muskel in meinem Körper schmerzte. Ich fuhr mir mit der Hand über die Augen und blickte zurück auf das Foto.

„Und ...", Gabe zögerte. Als er nicht fortfuhr, trat die Frau vor. „Wir haben jahrelang gesucht, bis wir die Information erhielten, dass ... dass sie dich für eine Organspende verkauft hatten."

Was? Mir drehte sich der Magen um und Übelkeit stieg in mir auf.

„Bist du meine Mutter?" Während ich fragte, kannte ich die Antwort bereits. Von ihrem hellen Haar bis zu ihren Augen und ihrer Statur war die Frau eine ältere Version von mir.

Marge ließ all die Tränen los, die sie über die Jahre zurückgehalten hatte.

„Das bin ich?" Ich zeigte auf das Baby auf dem Foto.

Ein sanftes Lächeln umspielte ihren Mundwinkel. Ein Teil von mir wollte in ihre Arme laufen. Ein anderer Teil wollte von beiden wegkommen. Ich hatte jahrelang nach meinen leiblichen Eltern gesucht. So hatte ich Kendra kennengelernt. Und jetzt war ich im selben Raum mit meiner Mutter.

„Wie lange weißt du es schon?", fragte ich.

„Ich hatte einen Verdacht, als ich dich traf. Ich meine, die Ähnlichkeit ist unverkennbar ..." Er machte eine Pause. „Dann fand ich den Anhänger in deinem Büro und wusste, dass ich tiefer graben musste."

„Mein Anhänger hat meine Initialen darauf. SC für Samantha Connor."

„SC steht für Summers Charlize." Die Frau streckte ihre Hand aus, an der ein ähnlicher Anhänger an einem silbernen Armband hing. „Es war eine Familientradition, als wir nach Neuseeland zogen."

„Es ist ein Zufall", flüsterte ich und schüttelte den Kopf. Doch ich wusste, dass das Gegenteil wahr war. Dies war kein Zufall, und Gabe hatte das Geheimnis meiner Identität seit dem Tag, an dem ich ihn traf, für sich behalten. Mein Magen drehte sich.

„Mir wird schlecht. Ich brauche Luft."

Ich rannte aus dem Schlafzimmer, an Gabe und der Frau vorbei.

„Sam, warte!", rief Gabe mir nach.

Ich stürzte verzweifelt die Treppe hinunter und durch die Seitentür hinaus. Sie folgten mir, aber irgendwie waren meine Füße schneller und entschlossener. Parsley blieb die ganze Zeit an meiner Seite.

„Charlize, bitte." Ich hörte die gebrochene Stimme der Frau hinter mir. Ich versuchte, sie mit der Stimme meiner Mutter zu verbinden, aber ich konnte es nicht. Meine Mutter war vor zwei Jahren gestorben.

Ich ließ mich auf die Knie ins Gras sinken. Mein Magen zog sich zusammen, und ich übergab mich. Gabe eilte zu mir.

„Bleib mir vom Leib!", schrie ich.

„Sam-"

„Bitte!", schluchzte ich und stand von meinen Knien auf. „Lasst mich einfach allein."

Die Welt um mich herum veränderte sich. Objekte verschwammen und wurden wieder scharf. Der blaue Himmel verschmolz mit dem Grün. Ich schloss meine Augen, stützte meine Hände auf das Gras und stand auf.

„Ich ... ich kann das nicht." Ich rannte über den Rasen, mit Parsley an meiner Seite.

Gabe rief mir nach, bis wir den Strand erreichten, wo sich der endlose Ozean in all seiner Pracht erstreckte. Ich wünschte, Kendra wäre hier. Sie verstand die Kunst, ein Leben ohne wahre Identität zu führen. Ich hatte jahrelang nach meiner gesucht, und als ich sie nicht finden konnte, schuf ich meine eigene. Außer dass alles eine Lüge war. Samantha Connor war eine Lüge ... und Gabriel Silver ebenso.

Ich zog meine Schuhe aus und eilte über den Sand zum Ufer, als Gabe aus dem hohen Gras auftauchte.

„Samantha!", rief er.

Ich rannte am Ufer entlang in Richtung von Gabes Bootsüberreste. Als ich den Steg erreichte, sprintete ich zu dem Boot, das Kendra benutzt hatte, um in unserer ersten Nacht in Neuseeland den Treibstoff abzuzapfen. Ich sprang ohne nachzudenken hinein. Parsley blieb auf dem Steg und bellte.

„Schlüssel, Schlüssel, Schlüssel ..."

Zündung an. Was hatte Gabe mir beigebracht? Nicht viel. Leinen los. Gas geben. Raus aufs offene Wasser.

„Samantha!", schrie Gabe aus voller Kehle und rannte den Steg hinunter. Aber er war zu spät. Das Boot entfernte sich vom Steg. Ich wollte allein sein, und es gab nichts, was er tun konnte, um mich aufzuhalten. Er stürzte sich ins Wasser und schwamm dem Boot hinterher, das er nie einholen würde.

Der Bug glitt durch die Wellen wie ein Fisch durchs Wasser. Der Wind heulte an mir vorbei, während die Sonne ihren höchsten Punkt am Himmel erreichte. Es waren nur ich und der Ozean. Nie im Leben hätte ich gedacht, dass ich ein Boot auf dem Ozean fahren würde, aber hier war ich, stahl eines, obwohl ich es nicht einmal wollte. Fünfzehn Minuten später umgab mich nur noch endloses Blau. Die Küste war verschwunden, verschluckt vom gierigen Horizont ... als das Boot zu rumpeln begann und das Lenkrad vibrierte. Ich umklammerte es fester, aber der Motor ging aus. Die Tankanzeige zeigte leer.

„Scheiße!" Ich schlug auf das Lenkrad, schrie auf und sackte im Stuhl zusammen. Ich hätte wissen müssen, dass der Tank leer sein würde, weil Kendra diejenige war, die das Benzin abgezapft hatte. Offensichtlich hatte niemand nachgetankt. Ich schaltete die Zündung aus und überprüfte das GPS. Der Punkt auf dem Bildschirm war nicht weit von der Küste entfernt, trotzdem fühlte es sich an, als wäre ich mitten im Nirgendwo. Ich setzte mich auf den Steuermannsstuhl und schluchzte. Als die Tränen versiegt waren, legte ich mich auf den Boden des Bootes und schloss die Augen. Die Sonne schien intensiv, während ich über die Wellen schaukelte. Wie konnte mein Leben nur so aus den Fugen geraten? Ich hatte Gabe genug vertraut, um ihm um die halbe Welt zu folgen, und er hatte mich über die eine Wahrheit belogen, nach der ich suchte.

Als ich die Ereignisse des Tages Revue passieren ließ, ergab nichts einen Sinn. Wie konnte ich aus Neuseeland stammen? Dieses Land war bei meinen Recherchen nie aufgetaucht. Als ich Kendra getroffen hatte, konnten wir nicht die geringste Information über meine Adoption finden.

„Sie haben dich uns gestohlen." Die Stimme meiner Mutter hallte in meinen Ohren wider.

Meine Mutter.

Erneut füllten sich meine Augen mit frischen Tränen. Ich drehte mich auf die Seite in die Embryonalstellung. Mein Körper zitterte und mein Herz schmerzte, bis das Geräusch eines Motors meine Aufmerksamkeit erregte. Ich stand auf und blickte über den Bug auf die sich nähernde Yacht vor mir.

„Scheiße!"

Ich duckte mich außer Sichtweite. Die Yacht war nah genug, um zu erkennen, dass es nicht Gabes war. Schauer liefen mir über den Rücken. Ich durchsuchte das Boot nach einem Schnorchel, konnte aber keinen finden. Dann fiel mir ein, dass ich gar nicht schnorcheln konnte. Ich öffnete das nächste Fach und griff nach einer Taucherbrille und einer flaschengroßen Sauerstoffflasche mit Mundstück. Ich drehte den Knopf. Luft zischte durch das Mundstück, und ich drehte den Knopf wieder in die Aus-Position.

Haie oder Martinez?

Mein Blick huschte vom Wasser zur herannahenden Yacht, und ich entschied mich schnell für Ersteres. Obwohl ich wusste, dass Martinez angeblich Neuseeland verlassen hatte, wollte ich kein Risiko eingehen. Ich eilte zum Heck, kletterte die Stufen hinunter, befestigte ein Paar Flossen, setzte meine Taucherbrille auf und glitt ins Wasser. Ich hielt mich am Seil an der Seite des Bootes fest und achtete darauf, auf der verborgenen Seite zu bleiben, während die Yacht sich näherte, und betete im Stillen, dass keine Haie auftauchen würden. Wenn die Leute freundlich wären, würde ich auftauchen und um Hilfe bitten.

„Es ist verlassen."

„Durchsucht alles. Dieses Boot gehört den Summers. Verbrennt es."

Mein Atem stockte. Martinez' Stimme jagte mir einen Schauer über den Rücken. Ich zog die Taucherbrille fest, drehte den Sauerstoff auf, steckte das Mundstück in den Mund und tauchte unter das Boot, nahe dem Bug. Ich war keine hervorragende Schwimmerin, aber ich wollte leben. Der Überlebensinstinkt trieb mich in Richtung der Yacht. Ich schwamm so tief wie möglich, ohne aufzutauchen. Als ich den Bug der Yacht erreichte und nach Luft schnappte, hatten sie mein Boot bereits in Brand gesetzt.

Die Motoren der Yacht brüllten auf und erschreckten mich. Ich tauchte wieder unter, als sie sich von dem Inferno entfernte. Momente später hallte der Klang einer Explosion durch den Ozean. Die verstreuten Überreste des Bootes brannten an der Oberfläche und versanken dann größtenteils in den Wellen.

Ich tauchte nach Luft auf, nachdem sie weg waren. Während ich im Kreis Wasser trat, wurde mir das Ausmaß meiner Situation bewusst. Die Dummheit meiner Handlungen hatte mich mitten im Ozean gestrandet, treibend in einer Strömung, die mich weiter weg vom Ufer zog.

Als ob die Dinge nicht noch schlimmer werden könnten, tauchte am Horizont eine Haiflosse auf.

„Sam hat Marges Boot genommen. Ich brauche das Schnellboot und alle verfügbaren Ressourcen, um sie zu finden. Zu Wasser und zu Luft!"

Ich umklammerte das Telefon, bis meine Knöchel vor Schmerz pochten.

„Wir sind in zwanzig Minuten da", antwortete Tristan und legte auf.

„Sie hat vielleicht nicht so lange Zeit." Mein Kiefer verkrampfte sich, bis der hintere Backenzahn schmerzte.

Ich überprüfte ihren Standort auf meiner Handy-App. Der Tracker von Sams Amulett pulsierte auf dem Bildschirm und bewegte sich weiter vom Land weg. Ich blickte in die Richtung aufs Meer hinaus, in die Sam verschwunden war.

„Ich brauche ein Boot."

„Jacks altes steht in der Garage."

Die nächsten fünf Minuten zogen sich endlos hin. Mit einem Kopf voller möglicher Szenarien hängte ich das Boot an Marges Rover und brachte es zur Rampe. Nach einer gefühlten Ewigkeit tuckerte ich mit einem Motor im Schneckentempo los.

„Verdammt!", schrie ich.

Es dauerte nicht lange, bis mein Cousin mit der Familienyacht hinter mir hersegelte.

„Was machst du damit?"

„Halt die Klappe und komm näher ran!", rief ich.

Ich ging an Bord der Yacht; Julians Crew kümmerte sich derweil um Marges Boot.

„Was ist passiert?", fragte Kendra. „Wo ist Sam?"

„Sam ist Charlize Summers. Das hättest du verdammt nochmal wissen müssen, wenn du den Verstand gehabt hättest zu bemerken, wie ähnlich sie Jo sieht."

„Was?!"

„Ja, so ungefähr hat Sam sich auch gefühlt, als sie es herausfand."

„Sam ist Jos Schwester?"

„Ja!"

„Und du hast es ihr nicht gesagt?"

„Ich hatte nie die Gelegenheit dazu. Wo hast du Sam kennengelernt?" Ich zwang mich zur Beherrschung.

„Was?" Dieser gespielte Unschuldsblick, um einer Konfrontation aus dem Weg zu gehen, zog bei mir nicht.

„Das ist eine einfache Frage, K. Wo hast du Sam kennengelernt?"

„Auf einer Ahnenforschungskonferenz. Wir haben beide nach unseren Eltern gesucht. Sie versuchte, ihre biologische Familie zu finden."

„Und das hat bei dir nichts ausgelöst?"

Kendra sprang auf, und ich bereute sofort den harschen Kommentar. Kendras und Sams enge Verbindung ergab plötzlich Sinn, aber Kendra war für ihre Freunde nicht ungefährlich. Das war einer der Gründe, warum sie nicht viele hatte.

„Deine Eltern sind schon lange weg."

Der Unfall, bei dem ihre Eltern ums Leben gekommen waren, war ein weiterer Grund.

Sie schüttelte den Kopf. „Ich glaube nicht. Ich denke, sie leben noch. Ich kann es spüren."

Ich legte meine Hand auf ihre. „K, sie sind weg. Der Unfall ... sie hätten nicht überleben können. Wir haben alle die Explosion gesehen."

Ein ohrenbetäubender Knall donnerte vom Ozean her, als hätte ich ihn heraufbeschworen. Eine sichtbare Explosion schleuderte eine Wolke aus Feuer und Rauch in den Himmel.

„Das ist Sams Position." Julian drückte das Gaspedal noch fester durch.

Das pulsierende Licht auf meiner App verschwand. „Nein, nein, nein! Ich habe ihr Signal verloren!"

Kendra saß zitternd im Sessel. Sie umklammerte die Armlehnen, um sich festzuhalten. Ich nahm mein Fernglas aus der Tasche und suchte den Horizont ab. Eine Yacht segelte von der Explosion weg.

Martinez.

Mein Gesicht verzog sich zu einer Grimasse der Entschlossenheit, als ich mich auf das brennende Schiff konzentrierte. Marge würde mir nie verzeihen, wenn ich ihre zweite Tochter verlieren würde. Ich würde mir selbst nie verzeihen.

Ein Trümmerfeld aus Holz, Metall und unidentifizierbaren Teilen war über die Wasseroberfläche verstreut.

„Sam! Samantha!" Aber meine Stimme fiel der Macht des Ozeans zum Opfer, sobald sie meine Lippen verließ.

Julian ankerte die Yacht.

„Ich gehe runter." Ich schnappte mir eine tragbare Sauerstoffflasche, Taucherbrille und Flossen und tauchte unter. Während ich nach ihrem Körper suchte, betete ich, dass ich sie nicht finden würde – denn wenn ich sie hier fände, würde das bedeuten, dass sie tot wäre. Zwanzig Fuß tiefer war der flache Meeresboden mit Trümmern übersät, aber ihre Leiche war nirgends zu sehen. Ich tauchte auf und nahm meine Maske ab. „Sie ist nicht hier. Sie muss das Armband bei der Explosion verloren haben."

„Wenn ein Körper explodiert, bleibt nichts übrig", rief Kendra hysterisch über Bord.

„Sie ist nicht tot!"

Mein Kiefer verkrampfte sich. Sie konnte nicht tot sein, und ich würde nicht aufgeben, bevor ich sie gefunden hätte. Ich ging wieder an Bord der Yacht.

„Schickt diese Position an das Such- und Rettungsteam. Sagt ihnen, sie sollen sich beeilen."

„Schon erledigt." Julian überprüfte die Strömungen, startete den Motor und steuerte in die Richtung, in die das Wasser Sam vermutlich weggeschwemmt hatte.

Die Sonne brannte unbarmherzig, bis sie unterging, und wir hatten immer noch nichts gefunden. Marge organisierte über zwanzig private Rettungsboote und hielt per Funk Kontakt.

Es war nach Mitternacht, als ich die schönsten Worte meines Lebens hörte: „Da drüben!"

Ich sprang über Bord und schwamm zum Lichtstrahl, noch bevor sie bestätigen konnten, dass sie es war. Wir fanden Sam kaum bei Bewusstsein, wie sie sich an einem schwimmenden Trümmerteil festhielt, in einem fast unterkühlten Zustand.

„Gabe?", formte sie mit den Lippen, bevor sie in meinen Armen das Bewusstsein verlor. Nachdem ich sie an Bord gebracht hatte, wickelte ich eine weitere Decke um sie. Wir riefen Marge an, um ihr die Neuigkeiten mitzuteilen, und eilten nach Hause, wo sie uns erwartete.

„Gott sei Dank!" Sie rannte über den Steg auf uns zu.

Sam schreckte in meinen Armen auf. „Hilfe!"

„Es ist alles gut. Ich hab dich."

Sie seufzte, schloss die Augen und sank wieder in meine Arme zurück.

„Wir sehen uns morgen früh." Mein Cousin winkte und fuhr mit Kendra im Speedboot davon.

„Der Arzt ist im Haus", sagte Marge. „Und ich gehe nicht, bevor sie aufwacht."

Ich trug Sam eilig nach Hause, wo ich sie mit noch mehr Decken zudeckte. Marge brachte warmen Tee, aber Sam war eingeschlafen, bevor sie etwas trinken konnte.

Der Arzt überprüfte ihre Vitalfunktionen, während sie schlief. „Lassen Sie sie bis zum Morgen so. Ihr Blutdruck wird besser. Ich denke, sie ist erschöpft und braucht Schlaf, aber es wird ihr gut gehen. Die Infusion wird bei der Rehydrierung helfen."

Ich bekreuzigte mich und dankte Gott, dass er Sam sicher zurückgebracht hatte. Ich drehte meinen Kopf von einer Seite zur anderen, während Marge zwei Gläser Bourbon on the rocks auf den Wohnzimmertisch stellte.

„Danke. Woher wusstest du, dass ich das brauche?"

„Das brauchen wir alle. Du siehst furchtbar aus."

„Danke." Ich stieß sachte mit meinem Glas gegen ihres, ein leises Klingen erfüllte die Luft. „Ich bin einfach froh, dass wir sie gefunden haben."

„Danke. Ich meine es ernst." Sie machte eine Pause. „Als wir vor zehn Jahren den Dealer aufspürten und er uns sagte, sie hätten mein Baby für Ersatzteile verkauft... dachte ich, ich hätte sie für immer verloren. Ich dachte, sie wäre zu den Engeln gegangen."

„Es tut mir leid, dass wir dir so viel Schmerz zugefügt haben. Zwei Töchter zu verlieren –"

„Es ist nicht deine Schuld, Gabe."

Ich nahm noch einen Schluck. Es fühlte sich definitiv so an, als wäre es meine Schuld. Ich hätte so viel mehr tun können, um sowohl Joanne als auch Samantha zu beschützen, aber ich hatte versagt. Joanne starb unter meiner Aufsicht, und das Gleiche wäre Sam beinahe passiert. Ich leerte den Rest meines Drinks und schenkte mir ein zweites Glas ein.

„Gabe, wenn du nicht aufhörst, dir die Schuld zu geben, werde ich dir eine scheuern."

„Das gehört zum Geschäft."

Marge verpasste mir eine spielerische Kopfnuss. „Dann such dir ein neues Geschäft."

„Ist das so eine neuseeländische Eigenart?"

„Das ist eine mütterliche Sache. Apropos, deine Mutter hat angerufen."

„Lass mich raten. Meine Tante auch?"

„Was erwartest du? Es ist schon eine Weile her, seit wir alle zusammen auf der Insel waren."

Inselausflüge riefen nach Familienzeit, und Silver-Potluck-Picknicks waren eine Tradition, die meine Mutter und Tante nie verpassen würden. Die Schwägerinnen bestanden auf die Anwesenheit aller.

Ich stieß ein genervtes Brummen aus. „Das ist jetzt keine gute Zeit. Ich muss herausfinden, warum Martinez immer noch in Neuseeland ist."

„Wir wissen beide, warum er hier ist." Sie stellte ihr Getränk beiseite und verschränkte die Arme vor der Brust. „Deine Freundin ist Ärger. Unheil folgt ihr, wohin sie auch geht."

„Kendra ist ein guter Mensch, und Silver Securities schuldet ihr etwas. Das schließt Schutz ein, und den wird sie bekommen."

Marge seufzte. „Es tut mir leid. Ich wünschte nur, Charlize wäre nicht in ihre Probleme mit der Mafia verwickelt worden."

„Sie heißt Sam. Ich weiß, sie ist deine Charlize, aber wenn sie aufwacht, wird es vermutlich eine Weile dauern, bis sie ihre Identität verarbeitet hat. Sie dachte, ihre Eltern wären tot."

Marge hob den Kopf. „Nun, ich bin es nicht. Und ein Name ist nur ein Name. Ich werde sie lieben, ob sie nun Sam oder Charlize ist. Das spielt keine Rolle. Ich bin einfach froh, dass ich meine Tochter zurück habe."

Wir verharrten in einem lastenden Schweigen bis drei Uhr morgens.

Marge nahm mir das leere Bourbonglas aus der Hand. „Wirst du sie mit zurück in die USA nehmen?"

„Ich weiß es nicht. Ich weiß es wirklich nicht. Wo auch immer wir hingehen, ich muss sicherstellen, dass sie in Sicherheit ist. Der Ring wird weiter operieren, solange Hartley und Martinez am Leben sind. Wir werden uns bedeckt halten, bis er gefasst wird."

„Sie sollte hier bleiben. Das ist ihr Zuhause." Bevor ich widersprechen konnte, fügte sie hinzu: „Ich nehme das Gästezimmer. Ruh dich aus, Gabe. Heute ist ein guter Tag. Du hast meine Tochter gefunden. Morgen wird sogar noch besser sein, weil sie hier ist. Gute Nacht."

Ich wusste, dass Marge nicht vergessen hatte, wie sie Sam direkt unter ihrer Nase weggeschnappt hatten, und ich musste sie nicht daran erinnern, dass Martinez wusste, wo sie wohnte.

Sie gab mir einen Kuss auf die Wange und ging nach oben ins Gästezimmer. Ich goss mir das letzte Glas Bourbon ein und ging in mein Schlafzimmer, wo ich auf dem Balkon saß und aufs Meer schaute, bis ich einschlief.

„GABE! GABE, WACH AUF!"

Marges panische Stimme vibrierte in meinen Ohren. Ihre Finger krallten sich in meinen Arm, bis ich die Augen öffnete.

Das Morgenlicht blendete mich. Ich richtete mich auf. Die Sonne glitzerte durch die zerbrochenen Glasscherben auf den Fliesen. Ich schoss hoch, als hätte mich eine Sprungfeder katapultiert.

„Sam?" Ich wirbelte zum leeren Bett herum. Glassplitter schnitten in meinen Fuß.

„Ich habe in ihrem Zimmer nachgesehen. Sie ist weg!", rief Marge. „Ich habe schon Julian angerufen. Was zum Teufel ist passiert?"

„Ich... ich weiß es nicht. Samantha!" Ich durchsuchte jedes Schlafzimmer, jede Ecke und jeden Flur im ersten Stock, dann eilte ich die Treppe hinunter und hinterließ eine Spur blutiger

Fußabdrücke. Ich durchsuchte das Erdgeschoss und die Garage, bevor ich in den Hinterhof ging.

Sie war auch dort nicht.

Meine Brust fühlte sich leer an, als hätte jemand mir die Luft aus den Lungen geschlagen. Mein Herz gefror, als die Erkenntnis einsickerte. Ich hatte sie vor wenigen Stunden noch in meinen Armen gehalten, und jetzt war sie wieder verschwunden. Mein Magen verkrampfte sich, als sich die Säure drehte. Bittere Galle füllte meinen Mund. Mein Hinterkopf pochte. Ich hob meine Hand dorthin, wo Wärme unter meinem Haar hervorsickerte.

„Wo ist sie, Gabe?", folgte mir Marge nach draußen, wo sie meinen Hinterkopf berührte. „Du bist verletzt."

Die Welt um mich herum flackerte zwischen Schärfe und Unschärfe. Ich hob meine Hand erneut dorthin, wo Marge meinen Kopf berührt hatte. Ein blauer Fleck hatte sich über der nassen Wunde unter meinen Fingern gebildet. Ich wandte mich zu Marge: „Ich weiß nicht, wo sie ist, aber ich werde sie finden. Ich brauche mein Handy. Geht es dir gut?"

„Ja - ich habe nichts gehört oder gesehen. Aber in der Küche ist Blut, und ich glaube nicht, dass es deins ist."

Zersplittertes Glas bedeckte die Terrasse und reflektierte die Sonne wie Diamanten. Ich blickte zum zerbrochenen Fenster am Balkon meines Schlafzimmers. Wie zum Teufel konnte der Alarm nicht losgegangen sein?

Ich folgte Marge zurück ins Haus, wo sie über die blutigen Schmieren zur Küchenspüle hüpfte und ein Tuch unter kaltem Wasser tränkte. Sie deutete auf einen Stuhl. Der Raum drehte sich um mich und meine Sicht verschwamm. Ich setzte mich und die Benommenheit ließ nach. Während Marge die Wunde reinigte, überprüfte ich mein Handy mit Julians Nachricht von vor zehn Minuten. „Bin unterwegs."

„Aua", jammerte ich.

„Tut mir leid."

„Schon okay. Wie zur Hölle konnten sie die Sicherheitsmaßnahmen überwinden?" Ich scrollte durch die Kameras, als eine blinkende Zeitanzeige meine Aufmerksamkeit erregte. Das Display des Ofens zeigte drei Uhr morgens. Ich überprüfte meine Uhr.

„Sie haben den Strom und die Generatoren ausgeschaltet und haben drei Stunden Vorsprung vor uns. Scheiße!"

Das Sicherheitstor öffnete sich. Ich stand auf, taumelte fast und ging zur Vordertür, hielt aber zwei Meter davor an.

Ein grausames Déjà-vu.

Die angeklebte Notiz an der Tür trieb mir die Galle in den Hals.

Martinez' gekrakelte Nachricht hatte einen vertrauten Ton. Er hatte Joanne in eine Falle gelockt, bevor er sie begrub.

„Sie werden Sam lebendig begraben, so wie sie es mit Joanne gemacht haben", flüsterte ich und hörte, wie Marge hinter mir zu Boden fiel. Ich eilte zu ihr und half ihr auf die Couch, als Julian und Kendra eintraten.

„Hast du alle Tracker überprüft?", fragte er, während ich Marges Beine hochhob. Er zog sein Handy heraus und wischte durch das, was ich für die Silver-Tracking-App hielt.

„Natürlich. Sie hatte nur einen, und den hat sie gestern im Ozean verloren."

Während ich Marges Füße hochlegte, um den Blutfluss wiederherzustellen, brachte Kendra ihr ein Glas Wasser. Marge kam Momente später zu sich, und ich senkte ihre Füße auf die Couch. „Was ist los?"

„Lange Rede, kurzer Sinn: Sam wird vermisst. Wir werden alle unsere Ressourcen nutzen, um sie zu finden, Marge. Ich verspreche es."

Ich würde nie den Blick des Terrors in Marges Augen vergessen, als sie mein Handgelenk packte und ihren Blick mit meinem verschränkte. „Gabe? Finde sie."

Ich nickte. Kendra reichte ihr das Wasser.

„Zieh dir was an, Gabe."

Da bemerkte ich, dass ich immer noch in meinen Boxershorts war. „Julian-"

„Warte mal!" Mein Cousin hob seine Hand. Seine Augenbrauen zogen sich zusammen, und der Raum verstummte. Die nächsten drei Sekunden fühlten sich wie drei Stunden an, während ich beobachtete, wie sich Julians Gesichtsausdruck von Verzweiflung zu Hoffnung wandelte.

„Was ist los?"

„Es ist Joannes alter Tracker."

„Der ist doch oben."

„Warum piept er dann auf meinem Handy und zeigt, dass er mitten auf einem Feld ist, eine Stunde von hier entfernt?"

Ich sprang die Treppe hoch, jede dritte Stufe überspringend, und rannte ins Badezimmer, wo ich feststellte, dass Joannes Anhänger aus der Schublade verschwunden war. Ich zog mich hastig an: eine Jogginghose und ein T-Shirt, dazu Socken, die ich über meine blutigen Füße streifte. Als ich zurückkam, klingelte Kendras Telefon.

Sie reichte es mir eilig. Ich drückte auf den Lautsprecherknopf und wartete.

„Ihre Schulden mussten mit Blut beglichen werden." Eine raue spanische Stimme ertönte am anderen Ende.

„Wo ist Samantha?" Der Backenzahn in meinem Kiefer pochte vor Schmerz.

„Näher an der Hölle, als du denkst." Martinez lachte. „Sag deiner kleinen Drogenabhängigen, dass sie es eigentlich sein sollte, aber sie war nicht zu Hause. Sie ist die Nächste."

„Hör zu, du Dreckskerl! Sag uns, wo sie ist, und wir regeln die Bezahlung."

„Es ist zu spät für deine Schlampe."

„Ich schwöre bei Gott, ich werde dich aufspüren und dir eigenhändig die Kehle durchschneiden", drohte ich.

„Das wird die Schuld auch nicht begleichen. Du weißt, ich bin nur ein Bote, der seinen Job macht."

„Dann nimm diese Botschaft mit. Wir kommen, um dich, deinen Boss und den Boss deines Bosses zu holen."

Ein Klicken, gefolgt von tödlicher Stille.

„Verdammt nochmal!" Mein Blick traf den von Julian.

„Es tut mir so leid, Gabe. Es hätte ich sein sollen." Kendra sank neben Marge auf die Couch. „Es tut mir so leid."

Aber ich hatte keine Zeit, darauf zu achten, denn die Zeit hielt Sams Leben in ihrer Hand. Ich wandte mich an Julian: „Wir werden Schaufeln brauchen."

Kapitel 18

Ich taumelte auf den Wellen wie ein perfekt schmackhafter Seehund. Rauf und runter, rauf und runter. Die Haifischflosse entpuppte sich als ein schwimmendes Stück Holz. Ich ergriff eine Ecke eines größeren Trümmerteils, kletterte so weit hoch, wie meine Kräfte es zuließen, und hielt mich fest, während die Strömung mich vom sinkenden Bootswrack wegtrieb. Um mich herum erstreckte sich der endlose Ozean bis ins Unendliche. Ich hob mein Handgelenk vor mein Gesicht, aber die Sonnenreflexion, die ich in meinem Charm zu fangen gehofft hatte, war nicht da. Das Armband musste abgerutscht sein.

Die Sonne brannte auf meine Stirn und Arme. Sie reflektierte vom Wasser und blendete mich, sodass ich meine Augen geschlossen hielt, wann immer ich konnte. Das sich wiederholende Schaukeln der Wellen machte mich übel. Nach einer Weile gab mein Magen nach und ich leerte mich, bis nichts mehr in mir übrig war. Ich zog meine Beine höher auf die Plattform und kauerte mich in eine Embryonalstellung zusammen.

Tiefe Reue breitete sich wie ein Gewicht in meiner Brust aus. Dieses Ausmaß an Dummheit war neu, selbst für mich. Was hatte ich mir nur dabei gedacht, vor den Menschen wegzulaufen, die mich liebten? Ich hätte niemals das Boot nehmen sollen. Aber ich hatte eben nicht nachgedacht. Ich war wütend und floh vor einem Lügner. Oder zumindest dachte ich, er wäre einer.

Und er nannte mich die Rebellin?

Gabriel Silver war mit meiner verstorbenen Schwester verheiratet gewesen. Eine, von der ich nie wusste, dass ich sie hatte. Er hatte von dem Moment an gewusst, wer ich war, als er mich traf, aber er hatte es mir nicht gesagt. Er kannte meine Mutter besser als ich. Wie war das überhaupt möglich? Ich hatte so viele Fragen, dass ich nicht wusste, wo ich anfangen sollte, und jetzt würde ich möglicherweise nie meine Antworten bekommen.

Die Stunden, die ich im Ozean trieb, ließen meine Lungen zusammenfallen. Als die Sonne unterging, waren meine Atemzüge flach geworden. Ich hielt meine Knie eng an meine Brust und rollte mich zu einer Kugel zusammen, als die Nacht hereinbrach. Die Sonne sank, und die Wassertemperatur fiel. Die Feuchtigkeit störte mich zunächst nicht, aber als ich durchnässt blieb, erschütterte selbst die sanfteste Brise meinen Körper mit der Kraft eines Gewitters.

Dem schnellen Tod durch Haie war ich vielleicht entkommen, aber Unterkühlung kannte keine Gnade bei der Wahl ihrer Opfer. Ich vermisste Gabes Arme, die mich nachts warm hielten. Ich vermisste sein Selbstvertrauen und seine Sicherheit. Gabe würde wissen, was zu tun wäre. Er wusste immer, was zu tun war, aber ich hörte nie zu. Ich gab ihm nie die Chance, es zu erklären.

Die Angst und die Lügen in seinen Augen hatten sich wie scharfe Messer durch meine Brust gebohrt und mein Vertrauen abgeschnitten. Das Flehen in Marges Augen jedoch - das schmerzte am meisten. Ich drehte mich auf den Rücken und entdeckte den ersten funkelnden Stern am Himmel. Ich stellte mir vor, meine Mutter zu umarmen, und ich zitterte. Die

Möglichkeit, dass ich das nie wieder tun könnte, wuchs mit meinen flacher werdenden Atemzügen.

Ich hatte zwar nie ein Kind verloren, aber ich hatte eine Mutter verloren. Zweimal anscheinend. Nein - dreimal. Und ich hatte eine Mutter zurückgelassen, die dachte, sie hätte ihre Tochter gefunden, nur um erneut zu trauern.

Vielleicht bin ich wirklich die Rebellin. Feigling, wahrscheinlicher.

In dem Moment, als ich die eine Person fand, nach der ich mein ganzes Leben lang gesucht hatte, lief ich weg. Ich wimmerte und legte meinen Kopf auf meinen Arm, um zu ruhen. Ich muss eingenickt sein, denn als ich meine Augen öffnete, stand die Sonne gerade über dem Horizont. Ihr orangefarbenes Glühen breitete sich über den Ozean aus. Ich fuhr mit meiner Zunge über mein trockenes Zahnfleisch und hob meinen Kopf. Die Stunden, die ich hier draußen verbracht hatte, zogen sich endlos hin, und es war kein Land in Sicht. Ich suchte den Horizont alle paar Minuten ab, bis eine Flosse durch das Wasser schnitt.

Ich erstarrte.

Der Hai näherte sich ohne Furcht und bog im letzten Moment um die Plattform herum. Ich positionierte mich in der Mitte und beobachtete, wie seine Kreise enger wurden. Die plötzlichen Wendungen des Hais in Richtung meines treibenden Trümmerteils jagten einen Adrenalinstoß durch meinen Körper. Ich erstarrte, als er gegen das Brett stieß.

„Was soll ich tun? Was soll ich tun?"

Nicht in Panik geraten.

Ich blieb regungslos. Die Flosse verschwand unter Wasser und tauchte näher auf als zuvor. Ich fuhr mit der Hand über mein Gesicht. Salzige Reue brannte in meinen Augen. Mein Körper verkrampfte sich, während ich mich fragte, ob ein Hai Angst riechen konnte. Das unkontrollierbare Pochen in meiner Brust pumpte wie ein Leuchtfeuer.

Das war's. Der blöde Hai würde mich bei lebendigem Leib fressen, und ich konnte nichts dagegen tun.

Eine weitere Flosse tauchte in der Ferne auf. Ich drehte meinen Körper zur Sonne. Als das Glühen mit dem Wasser verschmolz, wurde es immer schwieriger zu sehen.

Das Leben lief tatsächlich wie ein Film vor meinen Augen ab, bevor ich starb. Als ich meine Augen schloss, gefiel mir die Szene nicht, die ich sah. Ich hatte nach einer neuen Familie gesucht, nachdem meine Eltern gestorben waren. Ich war diesem Glück, von dem ich gelesen hatte, immer näher gekommen, aber als ich es endlich hatte, lief ich davon.

„Ich bin so eine Totalversagerin!", schrie ich.

Der Hai muss meine Qual gehört haben, denn er wich von seinem kreisförmigen Muster ab und kam direkt auf mich zu.

„Scheiße! Scheiße! Scheiße!"

Ich beobachtete, wie er auf mich zuschwamm, und versuchte verzweifelt, mich zu erinnern, ob ich jetzt meine Hand ausstrecken sollte, um ihm ins Auge zu stechen, oder erst, nachdem er mich gepackt hatte. Das Wasser spritzte zur Seite, und der Hai wich von seinem Kurs ab. Aber er war nicht schnell genug für den Delfin, der seine Nase in seine Seite rammte. Zumindest dachte ich, es sei ein Delfin. Mehr Fische plantschten um mich herum und griffen den Hai an. Die Delfine jagten die Raubtiere auf eine Weise weg, wie ich sie nur aus National Geographic kannte. Als der Räuber verschwunden war, hob ein Delfin seinen Kopf über Wasser, als wolle er mir sagen, dass die Gefahr vorüber sei, und schwamm dann auf dem Bauch neben mir.

Oder vielleicht war es eine meiner letzten wunderschönen Halluzinationen, als der letzte Streifen der Sonnenscheibe unter Wasser verschwand und die Nacht mit dem Ozean verschmolz.

Erschöpft legte ich meinen Kopf auf meinen Arm, sagte „Danke" und schloss meine Augen, während der Ozean mich in die Nacht zog.

MEINE SCHLAFFEN GLIEDMASSEN hingen in der Luft und baumelten. Jemand trug mich über einen Strand. Die kräftigen Arme, der sichere Halt und der vertraute Geruch zwangen mich, die Augen zu öffnen.

„Gabe?", versuchte ich durch meinen heiseren Hals und trockenen Mund zu sprechen, aber ich bekam kein Wort heraus. Die Welt verschwamm immer wieder vor meinen Augen. Eben noch war ich im Ozean gewesen, dann auf einem Boot. Momente später lag ich in meinem Bett. Gabe saß neben mir und hielt meine Hand. Das repetitive Geräusch eines Herzschlags dröhnte. Mein Oberarm schmerzte unter einem gewissen Druck, aber ich konnte meinen Kopf nicht heben. Eine Infusion war mit einem Butterfly an meinem Arm angeschlossen und tropfte mit Flüssigkeit.

Noch jemand anderes war im Raum, aber ich hatte keine Kraft, mich umzudrehen.

„Bleib ruhig, Sam. Du bist jetzt zu Hause, aber du bist schwach. Du hast eine Infusion im Arm."

Zu Hause. Seine heißen Lippen drückten sich auf meine Stirn, und ich sank tief in die Matratze und das Kissen. Der Moment der Entspannung war jedoch nur von kurzer Dauer, denn als ich meine Augen wieder öffnete, hämmerte es in meinem Kopf. Es war mitten in der Nacht, und der Geruch von faulen Eiern, Erde und schmutzigen Socken füllte meine Lungen. Ich leckte über meine rissigen Lippen. Mein Mund war trocken, und mein Arm schmerzte, wo ein Verband um meinen Ellbogen gewickelt war.

Was ist mit meiner Infusion passiert? Wo bin ich?

Die weichen Laken unter mir waren verschwunden, ersetzt durch Holzplanken. Mein Puls beschleunigte sich. Ich öffnete meine Augen so weit wie möglich und wedelte mit meiner Hand vor meinem Gesicht, aber ich konnte sie nicht sehen.

„Gabe?", flüsterte ich erneut und tastete zu meinen Seiten. Beide Ellbogen stießen gegen etwas, das sich wie eine Holzplanke anfühlte.

„Au." Ich rieb die Stelle und streckte meine Arme aus, die raue Oberfläche mit meinen Handflächen abtastend. Ein Splitter bohrte sich in meinen Daumen, und ich hielt inne. Ich hob meinen Arm über meinen Kopf und weiter hinter mich, stieß aber auf eine weitere Wand.

Mein Atem wurde schneller und unregelmäßiger.

Ich glitt mit meinen Händen über das Holz auf der Suche nach einem Scharnier oder einer Öffnung. Meine Handflächen schmerzten und meine Fingerspitzen, durchlöchert von Holzsplittern, pochten und bluteten. Ich hatte mir meine Handfläche an einem hervorstehenden Nagel aufgeschnitten, und der Schnitt brannte.

„Nein, das kann nicht passieren." Angst kroch meinen Körper hoch, als ich der Linie der Wand folgte, bis ich eine Ecke über meinem Kopf erreichte. Meine Handflächen tasteten zur Holzdecke, die weniger als einen Fuß von meinem Gesicht entfernt war. Ich drückte dagegen, aber sie bewegte sich nicht. Sie hatten mich gefangen.

Der Geruch von Erde und Boden verstärkte sich mit jeder Minute.

„Hilfe!", schrie ich mit heiserer Stimme, obwohl ich mich kaum selbst hören konnte. War das alles in meinem Kopf? „Helft mir!" Ich rutschte tiefer, aber meine Füße berührten das Ende des Verschlags. Ich stieß meine Knie an der niedrigen Decke, als ich versuchte, mich wieder hochzuschieben, nur um auf eine weitere Wand über meinem Kopf zu stoßen.

„Gabe! Hilf mir, bitte." Ich stieß einen langen Schrei aus und ließ den Tränenfluss zu, während meine begrenzte Zeit irgendwo unter der Erde verrann.

Ich schloss meine Augen, und eine Erinnerung blitzte durch meinen Geist. Eine vertraute Stimme hatte gelacht, als ich das erste Mal aufwachte. Kabelbinder schnitten in meine Handgelenke, als sie meine Hände hinter meinem Rücken fesselten. Meine Knöchel schmerzten, wo ein Seil um meine gefesselten

Füße brannte. Der Knoten grub sich in meine Haut, und ich wünschte mir Kendras Fußkettchen, damit Gabe meinen Standort verfolgen könnte.

„Die Geschichte wiederholt sich, Ms. Summers", sagte Martinez mit amüsierter Stimme. „Die letzte war bei Bewusstsein, als wir sie begruben, und Sie werden es auch sein."

War das die Art, wie meine Schwester gestorben war?

Der beißende Geruch einer selbstgedrehten Zigarre bohrte sich in meine Nase. Martinez warf mich auf die Ladefläche eines Lastwagens und fesselte mich an eine Metallstange. Wir fuhren lange, und ich hörte keine anderen Autos an uns vorbeifahren, während ich immer wieder das Bewusstsein verlor. Der Asphalt wurde zu Kies und dann zu Erde. Der Lastwagen wackelte über häufige Bodenwellen, seine Räder knirschten unter dem Fahrzeug. Ich war ohnmächtig geworden, bevor sie die Seile von meinen Handgelenken und Knöcheln entfernten, und ich wachte erst wieder auf, als es zu spät war.

Stunden oder Tage könnten vergangen sein, und ich hätte den Unterschied nicht bemerkt. Es fühlte sich an wie Wochen und Monate, obwohl ich wusste, dass das nicht möglich war. Ich fuhr mit meiner Hand über mein Gesicht. Ich konnte nicht mehr weinen, und meine Augen brannten. Blut sickerte meine Beine hinunter, weil ich mir die Knie an der Holzdecke aufgeschürft hatte. Ich hatte sie wiederholt angeschlagen, als könnte ich irgendwie entkommen. Der Überlebensinstinkt hielt an, bis ich keine Kraft mehr hatte.

Meine Atemzüge wurden langsamer. Es war kaum noch Luft im Sarg. Durch den Sauerstoffmangel zogen sich meine Lungen von außen zusammen. Schweißperlen rannen meine Stirn und mein Gesicht hinunter. Das Pochen in meiner Brust verlangsamte sich zu einem leisen, rhythmischen Klopfen. Der Geruch des Todes umgab mich, während ich mein Ave Maria murmelte.

„ Geradeaus. Sie ist nicht weit. Beeil dich."

Julian hatte darauf bestanden zu fahren, was mir ganz recht war, denn mein Hinterkopf pochte noch von dem Schlag. Er drückte das Gaspedal fester durch. Konzentriert auf das Ping von Joannes Anhänger, waren wir seit einer Stunde unterwegs und kamen immer näher.

Die gute Nachricht war, dass der Standort unverändert geblieben war. Die schlechte Nachricht war, dass wir uns mitten in der wilden Maniototo-Ebene befanden.

„Komm schon. Komm schon." Ich drückte meinen Fuß auf den Boden, als ob ich derjenige wäre, der fuhr. Härter. Schneller. Und doch nicht schnell genug.

„Du willst doch lebend ankommen, nicht wahr?"

Ich vertraute meinem Cousin blind, der über die Schotterstraße raste, aber der Gedanke, Sam zu verlieren ...

„Ich kann sie einfach nicht verlieren", sagte ich.

„Ich weiß. Ich verstehe das. Wenn du nicht gewesen wärst, hätte ich Kendra verloren. Es tut mir leid, dass wir Sam in dieses Schlamassel gebracht haben."

„Bei Silver Securities gibt es eine Menge Dreck wegzukehren."

„Tristan arbeitet daran. In ein paar Monaten wird alles vorbei sein."

„Glaubst du, Kendra kann das überstehen?", fragte ich.

„Sie muss es." Er umklammerte das Lenkrad fester. „Genauso wie Sam das überleben muss."

Bitte sei am Leben.

Julian folgte einer Reihe von Reifenspuren und bog links ab.

„Da lang." Ich zeigte abseits der Straße in Richtung der Berge, während wir uns dem Ping näherten.

Er schwenkte nach rechts und fuhr in die Büsche. Der Rover hob ab, als wir einen Graben überquerten und an den Sträuchern vorbeifuhren. Der Unterboden des Autos kratzte über die Steine. Julian gab Gas, und das Auto hüpfte auf und ab, schwankte nach rechts und links über das unebene Gelände. Während ich mich auf den blinkenden Punkt auf meinem Handy konzentrierte, wirbelte Staub um uns herum auf.

„Ich kann nichts sehen." Julian hatte keine Scheibenwaschflüssigkeit mehr, und die Scheibenwischer verwandelten den Staub in einen schmierigen Film.

„Noch hundert Meter weiter. Halt nicht an."

Julian trat stattdessen auf die Bremse. Die Reifen blockierten, und der Rover kam zum Stehen. Der Geruch von erhitztem Eisen erfüllte das Auto. Er musterte die felsige Ebene vor uns.

„Ich will nicht gegen eine Wand fahren. Wir müssen von hier aus zu Fuß gehen."

Ich öffnete die Tür und stürmte hinaus. „Ich kann sie nicht verlieren!"

Ich rannte um mein Leben, bis meine Muskeln versagten und meine Lungen brannten. Ich erreichte eine kleine Fläche, wo ein Haufen frischer Erde in der Hitze trocknete, und fiel auf die Knie. Der Schmutz kühlte sich einen Zentimeter tief ab, und ich fürchtete, zu spät zu sein.

„Joanne ...", flüsterte ich. „Nein."

Ich wühlte mit bloßen Händen in der Erde und schleuderte

sie verzweifelt zur Seite. Es hatte achtundvierzig Stunden gedauert, bis wir Joanne in den Bergen von Colorado begraben gefunden hatten. Wir kamen nicht rechtzeitig zu ihr, und sie war erstickt. Meine Frau war für die Arbeit gestorben, die wir beide liebten.

„Joanne!", schrie ich.

„Sam, Gabe. Sam."

Aber ich hörte meinen Cousin kaum, als er mir eine Schaufel reichte. „Damit geht es schneller."

Ich stieß die Klinge in den Boden.

Er packte meine Hand. „Wir sind schnell zu ihr gekommen. Sie sollte am Leben sein, aber sie wird dich brauchen, um stark zu sein. Verstehst du das?"

Ich nickte und nahm die Aufgabe wieder auf. Julian grub mit seinem Spaten in den Boden.

„Sam!", schrie ich. „Halt durch, Sam! Bitte halt durch."

Wir entfernten die Erde aus dem Grab wie zwei gut geölte Bulldozer. Das Loch schien kein Ende zu nehmen. Dieses war tiefer als Joannes, und je weiter wir vordrangen, desto mehr kroch die Angst mein Rückgrat hinauf. Ich grub unermüdlich. Die Sonne brannte von oben. Es fühlte sich an, als wären Stunden vergangen, bevor meine Schaufel auf eine harte Oberfläche traf. Ich suchte Julians Blick, und wir fielen gleichzeitig auf die Knie. Wir entfernten die restliche Erde vom provisorischen Sarg. Ich schob die Kante meiner Schaufel unter ein Brett und hebelte es auf.

Sams blasses Gesicht und blaue Lippen kamen zum Vorschein.

„Nein, nein, nein."

Ich beugte mich über den offenen Spalt und presste meinen Mund auf ihren. Ich blies einen Atemzug in ihre Lungen, während Julian die restlichen Bretter entfernte. Ich hob Samantha in meine Arme und legte ihren schlaffen Körper auf ebenen Boden, wo ich ihre Atemwege überprüfte.

Sie rührte sich nicht.

Ich presste mein Ohr an ihre Brust und lauschte nach einem Herzschlag, aber ich konnte keinen Puls finden. Weder am Hals noch am Handgelenk. War ich zu spät? Ich blies einen weiteren Atemzug in sie hinein und begann dann mit den rhythmischen Brustkompressionen, während Geier über uns kreisten.

Eins, zwei, drei, vier, fünf, sechs ...

Eins, zwei, drei, vier, fünf, sechs ...

Eins, zwei, drei, vier, fünf, sechs ...

Eins, zwei, drei, vier, fünf, sechs ...

Eins, zwei, drei, vier, fünf, sechs ...

Ich atmete erneut in sie hinein, und sie gab mir nichts zurück.

„Komm schon, Sam!" Ich begann die nächste Runde.

Eins, zwei, drei, vier, fünf, sechs ...

Eins, zwei, drei, vier, fünf, sechs ...

Eins, zwei, drei, vier, fünf, sechs ...

Eins, zwei, drei, vier, fünf, sechs ...

Eins, zwei, drei, vier, fünf, sechs ...

Ich blies noch einmal Luft in ihre Lungen, und sie schnappte nach Atem. Sam rollte sich auf die Seite und hustete. Als sie genug Luft hatte, half ich ihr, sich aufzusetzen. Ihr Körper sackte gegen mich. Sie konnte kaum die Augen öffnen.

„Wasser", sagte sie durch ihre rissigen Lippen. Julian rannte zurück zum Auto, während ich sie in meinen Armen hielt und wiegte.

„Es tut mir so leid. Es tut mir so leid, Sam", wiederholte ich.

Julian kam mit einer Flasche Wasser zurück, und ich setzte die Öffnung an ihre Lippen. Sie konnte gar nicht schnell genug trinken.

„Langsam", flüsterte ich, aber sie ließ sich nicht bremsen. Sie leerte die Flasche und fiel erschöpft in meine Arme. Ich hob sie hoch und trug sie zurück zum Rover. Sie blieb auf meinem Schoß, während Julian uns ins Krankenhaus fuhr.

„Ich bin raus", sagte ich zu ihm. „Ich weiß nicht, was von jetzt an passiert, aber ich bin raus, bis dieser Scheiß vorbei ist und Kendras Fall abgeschlossen ist."

Er warf einen Blick in den Rückspiegel und sah mir in die Augen.

„Ich verstehe dich. Vollkommen."

Wir hatten noch Monate, bevor der Kongress über neue Gesetze gegen Sexhandel und Pädophilie abstimmen würde. Wenn die Abstimmung durchkäme, würden wir die Milliardäre entlarven, die dachten, sie könnten die Welt nach ihren Regeln lenken. Wenn sie scheiterte, wären die Fälle, an denen Silver seit der Fusion gearbeitet hatte, umsonst gewesen. Schlimmer noch, Menschenleben standen auf dem Spiel.

Die Raubtiere würden weiter ihr Unwesen treiben, und unser Leben würde nie wieder dasselbe sein.

ICH SAß AN SAMS Bett und lauschte dem monotonen Piepen eines Monitors. Der Geruch von Desinfektionsmittel und roten Rosen erfüllte den Raum. Ich hatte Lichterketten über dem Fenster aufgehängt und den Raum mit gemütlichen Kissen und Decken dekoriert. Samantha hatte sechsunddreißig Stunden geschlafen und sollte jeden Moment aufwachen. Die Ärzte sagten, ihre Erschöpfung und Dehydrierung hätten beinahe zu Nierenversagen geführt, aber sie würde wieder gesund werden.

Ich strich sanft mit meinem Handrücken über ihre Wange, und sie bewegte sich.

„Da bist du ja", flüsterte ich.

Sie griff nach dem Bettgitter und richtete sich ruckartig auf. „Lasst mich los!"

Ich berührte ihre Hand und löste vorsichtig ihren Griff vom Gitter.

„Schsch, schsch, es ist okay, Sam. Du bist jetzt in Sicherheit."

Sie legte sich beim Klang meiner Stimme wieder hin.

„Du bist im Krankenhaus, Sam, und es geht dir gut."

Ihre Augen huschten hin und her. „Kendra?"

„Sie ist bei Julian."

„Martinez?"

„Er wird kriegen, was er verdient. Es steht ein Wachmann vor deiner Tür und unten. Niemand kommt hier rein, und ehrlich gesagt gehe ich nicht ohne dich."

Ich hatte Sam nicht von der Seite gewichen, seit wir sie gefunden hatten, und ich würde sie nie wieder verlassen.

„Ich ... ich dachte, das wär's. Die Erde ... der Sarg ... Wie habt ihr mich gefunden?"

Ich nahm Joannes Segelrad-Anhänger aus meiner Tasche und legte ihn in ihre Handfläche. „Joannes Anhänger hatte einen Tracker, und du hattest ihn in deiner Jeansshorts. Er sollte ihr Leben retten, aber ich hatte nie die Chance, ihn ihr zu geben. Stattdessen hat er dein Leben gerettet."

Sam atmete tief ein und aus und entspannte sich sichtlich. Sie legte für einen Moment den Kopf zurück und schloss die Augen, bevor sie sich wieder aufsetzte.

„Ich wollte ihn für dich einrichten lassen, so wie du meinen eingerichtet hast. Ich hab ihn in meine Tasche gesteckt, aber nie die Gelegenheit gehabt."

Jedes Mal, wenn sie mit ihrer heiseren Stimme sprach, tat mir der Körper weh. Ihre bandagierten Hände sahen aus wie kleine Boxhandschuhe. Sie hatten sofort nach unserer Ankunft begonnen, Flüssigkeit in ihren Körper zu pumpen. Sie war so dehydriert gewesen, dass die Krankenschwestern Schwierigkeiten hatten, eine brauchbare Vene in ihrem Arm zu finden. Ich wich nicht von ihrer Seite, während die Ärzte sich um ihre wunden Knie, Schnitte und Abschürfungen kümmerten.

„Ich bin froh, dass du es getan hast. Ansonsten... na ja, lass uns nicht daran denken. Ich bin einfach froh, dass du jetzt in Sicherheit bist. Wir verschwinden von hier, sobald du entlassen wirst, und ich lasse dich nie wieder aus den Augen."

Sie kniff die Augen zusammen. „Ich kann nicht glauben, dass ich mit dem Boot losgefahren bin."

„Ich kann nicht glauben, dass du unter Wasser getaucht bist. Zumindest nehme ich an, dass du das getan hast, bevor das Boot explodierte."

„Ich hatte keine Wahl. Es waren entweder die Haie oder Martinez."

„Du hast die richtige Entscheidung getroffen."

Sie kicherte.

Ich nahm ihre bandagierte Hand in beide Hände.

„Was ist los?", fragte sie.

„Nichts. Ich verspreche es. Ich wollte mich nur bei dir entschuldigen, Sam."

„Wofür?"

„Dafür, dass ich dir nicht gesagt habe, wer du warst, als ich dich kennengelernt habe."

„Wusstest du es sofort?"

„Als ich dich sah, dachte ich, du wärst Joanne. Ich dachte, ich wäre verrückt."

„Und es stimmt wirklich alles? Ich habe eine Mutter?"

Ich nickte.

„Klopf, klopf!" Die Krankenhaustür quietschte wie auf Stichwort.

Sam drehte den Kopf zur Seite, und ich erhob mich von meinem Stuhl, als Marge durch den Türspalt lugte.

„Darf ich reinkommen?"

Sams Gesicht hellte sich auf.

„Komm rein. Sie ist wach."

Marge nahm ihre Hummel-Sonnenbrille und den Sonnenhut ab. Sie näherte sich vorsichtig. Ich zog einen weiteren Stuhl näher an Sams Bett heran.

„Hallo", sagte sie.

„Hi... Mama", antwortete Sam.

Marges Augen füllten sich mit Tränen. Sie wischte sie weg

und legte ihre Hand auf Sams. Es fühlte sich an, als hätte jemand die ganze Luft aus dem Raum gesaugt. Als sie blinzelte, flossen frische Tränen. „Ich habe mein ganzes Leben lang von diesem Moment geträumt, und... und ich kann nicht glauben, dass er jetzt da ist. Ich kann nicht glauben, dass das wirklich passiert."

Auch Sams Augen füllten sich mit Tränen. Ich reichte ihr ein Taschentuch, und sie wischte sie weg. „Ich habe nach dir gesucht, aber egal wohin ich mich wandte, ich fand nichts", sagte Sam.

„Sie haben ihre Spuren gut verwischt. Sie sagten mir, sie hätten dich verkauft... für..." Marge schüttelte den Kopf, und ich berührte sanft ihre Schulter.

„Sie ist jetzt hier. Das ist alles, was zählt."

Ich schwor mir, dafür zu sorgen, dass Marge und Sam Martinez nie wieder sehen oder fürchten müssten.

„Wie fühlst du dich?", fragte Marge und strich mit ihrem Daumen sanft über Sams Wange, um eine Träne wegzuwischen.

„Lebendig," lächelte sie. „Dankbar und wie eine Vollidioten."

Marge legte ihre Hand auf die bandagierte Hand ihrer Tochter. „Alles, was zählt, ist, dass du hier bist. Bei uns. Heute ist der beste Tag, den ich seit Langem hatte."

Sam drehte ihren Kopf in meine Richtung. „Stimmt das wirklich? Träume ich das nicht?"

„Es stimmt alles. Samantha Connor, das ist deine leibliche Mutter, Marge Summers."

Beide lachten und weinten, als Marge sich für eine innige Umarmung vorbeugte. Zum ersten Mal seit Jahren keimte in mir die Hoffnung auf, dass das Leben wieder normal werden könnte. Und das alles verdankte ich meiner unerschrockenen Rebellin.

„Ich weiß, du wirst deine Familie und deine Arbeit vermissen. Aber es ist das Beste so." Gabe hob meinen Koffer aus dem Kofferraum.

Ich betrachtete staunend das Haus, das in einem tiefen Tal eingebettet war, und fragte mich, wie jemand überhaupt etwas vermissen könnte, wenn er in so einer Villa lebte. Anstelle von Glaswänden stützten übereinandergestapelte Holzbalken die Struktur, ihre horizontalen Längen liefen zu jedem Ende, wo sie sich an den Ecken mit der anderen Seite verflechteten. Das gemütliche Haus verströmte den herrlichen Duft von Kiefer und frisch geschnittenem Holz. Über dem steilen Schindeldach stiegen silberne Rauchschwaden in den Nachthimmel auf.

Gabriel Silver machte nie halbe Sachen. Obwohl er nicht mit seinem Reichtum prahlte, wusste er sicherlich, wie man ihn einsetzt. Es hatte etwas unglaublich Sexy an sich, wenn ein Mann wusste, wie man führt und sich um... nun ja... alles kümmert.

„Ich bin echt begeistert von Österreich. Es ist wunderschön", sagte ich.

Immergrüne Bäume umgaben das Anwesen, während schnee-bedeckte Berge majestätisch im Hintergrund thronten. Es war der perfekte Ort, um sich niederzulassen, während Silver Securities Martinez, seinen Boss und dessen Boss jagte. Das waren Julians Worte, nicht meine. Kendra war mit ihm in Neuseeland geblieben, um eine Falle vorzubereiten. Während ich sie, meine Katze und meine Freunde vermisste, war es wichtiger, ihnen aus dem Weg zu gehen. Kendras Gesundheit und unsere Sicherheit waren alles, was zählte. Julian versprach, dass ihr Fall bald abgeschlossen sein würde, und sobald sie Martinez gefasst hätten, würden wir beide in ihren Club in Manhattan zurückkehren und feiern.

Gabe stellte das Gepäck auf der Veranda ab und öffnete die Tür. Drinnen funkelten Lichterketten entlang der Treppe. Weitere Lichterketten hingen von den Deckenbalken. In der Mitte des Raumes knisterte ein Holzofen wie das Herz des Hauses. Gabe zog mich schnell durch das Haus in den Hinterhof und drückte meine Hand, als er die Terrassentür öffnete.

Mir stockte der Atem. Jenseits des rechteckigen Infinity-Pools glitzerten in der Ferne die Lichter Wiens.

„Oh wow", hauchte ich fassungslos.

Weitere Lichter funkelten über den Hecken und ließen mich zu Hause und sicher fühlen, mit genug Luft um mich herum, um für immer zu atmen. Wohlige Schauer rieselten mir über die Arme. Könnte mein Für-Immer wirklich mit Gabe sein? War er bereit, mit der Person vorwärts zu gehen, die ihn an eine schmerzhafte Vergangenheit erinnerte?

Ich zitterte in Gabes Armen. Er nahm eine Decke von einem Stuhl und wickelte sie um meine Schultern. Gabes Versteck in Österreich würde uns in den nächsten Monaten etwas Frieden geben, während die anderen Silvers ein Kartell bekämpften. Zumindest hatte Kendra mir das gesagt; Gabe erwähnte den Fall selten.

Meine Mutter sollte in drei Tagen in Wien ankommen. Parsley kam mit ihr. Sie schloss ihr Haus für die nächste Zeit, um bei uns zu leben. Zum ersten Mal in meinem Leben fühlte ich, dass die Familie, die ich mir immer gewünscht hatte, auf mehr als eine Art zustande kam. Ich legte meine Hand auf meinen Bauch und richtete den Knopf an meiner Hose. Es würde nicht lange dauern, bis die Hose enger werden würde.

„Ich bin völlig hingerissen." Mein Atem zeichnete kleine Wölkchen in die kühle Luft. Dies war der perfekte Ort, um eine Familie zu haben. „Und habe ich dir in letzter Zeit gesagt, dass ich dich liebe?"

Ich drehte mich um, um Gabe anzusehen, und erstarrte. Er stand vor mir mit einer rechteckigen Geschenkbox in den Händen. „Komm schon. Mach es auf." Er verlagerte sein Gewicht von einem Fuß auf den anderen.

Mit klopfendem Herzen trat ich näher. Die Box schien zu groß zu sein, um das zu enthalten, von dem ich dachte, dass er es in der letzten Woche, die wir im Haus meiner Mutter in Neuseeland verbracht hatten, versteckt hatte. Ich zog an dem breiten silbernen Band und hob den Deckel der Box. Darin befanden sich zwei Schnapsgläser, eine Flasche Amaretto, Kaffeelikör und Irish Cream, eingebettet in weiches Papier.

„Orgasmus?", bot Gabe an.

„Nicht die Art, die ich im Sinn hatte, aber in Ordnung", kicherte ich. „Ich muss sagen, Mr. Silver. Dieser Empfang gefällt mir sehr."

Schade, dass ich eine Weile nicht würde trinken können.

Seine Augen blitzten vor Vorfreude. „Pass auf, was du dir wünschst, Samantha. Lass uns das in die Küche bringen, ja?"

„Ja! Wir haben definitiv großartige Küchenerinnerungen", lachte ich.

Gabes Augen leuchteten auf, als wir uns auf den Weg zurück ins Innere machten.

„Miau."

Ich erstarrte. „Hast du das gehört?"

„W-"

„Pst!"

„Miau."

„Da ist es wieder!"

Gabe lachte.

„Star?"

„Miau."

Sein Kopf lugte hinter einer Wand hervor, gefolgt von seinem flauschigen Schwanz. Star rannte zu mir und sprang in meine Arme. Ich drückte die Katze an meine Brust.

„Du hast Star mitgebracht? Danke! Oh Gabe, das ist so perfekt." Ich setzte die Katze ab und ließ sie sich an meinen Beinen reiben. „Was ist mit deinen Allergien?"

„Ich werde mich mit einem Naturheilkundler in Verbindung setzen und wir werden das schon hinkriegen."

Gabe nahm meine Hand und führte mich zur Küchentheke, wo eine weitere Box wartete, mit einer identischen silbernen Schleife um die Kanten gewickelt. Sie war halb so groß wie die erste, aber immer noch nicht klein genug für das, was ich dachte, dass Gabe versteckt hätte.

„Für mich?"

„Mach es auf." Er straffte die Schultern und konzentrierte sich auf die Box.

„Na, du bist heute voller Überraschungen, nicht wahr?"

Mit fliegenden Fingern löste ich das Band und hob den Deckel ab. Mein Bettelarmband lag auf einem schwarzen Samthintergrund.

„Du hast es gefunden?"

Er zuckte mit den Schultern, als wäre es keine große Sache, den Meeresboden nach einem Anhänger abzusuchen.

„Ich hoffe, es macht dir nichts aus. Ich habe den Anhänger deiner Schwester zum Armband hinzugefügt. Er hat dir das Leben gerettet."

Der neue silberne Anhänger in Form eines Segelbootsteuerrads glitzerte mit Diamanten, die zwischen jede silberne Speiche eingelassen waren.

„Oh, Gabe." Ich warf meine Arme um seinen Hals. „Ich liebe es. Danke."

„Ich liebe dich, Samantha. Du bist alles für mich. Darf ich?"

Ich streckte ihm erwartungsvoll meine Hand entgegen, und Gabe befestigte das Armband um mein Handgelenk. Die Berührung seiner Finger auf meiner Haut erinnerte mich daran, wie sehr ich ihn vermisst hatte. Der Mann, von dem ich eine Nacht geträumt hatte und der zugestimmt hatte, eine Weile an meiner Seite zu bleiben. Er wusste, was er wollte, nahm, was er begehrte, und gab, was ich brauchte.

Als hätte er meine Gedanken gelesen, beugte sich Gabe vor und flüsterte: „Lass mich dir das Schlafzimmer zeigen."

„Du weißt, ich habe vor, jeden Raum dieses Hauses einzuweihen." Ich ließ meine Hand zu seinem Schritt gleiten.

Gabes helle Augen flammten überrascht auf.

„Das hoffe ich doch." Er hob mich in seine Arme und schloss seine Hände unter meinem Hintern, um mein Gewicht zu stützen. Ich schlang meine Beine um seine Taille. Seine begierigen Finger gruben sich in meinen Po, als er mich zum flauschigen weißen Teppich am Fuße des glühenden Kamins trug. Ich presste meinen Mund auf seinen.

Er ließ mich auf den Boden hinunter und löste meine Beine von sich. Mit einem schnellen Zug zog er mir die Leggings aus.

„Warte – ich muss dir etwas anvertrauen", sagte ich.

„Was?"

Ich schluckte schwer und sammelte meinen Mut. Technisch gesehen hatten wir nie über Kinder gesprochen, also war ich nicht sicher, wie er reagieren würde.

„Ich werde meine nächste Verhütungsspritze nicht nehmen, und ich hoffe, du bist damit einverstanden."

Er blinzelte dreimal, und seine Augenbrauen entspannten sich. „In Ordnung. Ich bin voll dabei."

„Dabei bei Kindern?" Ich lachte. „Wirklich? Ich dachte, das

Einzelgängerleben wäre dein Ding. Du weißt schon, wegen der Arbeit-"

„Warte – sagst du, du bist schwanger?"

„Pst. Weniger reden und mehr küssen."

Er küsste mich, als würde er mich zum ersten Mal küssen, und ließ mich vergessen, was ich sagen wollte. Oh, diese Hormone waren eine wunderbare Sache. Sobald er mich atmen ließ, zog ich meinen Pullover über den Kopf.

„Kein BH?" Seine Augenbrauen hoben sich zusammen mit dem schelmischen Lächeln auf seinem Gesicht.

Meine Brüste hatten stundenlang auf seine Berührung gewartet, aber Gabe schien in den letzten Tagen zu nervös gewesen zu sein, um mich überhaupt zu berühren. Mit all diesen neuen Hormonen, die meinen Körper kontrollierten, konnte ich es kaum erwarten, mit ihm zusammen zu sein, und ein Kleidungsstück weniger zum Ausziehen bedeutete, dass seine Hände schneller Zugang zu meinen Brüsten hatten.

„Ich dachte, ich überrasche dich auch", sagte ich.

„Das hast du." Er senkte seinen Mund zur linken Brustwarze und leckte um ihren Rand, neckend.

Erleichterung und ein heftiges Verlangen vermischten sich zu einem Wirbel. Ich drückte meine Brust höher, aber Gabe brauchte keine Ermutigung. Er fasste eine Brustwarze zwischen seine Lippen und dehnte das zarte Fleisch, ließ dann los. Das Zurückschnellen sandte Wellen der Lust durch meinen Körper. Er zog eine Reihe von Küssen entlang der flachen Senke zwischen meinen Brüsten zur anderen Seite, während seine Hand meine gerötete Brustwarze übernahm.

Er zog sich zurück und kniete sich zwischen meine Beine. Das Feuer warf seinen orangefarbenen Schein über die rechte Seite seines Körpers, als er auf meine Spitzenunterwäsche starrte.

Ich stützte mich auf meine Ellbogen. „Du zögerst. Warum?"

„Ich will dir nicht wehtun." Seine Finger strichen über die frisch verheilten Wunden an meinen Knien.

„Mir geht's gut, Gabe. Das sind nur Schrammen. Und ich brauche dich wirklich, wirklich."

Sein Blick huschte zur Treppe, bevor er zu meinem zurückkehrte. Er packte den Saum seines grauen V-Ausschnitts und zog das Shirt über den Kopf, und entblößte seine Brust.

Ich setzte mich höher auf und fuhr mit meinem Finger die Linie von seinem Bauchnabel bis unter seinen Gürtel nach. Ich zog meinen Finger zum Knopf seiner Hose und öffnete ihn.

„Was willst du, dass ich tue?" Das Verlangen in seiner rauen Stimme durchströmte mich.

„Steh auf", sagte ich.

Er gehorchte.

Ich zog seine Hose herunter und stand auf, um ihm zu begegnen. Feuer sprühte in seinen Augen. Ich nahm Gabes Hand und führte sie zwischen meine Beine.

„Oh mein Gott, Samantha." Er schloss seine Augen, als seine Finger mein Verlangen verteilten.

Ich zog seine Unterhose herunter, und er sprang heraus. Ich schloss meine Finger um seinen Schwanz und strich auf und ab. Seine Hüften schlossen sich der Bewegung an. Ich spreizte meine Beine und ließ seine Finger ihre Magie in mir wirken.

Gabe packte meine Hand. Er kniete sich vor mich und zog mir den Slip mit den Zähnen aus, dann stand er auf und hob mich in seine Arme.

„Wo gehen wir hin?"

„Nach oben. Und wir kommen drei Tage lang nicht runter."

Ich lachte.

Das Hauptschlafzimmer war noch großartiger als das in Neuseeland. Ein Kamin zwischen dem Badezimmer und dem Schlafzimmer tauchte beide Räume in orangefarbenes Licht. Er setzte mich vor dem Bett ab, wo eine silberne Box mit einer funkelnden schwarzen Schleife im Licht glänzte. Mein Herz begann schneller zu schlagen. Eine plötzliche Welle von Nervosität durchfuhr mich.

„Mach sie auf." Er schob mich sanft nach vorne.

Ich zögerte, bevor ich die perfekt geformte Box in die Hand nahm. Ich atmete so tief ein, wie ich konnte, und atmete aus, während ich den Deckel anhob. „Sie ist leer." Ich drehte mich um und sah Gabe, der nackt auf einem Knie kniete.

„Ich habe wohl vergessen, das hier hineinzulegen." Er hielt einen funkelnden Ring zwischen seinen Fingern, mit einem in Weißgold gefassten Amethyst.

Ich hielt den Atem an.

„Samantha, willst du für den Rest deines Lebens mit mir zusammen sein? Willst du mich heiraten?"

Tränen stiegen mir in die Augen und liefen meine Wangen hinunter. Ich warf meine Arme um seinen Hals. „Ja, Gabe, ich will."

Er nahm meine Hand in seine und steckte mir den Ring an den Finger. Wie auf Stichwort klingelte Gabes Handy unten mit dem Klingelton von Silver Securities.

„Ich muss rangehen." Er verzog das Gesicht.

„Ihr Timing ist wie immer perfekt." Ich verdrehte spielerisch die Augen. „Komm bald zurück. Ich habe dir etwas Wichtiges zu sagen."

Während er nach unten eilte, zündete ich die Kerzen im Badezimmer an und drehte den Wasserhahn auf, um die Wanne zu füllen. Der Schaum erreichte den Rand, und Gabe war immer noch nicht zurück. Ich schlüpfte in einen Bademantel und schlich auf Zehenspitzen nach unten, wo ich ihn auf der Couch vor dem Kamin sitzend fand. Er hielt ein Glas Bourbon in der Hand und starrte in die Flammen vor sich.

Kalte Luft wehte von dort, wo er saß. Seine Wangen hingen herab, und sein Gesicht war blass.

Ich setzte mich neben ihn und nahm seine Hand in meine. „Gabe? Was ist los?"

„Kendra wurde entführt."

Ich stand mitten auf der 5th Avenue, als das Nachtleben der Stadt und all seine Schläger erwachten. Die Ampeln an der Kreuzung schalteten um, und Autos fuhren an beiden Seiten an mir vorbei. Zu meiner Rechten tauchten Scheinwerfer den Himmel in helles Licht, wo Luxusautos am Straßenrand vor Kendras florierendem Nachtclub parkten. Die Schlange vor dem Eingang bewegte sich vorwärts. Wäre sie hier gewesen, wäre meine Klientin zufrieden gewesen, und Silver Securities hätte keine Probleme gehabt. Das Problem war, sie war nicht hier.

Zu meiner Linken erfüllten die verkohlten Ruinen des Club Forever die Luft mit Brandgeruch. Tja, von wegen 'für immer'. Wir hatten gehofft, dass das verlassene Grundstück unsere Probleme lösen würde; stattdessen hatte der Kauf sie nur vergrößert. Ein Lichtstrahl durchschnitt die Dunkelheit in einem zerbrochenen Fenster, und mein Fokus verlagerte sich auf den Eingang eines angrenzenden Hotels, wo ein Mädchen auf den Bürgersteig trat. Ein Freier folgte ihr. Das Paar schlüpfte in einen schwarzen SUV, und mir drehte sich der Magen um. Ohne den Reinfall beim Einsatz und das Feuer hätten wir das Kartell dichtgemacht. Aber das hatten wir nicht. Hartley hatte seine Sicherheitsleute Namen und Standorte wechseln lassen. Obendrein hatten sie unsere Klientin entführt.

Die Taschenlampe leuchtete erneut im unteren Stockwerk auf. Ich wartete auf eine Lücke auf der Straße und eilte hinüber. Ich riss die Seitentür auf und tauchte in die Schatten ein. Drinnen hallte ein entferntes Echo von Geräuschen wider. Ich folgte dem Klang die Treppe hinunter in den Keller, wo das Feuer das Gebäude nicht beschädigt hatte.

Ich erreichte die unterste Stufe und folgte dem Treppenhaus in den Keller, der das Gebäude mit dem Hotel verband. Die Stimmen wurden deutlicher, außer dass sie nicht wirklich sprachen. Das tiefe Stöhnen, die schweren Seufzer und das unkontrollierte Atmen konnten hier nur eines bedeuten: eine Orgie. Ich trat aus den Schatten hervor. Der Haufen nackter Leiber inmitten des flackernden Kerzenlichts bildete ein Puzzle, das zu entwirren ich keinerlei Interesse hatte.

Was zur Hölle?

Sie lagen auf verstreuten Decken über die alten Sofas und den Boden verteilt, irgendwie alle miteinander verbunden. Ich öffnete den Mund, um die Menge zum Aufbruch zu bewegen, schloss ihn aber genauso schnell wieder, als ich sie sah. In Polizeiuniform gekleidet stand sie auf der anderen Seite des Raumes und starrte auf das Geschehen. Ihre gezogene Waffe ruhte an der Seite ihres kräftigen Oberschenkels, während sie fasziniert beobachtete. Sie leckte sich über die leicht geöffneten Lippen. Ihr Atem wurde tiefer und schwerer, während sie wie hypnotisiert einen Schritt vorwärts machte.

Was zum Teufel machst du da? Ich konnte nur fassungslos den Kopf schütteln.

Sie biss sich auf die Unterlippe und lehnte ihre Schulter gegen eine Wand. Dabei wechselte sie ihre überkreuzten Beine und rückte ihren Schritt zurecht.

Meine Mundwinkel zuckten. Sie sah aus der Ferne zu jung

aus, um eine Polizistin zu sein. Und sie war definitiv zu klein. Zu verletzlich.

Weiter hinten schlich etwas durch die Schatten. Doch sie blieb regungslos, sich der nahenden Gefahr nicht bewusst, und ließ mir keine andere Wahl.

„Hinter dir!", rief ich und trat ins schwache Licht, während ich in ihre Richtung zeigte.

Erschrocken ruckte ihr Kopf nach oben und ihre Augen weiteten sich. Instinktiv wirbelte sie herum, aber der Creep in den Schatten war verschwunden.

„Die Party ist vorbei! Zieht euch an und verschwindet!", rief ich.

Die Polizistin drehte sich erneut um und schritt mit vorgehaltener Waffe voran, die sie in willkürliche Richtungen zielte.

„Hier spricht die Polizei. Niemand bewegt sich!"

Die Orgie zerstreute sich. Alle schnappten sich, was auch immer sie in Reichweite an Kleidung finden konnten, und rannten davon.

„Nicht bewegen!", schrie sie.

Wie erwartet hörte niemand auf sie, und ich hatte auch nicht vor, sie aufzuhalten. Ich brauchte den Platz leer. Scar Wagner würde nächste Woche mit den Renovierungen beginnen. Der schicke Club würde wie ein Magnet auf die perversen Raubtiere wirken.

„Verschwindet von hier!", brüllte ich, während ich quer durch den Raum auf die Polizistin zuging.

„Hey, du!" Sie richtete die Waffe auf mich. „Was glaubst du, was du da tust?"

„Ich bewahre dich vor einer Blamage."

„Sie entkommen!"

Sie eilte dem Letzten hinterher, aber ich war da, also wandte sich ihre Aufmerksamkeit mir zu. Mit einer fließenden Bewegung packte ich ihren Arm, entwaffnete sie und riss sie an mich, dann drehte ich mich um, bevor ich sie mit dem Gesicht nach vorn gegen die Wand drückte. Sie schrie dabei auf. Ich presste meinen Körper hart gegen ihren und schränkte sie ein.

„Lass mich los." Sie wand sich in meinem Griff.

Ich musste ihr eines lassen: Sie hatte echt Mumm in den Knochen.

„Ich werde dich dafür verhaften lassen!"

Ihre Lippen öffneten sich, und sie blickte über ihre Schulter zurück, fing meinen Blick auf. Der Mondlichtfleck, der zwischen verbrannten Brettern von oben hereinfiel, spiegelte sich in ihren katzenartigen Augen. In diesem Moment bemerkte ich ihre wahre Schönheit - ihre fürsorglichen Augen, die spitze Nase und die Sommersprossen. Sie war die schönste Frau, die ich seit Langem gesehen hatte. Ich atmete ihren Duft ein. Sie musste ihr kastanienbraunes Haar in Eile zusammengebunden haben, bevor es getrocknet war, was zu einem verstärkten Aroma von Lavendel und Erdbeeren führte.

„Dein Schwanz drückt gegen meinen Hintern", knurrte sie. Sie ahnte nicht, dass mein Schwanz ihre Geräusche als Einladung verstand. Die Herausforderung in ihrer Stimme gab der Sache eine zusätzliche Würze, und meine Gedanken rutschten sofort in die Gosse. Es war schon eine Weile her, dass jemand so Junges meine Aufmerksamkeit länger als einen Wimpernschlag gefesselt hatte. So sehr mich der Gedanke erregte, sie aus meinem Griff kämpfen zu sehen, Einverständnis war nicht verhandelbar. Ich verstärkte meinen Griff um sie und zuckte mit den Schultern. „Na und? Du bringst mein Spiel durcheinander."

Scar Wagner hatte früher angerufen und mir mitgeteilt, dass wir Besucher auf der anderen Straßenseite hätten. Obwohl es unwahrscheinlich war, dass Martinez auftauchen würde, konnte ich das Risiko nicht eingehen.

„Leck mich mit deinem Spiel! Du hast gerade eine Polizistin tätlich angegriffen! Geh zur Seite, damit ich meinen verdammten Job machen und jemanden verhaften kann!", rief sie. Ihre Wut vibrierte durch meinen Körper, und es gefiel mir. „Oder steckst du da etwa mit drin?"

Ich lachte, und da alle anderen gegangen waren, ließ ich sie los. Bei einem weiteren Ausbruch ihrerseits wäre ich derjenige gewesen, der geplatzt wäre.

„Die einzige Person, die gerade verhaftet werden sollte, bist du", sagte ich.

„Warte - lass mich raten. Weil ich absolut sündhaft bin?" Sie verdrehte die Augen.

„Ich wollte sagen, weil du hier unbefugt eingedrungen bist."

Die Sicherheit in ihrem Gesicht schwand. Sie musterte mich, schluckte schwer und lachte herausfordernd zurück, so als würde sie mich nicht erkennen. Es gefiel mir noch mehr, dass sie einige Karten für sich behielt. Ich musste ihr zugestehen, dass sie das recht gut machte.

„Reicht meine Uniform nicht aus, damit du erkennst, wer ich bin? Oh, warte, natürlich nicht. Es liegt daran, dass ich eine Frau bin, oder? Warum solltest du auch irgendetwas anderes an mir bemerken?"

„Das ist Sarkasmus, oder? Es ist niedlich, aber du dringst wirklich unbefugt ein. Überprüf die Akten. Dies ist Privatgrundstück, und ich nehme an, du hast keinen Durchsuchungsbefehl."

Sie runzelte die Stirn. „Wenn dem so ist, dann dringst du auch unbefugt ein."

Ich blieb standhaft.

„Soll ich diese... diese..." Ihre Wangen wurden rot, als sie auf die Stelle zeigte, wo sich Momente zuvor eine Orgie abgespielt hatte. „... diese Schurken laufen lassen?"

„Für mich sahen sie eher wie Swinger aus."

„Argh... das ist noch ekelhafter."

„Wenn es dich interessiert - dieser Laden wird demnächst komplett umgekrempelt."

„Wunderbar. Noch ein Club in derselben Straße. Noch mehr Orte, um Drogen und Körper zu verkaufen." Sie hielt inne, musterte mich und erstarrte. „Ich fasse es nicht, dass du sie hast entkommen lassen. Wusstest du, dass sie früher einen Swingerclub hier unten betrieben haben?"

Leider war das nicht der einzige Club, den sie betrieben.

„Du hättest nichts aus diesen Kids herausbekommen", sagte ich ihr. „Sie haben Fantasien ausgelebt, die sie über das Bordell gehört haben, und sie sind nicht die Leute, nach denen du suchen solltest."

Ihre Stirn runzelte sich. „Wo ist dein Ausweis? Was machst du hier?"

Sie schob die Waffe zurück ins Holster und verschränkte die Arme vor der Brust. Sie hatte meine Erkundung unterbrochen; das war es, was ich hier tat. Die Silvers besaßen das Gebäude früher in Partnerschaft mit den Hartleys. Dieser Ort hatte einer lebenslangen Lüge Leben eingehaucht, und wir hatten jahrelang daran gearbeitet, all die falschen Leute in unsere Falle zu locken. Scar Wagner plante, den Ort zu säubern, und das Feuer in der einen Nacht, in der er geschlossen hatte, war eine Warnung.

Ich sah mich im dunklen Raum um. Umgedrehte Kissen, zerrissener Stoff, kaputte Lampen und Zigarettenkippen lagen auf dem Boden verstreut. Handschellen, Peitschen, Ketten und Dildos hingen an einer vom Feuer verschonten Wandsektion.

„Menschenhandel, Sklaverei, Erpressung und Auktionen. Körper wurden wie Vieh verkauft", sagte ich leise. „Das ist hier passiert. Mädchen wie du haben in diesem Keller ihre Hölle kennengelernt."

„Mädchen wie ich?"

„Du weißt schon – hübsch, jung und zart. Bist du überhaupt alt genug, um Polizistin zu sein?" Ich beugte mich näher an ihr Gesicht. Im Nachhinein war das ein Fehler, denn ihr Duft ließ meinen Kopf schwirren. „Du siehst zu jung aus, um Polizistin zu sein."

„Ich habe gute Gene. Was weißt du über die Auktionen?", fragte sie.

Sie hatte definitiv gute Gene, aber wusste sie ernsthaft nicht, wer ich war?

Unmöglich.

Vielleicht war es so besser? Mein Name war mit zu vielen Vorbehalten und verbrannten Brücken belastet.

„Ich weiß alles darüber und doch nicht genug." Ich ließ die Schultern sinken. „Mein Name ist Tristan Silver. Mein Kumpel kümmert sich um diesen Ort. Ich habe Taschenlampen in den Fenstern gesehen. Wir hatten Meldungen über Herumtreiber, also bin ich hergekommen, um nachzusehen."

Sie erstarrte, was mir sagte, dass sie definitiv wusste, wer ich war. Ich ließ meinen Namen nicht oft fallen, aber der verblüffte und doch erleichterte Blick auf ihrem Gesicht war es wert. Ich musste noch herausfinden, warum sie erleichtert war, aber das Letzte, was ich wollte, war, hier mit einer Polizistin gesehen zu werden.

„Von Silver Securities?" Sie trat näher, um besser sehen zu können.

„Ja, genau der."

„Ich habe von dir gehört." Sie schluckte schwer und verlagerte ihr Gewicht von einem Fuß auf den anderen. „Es sieht so aus, als wären die... Schurken verschwunden."

Ich schmunzelte... *Schurken.* Wenn Schurken mein einziges Problem wären, wäre ich ein freier Mann. Wenn sie das Problem wären, wäre Kendra hier, und ich hätte keinen vermissten Klienten.

„Entschuldigung." Ich räusperte mich. „Das war nicht witzig."

„Wenn du Silver bist, dann weißt du mehr über diesen Ort."

„Ein Kartell hat letzte Woche meine Freundin entführt", sagte ich. „Sie besitzt den Laden gegenüber, und sie werden sie auf einer Auktion verkaufen, wenn ich sie nicht finde."

„Eine Auktion? Wie Menschenhandel? Wie erfährt man überhaupt von so etwas?" Ihre Stimme zitterte.

„Jahre der Informationsbeschaffung. Verbindungen."

„Ich habe von Silver gehört. Ich meine, jeder hat davon gehört. Es tut mir leid wegen deiner Freundin. Hast du eine Vermisstenanzeige aufgegeben?"

Ich schüttelte den Kopf.

„Du solltest die Polizei rufen. Sie haben Ressourcen."

Ich lachte. „Die Polizei?"

Sie hatte in einer Sache recht: Die Polizei hatte tatsächlich eine Ressource, und ihre beste Ressource war ich.

„Du glaubst nicht, dass wir unseren Job machen können?" Ihre Augenbrauen hoben sich.

Ich musterte sie von unten nach oben. Ihre muskulösen Oberschenkel und breiteren Schultern zeigten Stärke unter der Uniform. Kombiniert mit ihren zarten Lippen und den rehbraunen Augen konnte die Polizistin ihren Job definitiv erledigen.

„Das sage ich nicht."

„Aber du willst keine vermisste Person melden?"

Ich würde keine weitere Zeit in diesem Loch verschwenden. Scar würde morgen aufräumen, und ich war nicht mal annähernd dabei, Kendra zu finden.

„Die Polizei kann nicht helfen." Ich warf einen Blick auf ihr Namensschild. „Bleiben Sie diesem Ort fern, Officer... Green."

Green... Green... Green... Warum kommt mir dieser Name so bekannt vor?

Ihre Augenbrauen zogen sich zusammen. Ich drehte mich zum Gehen, aber sie packte mein Handgelenk.

„Warum fernbleiben?"

Ich drehte mich wieder zu ihr um und senkte meine Stimme. „Du solltest dich nicht in dunklen Kellern herumtreiben, weil böse Männer hierherkommen, um schlimme Dinge mit Mädchen zu tun, die nicht hören."

Sie schien unbeeindruckt und neigte den Kopf zur Seite. „Für mich hört sich das genau nach dem Ort an, wo ich sein sollte. Weißt du, weil ich verdammt nochmal eine Polizistin bin!"

Sie war zweifellos... eine Wucht.

„Du heißt nicht zufällig Allie, oder?" Ich schluckte hart und spürte, wie mein Schwanz auf diese Erkenntnis reagierte. Sie sollte nicht so zart und perfekt sein.

„Ja. Ich bin Allie Green. Woher wusstest du das?"

Nun, nun... was für ein Zufall?

Liebe Leserin, lieber Leser,

Kendra braucht dringend Rettung. Zum Glück für sie übernimmt die ehemalige Polizistin Allie Green ihren Fall in Silvers Bauer. Allerdings kommt die Arbeit für den attraktiven Tristan Silver mit einer Reihe von Regeln, die Allie nicht erwartet hat, denn ihr ablenkender Chef übernimmt die Kontrolle und gibt niemandem nach.

Und wenn dein Leben auf dem Spiel steht, können Ablenkungen tödlich sein.

Können Allie und Tristan Kendra retten, ohne sich dabei gegenseitig zu verlieren?

Finde es heraus in , Buch 2 der Saga der Silver-Brüder, Silvers Bauer.

* * *

MYLIT
PUBLISHING

DANKSAGUNGEN

„Silvers Rebellin" hat über ein Jahrzehnt in meinem Kopf gegart, nachdem ich es geschrieben hatte. Als ich zum ursprünglichen Werk zurückkehrte, wurde mir schnell klar, dass nicht nur der Roman, sondern die gesamte Reihe einer grundlegenden Überarbeitung bedurfte. Und so begann die Reise der Silver-Brüder.

Ich hätte diese Arbeit nicht ohne die Unterstützung meiner Leser oder die stets inspirierende Indie-Autor-Community mit ihrem Reichtum an Wissen bewältigen können. Die anhaltende Ermutigung und der Glaube an meine Arbeit, zusammen mit der überwältigenden Zuneigung, haben meine Muse neu belebt.

An meine fantastische Lektorin, die immer Zeit für mich findet: Danke, dass du mein Leben einfacher und mein Schreiben verständlicher machst. Ich werde noch eine Weile über diese „silbernen Augen" schmunzeln.

An meine Betaleser: Danke für eure scharfen Augen! Wenn ich eine Geschichte zwanzig Mal (oder öfter) gelesen habe, sind die Details nicht mehr leicht zu erkennen. Euer Feedback ist unbezahlbar und macht den Roman zu dem, was er sein sollte.

An meine Familie: Die letzten Jahre haben uns mehr geprüft, als uns lieb war, und ich könnte nicht tun, was ich liebe, ohne euch. Danke für eure Unterstützung, euren Glauben und eure Ermutigung.

Maya, danke für dein künstlerisches Auge und das Cover-Design. Ich fühle mich geehrt, dich als Künstlerin wachsen und dich weiterentwickeln zu sehen. Alex, dein liebevolles Herz und dein Sinn für Humor sind eine ständige Inspiration.

An meine Eltern: Dieses Buch wäre ohne euch nicht zustande gekommen. Danke, dass ihr an meine Träume glaubt.